守藏

SHOU ZANG

玄色 作品

下

人民文学出版社

目录

第三十一章　追悔莫及

唐晓能感觉得到德利号货船的渐渐远离，但她并没有回头去看。她牢牢地盯着李胖子，提防着他做出什么小动作，生怕毁了德利号逃走的时机。

李胖子的眼中闪过一丝怨怼狠辣的神色，唇边浮起一抹讥讽的笑容，缓缓道：“九爷，你就甘心这样放他们走了？那书生仔可是在骗你啊，你就能忍得了这口气？”他自是知道唐晓唐九爷是个女儿身，所以这番话说得阴阳怪气，意有所指。

旁边知晓内情的一群手下闻言都哄堂大笑，虽然唐晓手中的枪口还对准李胖子，但此时已经没人觉得她还能逃脱得了。他们这么多人，对方孤军奋战。而且男人对于女人的歧视，天然存在于骨髓之中。

尽管唐晓唐九爷在江湖上鼎鼎有名，但大多数人还是会觉得她出名是因为她是个女人，而并不是因为她能力有多强、武功有多高、枪法有多好。此时又围观了一场堪比戏园子里演的好戏，纷纷脑补了渣男骗身骗心的段子，看着唐晓的目光都透着戏谑。

唐晓在这样的目光洗礼中，依旧泰然自若，甚至连眉梢都没有动过一下。

李胖子见唐晓这样，反而越发不爽。他那张胖脸上摆出一副为她着想的模样，苦口婆心地劝道：“我说九爷，你也老大不小了吧？早点成亲，女孩子家家，还是要找个男人依靠的嘛！你说，你想要什么样的？我手下高矮胖瘦随便你挑！”

这下哄笑声就更大了，还有鼓噪和吹口哨的声音。

唐晓那双好看的凤眸中利芒一闪，扣着扳机的手指微动。

“砰！”

枪声带着浓烈的硝烟味在耳畔轰鸣着，李胖子完全没料到唐晓居然真的敢开枪，迟了一秒钟才反应过来，唐晓并不是对着他的脑袋开的，而是手腕轻抬，对准了天空鸣枪。

果然是妇人之仁。

李胖子轻蔑一笑，抬手一挥，便想让手下把唐晓制服住。

该怎样处置这位唐九爷呢？

李胖子为难地思考着，是交给余家帮换取一些利益分成呢，还是想办法把这唐九爷化为己用？不过不管如何处置，最起码让她先把今晚的损失补齐。

周围传来了呼喝打斗的声音，居然半晌都没有停止。李胖子心里还在不悦为何他的手下对付一个女人折腾这么久还没有摆平，却在下一秒惊愕地发现不知道从什么时候开始他的手下都战成一团。

他定睛一看，才发现竟是不知不觉中，有一拨黑衣人混入了他的手下，而唐晓的那一枪明显就是行动的发令枪，局势因此骤变。

李胖子脸色铁青地看着自己的手下一边倒地被控制住，全程不超过一刻钟的时间。

唐晓静静地看着这一切，并没有动手帮忙，神情淡漠。

“九爷辛苦了。”一人从暗处走了出来，声音清冷，眉目清秀，竟是换了一袭黑衣的方少泽。

岳霆怎么可能没有留后手，他自是把一切都安排得妥妥当当。不光表面上有士兵换装护送，暗地里有更多的士兵镇场，而且是方少泽亲自带队。只是这队人马分身乏术，先要护送岳霆所在的国宝专列过江，再转过来护送沈君顾等人上船。只是没想到李胖子等人来得那么快。

唐晓去取怀表回来的途中就遇到了方少泽，继而便发现沈君顾等人被李胖子围住，打斗一触即发。

方少泽本想率队强攻，却被唐晓阻止。

如果依着以往的战斗经验，唐晓自然是同意方少泽的决断。可是他们所保护的并不是普通的货物或者黄金，而是价值连城的国宝。唐晓虽然几乎没有看到过那些国宝长什么样子，但也能从沈君顾等人的态度中感受到这些国宝不容有失。

唐晓迅速衡量了场中形势，便单枪匹马闯入其中，用自己来引得众人的注意力。而方少泽率士兵们悄无声息地借着夜色混入其中，最终轻松地将其一网打尽。这之中唐晓独自面临的危险，不言而喻，可是她依旧没有任何犹豫和退缩。

方才还口出狂言十分嚣张的李胖子，此时已经被两个士兵一左一右地控制住。

唐晓冷冷地盯着他，一字一句认真地说道："我已经成亲了，就和刚才那个书生仔。"

李胖子一双眯缝眼瞪大了一圈，想要说什么却觉得无话可说，只是无声地张了张唇。

"非法在江边码头集会，先带走审查。"方少泽淡淡吩咐道。

"是！"士兵们应声道，拽着号哭的帮众离开了码头。

方少泽见唐晓没有动，他也没有先离开。

刚刚他在暗处听了个全场，自然也是听到了李胖子取笑唐晓的话语。他惊奇于这唐九爷居然是女儿身，尽管脸上的表情严肃，可是眼神还是管不住地往唐晓身上四处打量。

这……怎么看……都不像是个姑娘家啊……

知道唐九爷的身份后，再去想沈君顾临走时的呐喊声，方少泽的眼皮也忍不住抽搐了两下。这样看，那沈二少还真是个渣男啊……方少泽敬这唐九爷是条汉子，更不想她和沈二少有什么仇怨，不禁干巴巴地劝慰道："唐九，君顾方才说的肯定不是心里话，他定是想让你赶紧逃走的。"

毕竟他和岳霆现在还是合作关系，若是惹怒了这唐九爷，恼羞成怒地去上海法租界厮杀一场，那损失可就大发了。

"不，他说的就是心里话。"唐晓冷着一张俏脸，眼神冰冷地把玩着手中的枪，用袖子擦拭着上面沾染的火药粉末，"现在想来，他能很快就找到我丢失的东西，并不是关心我，而是时时刻刻戒备着我。他肯定是早就想把我甩开了。"

方少泽闻言沉默，也不再多说什么。这种事换任何一个姑娘家，都是无法忍受的吧？

唐晓把擦干净的手枪别回腰间，顺势就摸到了腰上挂着的玉佩和盘长结。

江风吹拂着她的脸颊，把她额前的碎发吹得四散飞舞。

唐晓忽然勾唇一笑，本来冰雕一样的俏脸像是冰雪初融。只听她微笑道："其实，我被怀疑也是正常的，谁让我和他的相遇并不是那么美好。所以，抵了这一次，我和他应该就可以重新认识对方了。"

见唐晓说得神采飞扬、志在必得的模样，方少泽不禁默默地同情了沈君顾几秒钟。

被这样一个剽悍的妹子惦记上，也不知道是福还是祸。

对了，话说，那沈二少知不知道这唐九爷是个姑娘家啊……

沈君顾失魂落魄地跪坐在甲板之上，自从德利号开离码头之后，他的姿势就没有变过。他那双眼呆滞地看向江面，悔恨的念头就像潮水一样涌来，一浪高过一浪，让他窒息。

唐晓那纤瘦却坚韧的背影，一直在他眼前挥之不去。

为什么不回头看他一眼？

为什么知道了被背叛还要坚持救他们？

为什么置自己的生死于度外……

这大半个月来，与唐晓相处的点点滴滴，像走马灯一样全部在沈君顾面前依次闪过，一些被他忽略的细节都清晰地呈现出来。

每次他们讨论国宝存放地点时，唐晓都会自觉地走远避嫌。他以为那是对方依靠武功可以听得清的距离，可是现在回想起来，唐晓的表情并不像是在偷听的模样，更像是无所适从的茫然。

每次他们对收回来的古董侃侃而谈时，唐晓都是一脸漠然，完全不在意这些价值连城的宝物。

这些表现，根本不像是曾经劫道抢夺国宝的土匪头子！

现在细细想来，当时如此轻易地放他离开，又把一车厢的古籍毫无条件地归还，这唐九爷还真不像是一个合格的土匪。再联系之后的假成亲以及一系列的余家帮动荡，更像是……更像是借着劫国宝而施行某种计划。

人的好恶是能影响对其他人的观感的。

因为与唐晓的相遇实在是太糟糕，所以沈君顾下意识地把唐晓所有的作为都看成对国宝别有用心。但刚才江边发生的事情却把他的这个想法完全颠覆，现在怎么想怎么觉得他对唐九爷多有误会。

唐晓从一开始，就压根儿不关心那些国宝的安全，之所以做出这样的牺牲，完全是为了他。

而他回报给对方的，却是猜忌和防备。

沈君顾简直不敢想象孤身一人被留下的唐晓会遭遇到什么。

这都是他的错。

就像是十多年前，兄长为了给母亲买药而自卖其身，他为什么不冲出去代替哥哥？如果留下来的是兄长，说不定就能把母亲照顾得很好，让母亲能继续活下去。可他为什么只能跌坐在墙角处，咬紧牙关一声不吭。

就和现在一模一样。

沈君顾越想，就越觉得自己是个懦夫。

他身上所有的圆滑世故，都是一层厚厚的面具，没人知道在这层面具下的他，其实是个胆小鬼。

在沈君顾背后站了许久的张德胜，斟酌了一下，终于走上前蹲下身，诚恳地说道：“这位兄弟，张德胜欠你们一个人情，以后有什么事情尽管吩咐！”

沈君顾没有任何反应。

他听到了这句话，但这张德胜真正欠的是唐晓的人情，可是唐九爷就算侥幸活下来，估计以后再也不会想要与他们有什么牵扯了。

没有等到沈君顾的回应，张德胜也没有任何意外。他不知道留下来的那位少年与这批人有什么关系，但因为对方这一船货物保住了，也是不争的事实。

上海的大帮派青帮要建恒社，日前举办了开幕典礼。德利号上这次运载的军火，就是各地分部给上海青帮的建社贺礼。这个活计是张德胜求了许多关系才求到的，如果不能圆满送到，他简直无法想象是什么样的残酷后果。

可能他当时不接这个临时的单子，也就不会发生这样的事情，甚至和李胖子的关系也不会闹得如此僵。但那样窝囊地答应李胖子的分成比例，他未来跑船岂不是都要受制于人？难道还能带着兄弟们喝西北风？现在关系彻底破裂，说不定还会好一些。背水一战破釜沉舟，不会再有任何踌躇犹豫。

张德胜陪着沈君顾望了一会儿江水，但船上总有忙不完的事情，不一会儿就有船员来告状，说是章武发现船舱里挂的居然是煤油灯，嚷嚷着有火灾危险，要灭掉开电灯。

不过他这船哪有钱买电灯泡啊！张德胜头疼地站起身。

沈君顾连张德胜什么时候离开的都没注意到，依旧僵直地保持着原来的姿势纹丝不动。

天色渐亮的浦口码头，又恢复了人来人往的热闹景象。

胡以归捏着小本子，坐在一间茶铺之中，锁紧了浓眉思忖着。他虽然错过了跟踪国宝专列南下的机会，但到了南京之后就在暗处观察国宝护卫队的一举一动，当然不会错过昨晚的动静。

只是他没想到这班人马弄了个赝品火车还不算，居然煞费苦心地兵分三路，令他难以抉择究竟跟随哪一路。其中一路看起来应该是直接渡江而过，他也无法搭上去。而几乎同时出发的另外两路，他只能选了其中一路跟了上去。

谁知道，这一路最终居然是走水路，而且还不是容易买票混上去的货船。

胡以归旁观了昨晚那场械斗，丝毫不意外最后出手的是方少泽。他不关心这其中有什么深意，只关心这些国宝究竟被转移到哪里去了！

胡以归左右看了看，扫了眼四周。他知道还有几个人和他一样隐蔽在黑暗之中，就是不知道他们是他的同行还是其他势力的眼线了。今天这些人也和他一样茫然无措，显然也都失去了国宝的下落。

说不定那些国宝，就会这样永远消失在众人的视线之中，被有心人中饱私囊了！

胡以归攥紧了手中的本子，眼中闪过一丝愤怒。

不就是藏起来了吗？他会让他们露出狐狸尾巴的！

第三十二章　守护火种

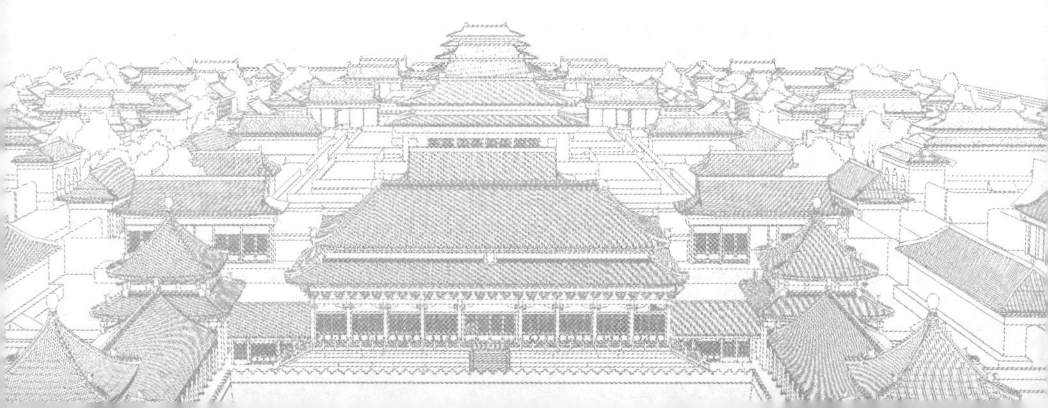

上海　法租界

法租界在浦东一带又开了一片新的租界区，而天主堂街这一片是老租界区，高楼大厦灯红酒绿，每天来来去去的人流不断，没有人有闲工夫去注意左邻右舍的情况。所以这天仁济医院旧址的那栋小楼有人出出入入，也没有人在意。

在法租界的房子不可能会长时间空置，有消息灵通的，已经打听到租用这栋七层小楼的是个什么贸易公司用作仓库的。据说这个贸易公司还是青帮的洪哥放话出来罩着的，本来动心思的小混混一听这消息，便打消了打秋风收保护费的念头。

这个贸易公司看起来规模还挺大的，本来略嫌破旧的小楼被收拾一新，进进出出的人也大部分都是带着枪械的，神情严肃，便有人开始传这里堆放的是青帮的军火云云。

岳霆在五楼的窗户往外看去，一眼就发现了几个蹲点的探子，窥探的技术差到他不忍直视。不过这也说明他们的这栋小楼没有引起太多的重视，否则也不会派这些不靠谱的来蹲点了。

方少泽走到他身边，也往下看了一眼，便不感兴趣地调开了视线。

他们租下来的这栋小楼是一座独栋，与周围的建筑都有段距离，非常适合隔离保护。而且是七层水泥结构，结实又抗震。还有一层地下室，可以作为值班员工的宿舍和办公室。

这么合适的地方，也不知道岳霆是怎么找到的。

方少泽抱着鸡蛋里挑骨头的心理，挑剔地问道：“这座小楼能全装下吗？”

岳霆知道他问的不仅是这次运来的国宝，而是故宫所有即将南迁的国宝。岳霆收回了往外看的目光，叹了口气道：“当然装不下，不过法租界里面真的没有合适的地方了。我看中了英租界四川路的一个仓库，不过还不忙着租，都运过来恐怕还要一两个月，能省一点租金是一点。”

岳霆一边说，一边肉痛地抽了抽嘴角。

方少泽无言以对，不过他也能看得出，岳霆手里的钱这些天里也花得差不多了，听说最近故宫人员的伙食标准都下降了好多。

现在离他们离开南京已经有两天了，两路先后用火车运载到上海的国宝已经先后到达，趁着夜色都已经搬进了这座小楼。而沈君顾负责的水路现在还在江上漂着，约莫今天傍晚才能到。

先来的两路国宝已经开始连夜拆箱，检查里面易碎易潮的古董有无问题，经历了路上的颠簸有无损坏，检查完就直接安排存放。方少泽冷眼旁观，发现岳霆的安排确实有道理。兵分三路，能迷惑跟踪的敌人，而且最不容易损坏的重器最后到，在这段时间抓紧检查易碎易潮的古董，不会浪费一丝一毫的时间。

岳霆真是心思缜密，连这种细节都安排得妥妥当当。更不用说与他谈判、安排货船、悄无声息地获得了青帮的支持、平衡了各方势力等等，甚至还在其间帮他搞定了军工厂的选址事宜。

方少泽捏了捏拿在手里的小羊皮手套，已经开始迫不及待地想要把这人拐去帮他重建军工厂了。这样的人才，用在保护这些封建糟粕身上，简直太可惜了。

岳霆领着方少泽在第五层参观，顺便检查还有无疏漏的地方，一回头就看到了方少泽脸上还未退去的惋惜神情。他略一琢磨，就知道对方在想什么，无奈地笑了笑。

他又不是万能的，怎么可能事事周全？虽然他孤军奋战，但可以求得各方面支持嘛！有些事情，他只要说一下需求，自会有同志替他做下面的事情，他只需要做好统筹安排就行了。

但他又因为要隐藏身份，什么都不能说。

这个方家大少爷挺不错的，就是总看不起这些古董文物。岳霆特意趁着大家开箱检查的机会，带着方少泽在小楼里转悠转悠，也是打算培养一下这位大少爷的古典文化修养。

这座小楼里还有股消毒水和灰尘混杂的味道，天花板上吊着蜘蛛网，楼道或者角落里还有些没有擦净的污渍甚至血渍。这种环境看起来有些脏乱差甚至惊悚，但故宫的每个工作人员脸上都洋溢着笑容，不管过程怎样，他们现在好歹有个可以安置国宝的地方了。

五楼是决定专门做一层重点文物保护仓库的地方，所以最先开始打扫卫生，其他拆箱工作在四楼以下进行，岳霆带着方少泽下了四楼，一个个房间带他晃过去。

“喏，他们在晾晒检查的是刺绣和缂丝品，看来书画类都已经检查完了。东边起晒着的应该是《桃花画眉》《海屋添筹》等宋朝的几幅缂丝画，西边那排都是明清时的缂丝刺绣品了，什么《岁朝图》《桂子天香图》《乐寿堂诗意图》等等。”岳霆到底不是长期在故宫工作的文物工作者，对于名字也只是死记硬背下来的，随便换一个人都能稍微讲得引人入胜一些，什么缂丝是宋元之后的皇家御用织物，什么“一寸缂丝一寸金”“织中圣品”，什么缂丝都是用在皇家服饰或者临摹名人书画上等等，绝不会像这样干巴巴地只背名字。

旁边的夏葵等人听了都闷头直笑，不过都忙着自己手头的事情，没人有空去替换岳霆做向导。况且能让方少泽旁观他们的工作，就已经是优待了，以前这方长官可是连靠近古董都不被允许的。现在也是有感于他对古董暂时安顿在上海付出的帮助，才渐渐打消了一些戒心。

方少泽对这些看起来不实用又脆弱的装饰品，完全没有任何兴趣。他的俊容上闪过一丝不耐，开口道："你真的喜欢这些东西吗？"

岳霆一怔，他没想到方少泽能一眼看穿他和其他故宫工作者的不同。

在这个混乱的世道里，至今还能留在故宫里工作的都是对古董文物抱着最真挚最深切的爱惜的人。而他自己就算再怎么伪装，也达不到其他人那样堪称入魔的程度。

方少泽也并不是想要岳霆冠冕堂皇的回答，他继续沉声追问道："你这样的人才，既然不是真心喜欢，应该把能力发挥到最需要你的地方。"他并不会什么华丽的说辞，但这样直白的语句反而更直戳人心。

夏葵在旁边听得微怒，其实她爹早就看出岳霆对古董没有那么发自内心的爱，这也是傅同礼对岳霆心怀戒备的最主要原因。但自南迁以来，岳霆一次次用行动证明了他的立场，不管他究竟是什么身份，众人也都完全地接纳了他。

而现在，这个方长官居然当着他们的面挖墙脚，简直是可忍孰不可忍！

就在夏葵挽袖子打算上前跟方长官理论的时候，岳霆却先她一步笑了起来。

"方长官，你觉得洋人还有小日本为什么要侵略我们国家？"岳霆脸上的笑容变得有些危险，带着少见的攻击性。

方少泽微微皱了皱眉头，这种显而易见的问题，他真有些不耐烦回答："因为我国富有而又弱小，就如同怀揣巨资的儿童走在街上，自然会招来旁人的恶意。"

"宛如小儿怀金过闹市，这是一个很好的比喻。"岳霆打了个响指，赞同地扬了扬眉，"我们为什么会被日本侵略？因为他们羡慕我们有幅员辽阔的土地。为什么英法联军会把圆明园烧毁？因为他们骨子里对我们的文明充满了羡慕和嫉妒。必须烧掉，必须把我们曾经的辉煌都毁灭，才能侵略我们，征服我们，把我们的傲气彻底抹去。”

正在整理文物的工作人员有的已经停下了手中的活计，若有所思地听着岳霆讲话。

“就像是那个有着世代传承财富的幼童，被人强迫打开了大门，拽到街上，暴露在众人眼前。他们抢走了他的财产，用皮鞭棍棒教导了他要听话不要反抗，那么他会被养成什么模样？”岳霆的声音转为低沉，有着说不出来的沉痛和不甘。

“试想如果中国真的被侵略，所有存在过的辉煌历史都被抹去，我们的后人浑浑噩噩地被培养成为奴隶，即使会有只言片语留下，也没有强有力的证据。就算是说服力再强的人，也只能被人称之为想象家。

“很快，不用几代人，我们的国家将会被永远的黑暗所笼罩，再无光明。”

岳霆的声音极具感染力，屋内所有人都被吸引住了，有些更是握紧了手中的抹布，脸上现出了悲愤的神情，显然是被岳霆的假设摄住了心神。他们都很清楚，岳霆说的虽然只是假设，但以现在的局势发展，很容易变成真正的事实。这样看着黑暗渐渐袭来又无力抵抗的愤怒和惊恐，无处宣泄。

方少泽的表情深藏在帽檐下，只能看得到他绷紧的下颌和抿成一条直线的薄唇。

岳霆的声音还持续地在屋中响起。

“历史并不需要想象，就算是文字也不能完全证明一切，因为文字可以伪造。

“所以，历史需要证据。

“而古董就是证据。

“古董是真实地还原历史。古代可没有什么照相机，我们只能通过书画雕刻器物等等，才能还原当年的人是如何生活如何存在的。而这其中，又各有各的特点，缺一不可。例如那边的缂丝刺绣品，上面还原了许多当时使用的器物和花草，那样鲜艳的色彩，这是书画所不能展现的。”

方少泽静静地听着，脸上的神情无丝毫波动，但背在身后的手却无法控制地攥紧了。

岳霆像是看穿了他的动摇，笑着继续说着。

“即使我们不幸被黑暗所笼罩，但每一个古董，都是一个火种。”

屋内所有故宫的工作人员闻言都振奋了起来，孟慎行挥舞着拳头，神情激动，想要说什么，却一时不知道该说什么。

岳霆含笑张开双臂，铿锵有力地说道：“这些古董，都是老祖宗们留下的财富，怎么能在我们手中被摧毁？”

这句极有煽动力的反问句一出口，屋内立刻一片哗然。

“没错！我们要做守护火种的守护者！”

“守护者太难听了，我们其实算是守藏吏！”

“守藏吏？《周礼》有云，‘司弓矢掌六弓、四弩、八矢之法，辨其名物，而掌其守藏与其出入。’守藏吏极好！”

其实故宫的工作人员都知道保护古董有多重要，但还没有人能够把他们的工作说得如此透彻清晰。一股沉重的使命感压在了肩膀上，也把心中因为坎坷的南迁而滋生的艰辛和恐惧全都驱逐一空。

岳霆见众人讨论过后，又把期冀的目光投向自己，希望他再说点什么。他刚毅的面容上现出了坚定不移的神情，一字一顿地缓缓说道：“希望我们的子孙后代，可以在光明安全的地方，静静地欣赏这些瑰宝。”

夏葵的眼圈立刻就红了。屋内一片鸦雀无声，虽然岳霆说的是一种最美好的假设，但却没有人怀疑这种假设不能成真。

或者说，没有人想要怀疑。

方少泽听得心神剧震，半晌之后才找回自己的声音，生硬地冷哼道：“悲观！为何不在黑暗笼罩起来之前就战胜它！”

岳霆对这种挑衅的话语也不在意，朝方少泽温柔地笑了笑，拍了拍他的肩道：“那还真是要靠方长官努力了。”

方少泽一股气被堵在嗓子眼里，发泄出来不是，硬吞回去也不是，俊脸被憋得通红。

什么鬼？他本来要挖墙脚拐岳霆过来跟他一起建军工厂的，怎么发展成这家伙的个人演说了？！

方少泽再次感受到了岳霆的深不可测，虽然恼火，但内心更加燃起了斗志。

这实在是……很久都没有过的感觉了。

岳霆瞄到了方少泽眼中不一样的光芒，心满意足地背着手往外走。他老早就想教育教育这个“海龟”了，这方少爷什么都好，就是对中国的归属感不强，也许是从小在国外长大并且接受西方教育的缘故。

一步步来，这个“海龟”少爷自动自发地想要建军工厂就已经出乎他的意料了，那么爱国主义教育也要逐渐提上日程了。太明显的思想灌输肯定会引起反弹，今天这样的效果就不错。

岳霆正自得地想着后续计划，刚走出房间，就看到傅同礼正站在门口，一脸复杂地看着他，显然是在门外恰好听了个全场。

“傅老师，您已经两天没睡觉了，要不先去歇一会儿？”岳霆关切地问道。实在是因为傅同礼在来上海之后就担惊受怕没怎么睡好，后来国宝来了又强挺着监督他们入库，此时已经佝偻着身子精神萎靡，年纪大了的人跟他们这些小年轻确实没法比。

傅同礼摆了摆手，还有一批国宝没到，他又怎么可能睡得着。他看着岳霆，重重地叹了口气，道：“岳霆，刚才那番话，听着有些耳熟啊。”

岳霆笑着回忆着，眼中带着一丝怀念，柔声道：“傅老师，您不是一直在怀疑为何像我这样的人会来故宫应聘吗？其实，在我年少的时候，遇到了一个人。他救了我一命，对我说了这番话，从而改变了我的一生。”

“原来是这样，沈聪他……”傅同礼心中疑虑尽去，也知道了为何岳霆一直对沈君顾另眼相看，“走吧，扶我去三楼看看。”

岳霆连忙上前搀好他。而傅同礼向前走了两步，回过头对站在门口一动不动的方少泽邀请道：“方长官若是无事，也来看看吧。”

方少泽一怔，虽然觉得那些古董在他眼中无甚区别，但听了方才岳霆的那番话，他再也不能把那些古董当成一文不值的封建糟粕了。他下意识地快走了两步，跟在了傅同礼的身后。

“对了，九爷人呢？早上到了好像就看到她一眼，之后就不见人了啊！”岳霆怕方少泽尴尬，主动地挑起话题。唐晓也是个待教育分子，刚刚没一起教育真是让人扼腕啊！

“哦，放下东西就直接去码头等沈君顾了。”方少泽干巴巴地说道。就算他知道唐晓是女儿家，但也有点接受不了唐晓对沈君顾的热情。

“哦？进展得不错嘛！”岳霆笑得贼兮兮的。

方少泽默默地又退了两步，拉开了和他的距离。

第三十三章　再无唐九

章武这两天过得简直就是糟心透顶，度日如年。

一开始上船的过程紧张刺激得要死，之后又是各种问题。本该负责的沈君顾又是失魂落魄的，连续揪着问好几遍才能有回答，更没法指着这人来解决问题了，他只能硬着头皮跟船员沟通。还好张德胜看在同甘共苦过的交情上，能帮忙的地方尽量给予方便，勉强也能过得去。

安顿下来之后，章武才反应过来他居然晕船，趴在船舷上吐得昏天黑地。

也许是他在旁边这样一折腾，伤春悲秋的沈君顾也没气氛自责了，勉强打起精神照顾他，又去巡检船上的国宝。忙碌起来好像就能让自己忘记哀愁和担忧，沈君顾这两天根本就没怎么休息过。

其实船上又能有什么事情忙来忙去的？沈君顾神经质地在一个个箱子面前走来走去，每一寸地方都要仔细查看，像个停不下来的陀螺。

章武有时候缓过来下到船舱，看到这样的场景，顿时又觉得头晕了。

这样两天下来，不眠不休，沈君顾和章武两人都是一水儿的黑眼圈，形容枯槁。张德胜来通知他们已经驶入了黄浦江，马上就要靠岸的时候，两人蹒跚着上了甲板，木然地看着两岸林立的高楼。

章武是被晕船折腾得头昏眼花，而沈君顾则是看什么都如过眼云烟。

此时天色已经彻底黑了下来，黄浦江周围星星点点的灯火映照出奢华迷醉的大上海滩。

也许是被晚风吹得舒服了一些，又或是快要到达目的地的兴奋感，章武的晕船好了许多，饶有兴致地提起精神打量着即将到达的城市。

张德胜的德利号没有许可，不能停靠在最繁华的码头，而是缓慢地开了一会儿，到了一个偏僻荒凉的地方打算靠岸。

章武忽然感觉到身边的沈君顾双手抓紧了船舷栏杆，单薄的身体剧烈地颤抖了起来。

这是怎么了？

章武疑惑地看了眼沈君顾，发现他正直勾勾地盯着岸边，那表情癫狂得跟离开南京的那晚一模一样。

章武又转过头看向岸边，没发现什么不妥。

这是……因为靠岸的景色相似，天色也差不多，勾起了不好的回忆？

看，不光景色相似，连岸边站着的那个人也很像唐九爷！

咦？这……这不就是唐九爷？！

章武也瞠目结舌，指着岸边什么话都说不出来。他使劲地揉了揉眼睛，那个人依旧双手负在背后傲然而立，甚至在看到他们慢慢靠近之后，抬起右手朝他们友善地挥了挥。

“你……你也看得见？”沈君顾察觉到了章武的异状，心急如焚地追问道。

章武僵硬地点了点头，本来想要说出泼冷水的话，却在接触到沈君顾欣喜若狂的目光时默默地吞了回去。

在深夜之中，这样空无一人的码头上，孤零零地站着一个本不应该出现在此处的人……怎么想都觉得毛骨悚然！

故宫里面最不缺的就是鬼故事，在众人之中口口相传，那叫一个绘声绘色，甚至于天黑之后不能独自在宫中行走也是故宫工作者之间秘而不宣的守则。

章武是被鬼故事荼毒的受害者之一，别看他块头最大，胆子却是最小的。此时单远远看到唐九爷孤身一人站在码头上，想象力丰富的他就已经迅速脑补了十几个不同版本的鬼故事。

还未等他想好怎么劝沈君顾理智一点，德利号就已经停靠在了码头上，船员刚刚搭好了接驳的木板，沈君顾就在第一时间跑下了船，速度快得连章武都没能抓住他，完全不像是两天两夜都不眠不休的人。

在码头站了一整天的唐晓，其实心中也是七上八下的。她之前虽然和方少泽嘴上说得硬气，但实际上根本摸不准再次见到沈君顾时，对方会有的反应。

是骂她阴魂不散，讽刺她对国宝不死心，还是干脆装作不认识，相忘于江湖？

因为多年来的习惯，唐晓在行动之前，总是习惯先预判事情发展的最坏结果。如果最坏的结果能够接受，那么最差也不会差过这个结果，然后尽量往最好的目标努力。这也是唐晓一贯以来，处事不惊、泰然自若的原因。毕竟她把最坏的结果都想到了，再怎么出意外也不会让她更惊讶，而且不管事态怎么发展都早有准备。

只是这一次，唐晓不管预判哪个结果，都心如刀割。

原来自己在不知不觉中，已经这么喜欢沈君顾了吗？

寤寐思服，辗转反侧。

两句小时候不知道在哪里听到过的诗词萦绕在脑海之中，唐晓摸着腰间的子辰佩，轻轻地摩挲着上面的盘长结，五味杂陈。

不过尽管心情忐忑，唐晓还是站在了码头上，第一时间迎接沈君顾的到来。不管是什么结果，她唐九都会咬牙承受。

沈君顾朝她飞奔而来，当视力极佳的唐晓看到他咬牙切齿的表情时，觉得自己恐怕是要挨沈君顾一拳了。

也是，他心中有怨，发泄出来也是好事，反正这家伙打人也不会太疼。

唐晓怕自己训练有素的身体会下意识地做出躲避或者反击的动作，

只能苦笑了一下，闭上了双眼。

可下一秒，预期中的疼痛却没有到来。

一股带着冲撞的力道猝不及防地正面包围了她，随之而来笼罩她全身的，是一种对于她来说极为陌生的温暖。

唐晓愣了半晌，才反应过来自己是被人狠狠地抱在了怀里。

这种感觉对唐晓来说十分陌生，因为在她的记忆里，连她的母亲都没有这样拥抱过她。

沈君顾并不坚实的臂膀，却给了她可以撑起一切的安全感。

僵硬的身体逐渐放松，甚至于可以将自己靠在对方的怀里，不用再独自一人站立。

另一个人的体温隔着单薄的衣料传导了过来，温暖了她被江风吹得冰冷的身体，让唐晓感觉自己像是陷入了棉花之中，舒适得简直不想思考。

沈君顾是全凭一腔热血冲了过来，不知道如何表达心中的兴奋和激动，又生怕这一切都是他的错觉，便本能地把唐晓抱在了怀里。

手臂之间的触感，是真的，不是幻影。

沈君顾喜极而泣。这两天两夜之间，他几乎被满心的愧疚所压垮，还好唐九爷没出事。

可是这种心情并没有保持太久，等到怀中一沉，对方彻底放松依靠过来时，沈君顾才猛然清醒了过来，顿时抓狂。

他究竟干了什么！

居然如此大胆地抱住了唐九爷！那可是道上大名鼎鼎传说杀人不眨眼的唐九爷啊！

他简直不想见到明天的太阳了！

沈君顾手足无措，立刻想要把唐晓推开，却感觉自己腰间反被一双手抱住了。

"别动。"

怀里传来闷闷的两个字，硬是让沈君顾听出来几分威胁，他立刻不敢乱动。

唐晓不想让人看出她的眼圈红了。没想到她把自己当成男人这么多年，内心却如此脆弱，居然一个拥抱就可以击碎她伪装的坚强。

沈君顾一时不知该如何是好，瞄到章武也下船了，赶紧抛过去求助的目光。

章武回了他一个自求多福的眼神，也不指望这家伙能帮上什么忙了，便指挥同伴们把箱笼装上板车运下货船。

沈君顾只能庆幸现在天已经黑了，他的这种窘境也不是太明显。两个男人拥抱一下倒没什么，但抱在一起这么久简直没眼看。

不过也是因为周围黑暗的缘故，沈君顾尴尬的情绪也就是一闪而过。他低头看向唐晓的头顶，像是头一次认识对方一般，内心惊叹不已。

原来唐九爷个子也不算太高，原来唐九爷身体这么纤细，甚至……甚至还有些柔软……

也许是因为拥抱让两个人接触得更近了，沈君顾莫名地感觉到怀里的人有股脆弱的气息弥漫，忍不住就想要伸手摸摸对方的头，以示安慰。

只是他的手刚刚碰到对方头顶的时候，唐晓却正好抬起了头，朝他粲然一笑。

“沈哥儿，这是投怀送抱？终于不闹别扭了？”

唐晓本就生得一副好相貌，如此近的距离，又真心实意地朝他微笑，那杀伤力又增了几级。那眼角的飞红更是像小刀子一样，勾得人心神荡漾。沈君顾立时就感觉自己的血压飙升，手忙脚乱地挣脱禁锢，拉开两人的距离。

“你……你别乱说话，我只是一时失态。”沈君顾强装镇定地解释道，他虽然不知道为何唐晓并不追究之前的事情，但显然正合他意。他顾左右而言他，生硬地转移话题道，“怎么只有你一个人？”

“哦，我只是在这里等你们，岳霆他会安排人来接你们的，你们又不信任我，能跟我走才怪呢。”唐晓半开玩笑地说道。她正说着，章武那边传来了喧哗声，显然是和来接应的人碰上了头。

沈君顾见唐晓自己主动提起，看表情也不是在意的样子，便顺着话头问了下去。

听着唐晓轻描淡写地几句就讲完了那晚的事情，沈君顾知道就算是岳霆安排好了一切，方少泽带兵暗中守护，但唐晓孤身一人闯入敌阵，其中凶险依然难以想象。

“有传言说是我杀了余大帅。”唐晓低垂眼帘，看上去像是一件脆弱而又唯美的瓷器，“我现在不能回余家帮了。”

“怎么会这样？”沈君顾震惊，但转念一想，也能察觉得出帮派内部斗争的激烈。唐晓这必定是被驱逐了。

沈君顾仔细思考，忽然福至心灵，瞬间懂了岳霆之前的暗示。

原来并不是要防备，而是要拉拢。

一直以来都被猜忌蒙蔽了双眼，沈君顾羞愧地推了推鼻梁上的眼镜，不知道该如何解释。

唐晓眼角余光瞥见沈君顾的反应，满意地勾起了唇角。她侧过脸，看着微微泛起涟漪的江面，淡淡道：“从今以后，再无唐九，只有唐晓。”

码头上昏暗的灯光映着唐晓绝美的侧脸忽明忽暗，有种如梦似幻的不真实感。

沈君顾一时竟看得痴了。

唐晓已经有段时间没有剪头了，本来略短的头发长长了一些，整个人显得退去了昔日的凌厉，变得柔和了许多。

盯着唐晓在夜风中翻飞的发丝，沈君顾搓了搓手指，那种丝滑的触感还残留在指间，像是上好的丝绸缎料。

心中有种陌生的情绪，蠢蠢欲动。

第三十四章　东窗事发

早春的南京，阴云不断，细雨连绵。

胡以归虽然穿着从北平带来的棉衣，依旧抵挡不住那丝丝缕缕的寒气入侵，冻得他一直在打寒战。

南京真是讨厌，怪不得当年明成祖朱棣非要迁都，这破地方的气候谁能受得了啊！

胡以归坐在茶馆里，一边哆嗦着手写着关于南京的观感，一边抽空抬头观察着巷子里面的情况。

跟丢了国宝，实际上已经是他的一个很严重的失误。

他虽然没见过故宫里的国宝存量，但估摸着类似于这样的南迁至少还会有个五六次。可是即便他现在启程回北平蹲点，也依旧混不上南下的专列，甚至专列下次有可能都不会经过南京，直接开往目的地了。

胡以归肯定是不可能接受这样的结果，他开始想尽办法，打听国宝的下落。只是那晚所见，包括他之内的所有探子都一无所获，就算他再怎么努力也没有丝毫线索。

但作为记者，他坚信天下没有无缝的鸡蛋，就看是否能够用对方法。

胡以归停下笔，把小本子翻到一页，最上面写着方少泽的名字，接下来一整页都是关于这位方长官的资料。胡以归把目光放到“未婚妻杨竹秋”这六个字上，用笔画了好几个圈。

负责押运国宝南迁的方少泽最近不见人影，自然是去安置国宝了。所以最好能从他的未婚妻那里撬出个一言半语，他就不信对这位娇滴滴的未婚妻，那位方长官离开数日会一个字都不交代。

这几天胡以归已经摸清楚了杨竹秋小姐的行动规律，知道她和朋友们约着喝完下午茶之后，会沿着这条小巷走出来到街口上车。因为这条小巷太窄，车子根本开不进来。

而这不到两分钟的步行路程，也就是胡以归能够接触杨竹秋的唯一机会。

巷子里传来了莺莺燕燕的软语欢笑声，胡以归立刻掏出几块银圆拍在桌子上冲了出去。正巧看到杨竹秋挥别了朋友，笑着往巷子口走去。

“杨小姐你好，我是《光华日报》的记者胡以归，我想就国宝南迁一事对您做个采访。不知道您是否知道国宝曾经在南京城外无故搁置了一个多月风吹日晒被雨淋？您的未婚夫方少泽先生是否跟您提到过国宝南迁的事情？您是否认为您的未婚夫可能会对国宝南迁路上的被抢劫事实真相进行隐瞒……”胡以归记者模式全开，几乎是不喘气地连续轰炸提问。

他知道自己这样不好，有可能这样尖锐的态度反而会引起对方的反感，可是压抑了多日的焦躁却在这一刻喷薄而出，像机关枪一样“突突突”地说个不停。

胡以归就这样追在杨竹秋的后面，直到杨竹秋停了下来，他才发现这不到两分钟的路程已经走完，他们已然走到了巷子口。

杨竹秋回过头，精致如画的面容上意外地没有任何被冒犯的怒火，甚至还勾起涂得殷红的唇角，朝他轻笑道：“第一，你口中的那个方少泽，还不是我的未婚夫。”

胡以归愣住了，心跳得飞快，也不知道是被对方美艳绝伦的容貌所震撼，还是被她异于常人的反应弄得措手不及。

“第二，任何一个绅士都不会对一个淑女这样没有礼貌地追问，很失礼。”杨竹秋克制而又优雅地表达了自己的不满，眼角眉梢都带着与生俱来的高傲。

胡以归的脸唰的一下就红了，他是一名优秀的记者，坚信所有公民都有知情权，有言论自由。但他从未和杨竹秋这样的女子接触过，对方仿佛天生就带着一种矜持的高贵，即使什么都不做，只是站在那里，就让人有种自惭形秽的感觉。

此时，杨家的轿车已经开了过来，平稳地停在了他们身旁，司机跳下来恭敬地给杨竹秋拉开了车门。

胡以归下意识地想要再说些什么，但又想到自己这样已经足够冒失了。一个未嫁的姑娘，关注的都是花花草草和时尚饰物，又怎么可能知道他问的那些事情。

就在胡以归打算目送杨竹秋上车离开时，只见她纤手搭着车门，朝他回眸一笑。

“你说……你是记者？”

“是……是的！”

“哦？那我这里有点有趣的事情，我们倒是可以聊一聊呢。”

孟谨言把数个被封条封好的锦盒依次在架子上摆好，又在本子上记好标号，顺便查验一下之前放在这里的玉器，确定了一个都不少，封条粘贴完整，这才站起身来。

今天已经是他们来到上海之后的第二十天，前天又到了一批南迁的国宝，这次也是方少泽和岳霆两人负责押运安排的，人员基本上和之前没有什么变化。留守北平的依旧是那些人，但他的父亲孟袁兴却跟着专列来到了上海。

书画组的国宝数量虽然多，但并不占什么地方。第一批南迁了最重要的一部分，而剩下的那部分挤挤再运一次就能运完了。既然书画都运完了，孟袁兴留在北平也没有什么意义，便带着孟母随着这批国宝一起南下。

孟谨言很高兴，虽然他不善言辞，不能像同胞弟弟那样表达自己的欣喜之意，但一家人的团聚，已经让他身心放松，做事都觉得轻快许多。

上海小楼里的收藏机制已经日趋完善，尽管是个暂时存放国宝的地点，最后还是会运回南京，但谁知道南京的朝天宫什么时候修好。在修好之前，国宝要一直待在这里，自然要重新规定收藏机制，因地制宜。

国宝里最珍贵的一批文物，统一被放置在小楼的第五层。这一层每个库门都装有警铃，一旦有外人入侵做违规操作，警铃就立刻响彻整座小楼，看守的士兵们会第一时间赶到。除此之外，每个库门都有两把锁，一把锁的钥匙由故宫博物院的秘书处保管，而另一把钥匙则由该库房存放的古物组负责人保管，每次开库都由两方面派人一起入库，否则无法进入。

当然，最后加固两把锁的，都是库房里已满，只需要一周常规查看一次贮藏情况，或者有下雨等异常天气时临时查看才需要开门的库房。

孟谨言把这次国宝南迁而来的珍贵玉器依次整理好放进库房，在秘书处的同事检查完毕之后，两人共同锁上了这间库房的大门。孟谨言把他负责的那把钥匙贴身藏好，用手拍了拍。

“谨言，你那边弄好的话，过来帮我们一下。”应该是听到了他们这边库房门落锁的声音，王景初在隔壁的库房求助道。

孟谨言应了一声，快步走了过去。

这间库房堆放的是图书馆的古籍，比起玉器要娇弱许多，布置也都完全不一样。

存放古董其实最主要的就是四防，防火、防潮、防蛀、防盗。对于古书而言，就更为精细。

防火就是严禁烟火，禁止抽烟，不能点煤油灯。这七层楼里全都布了电灯电线，他们已经把破损的电灯泡换下，如今一开灯就如同白昼。防潮是个难题，南方的潮湿空气对于北方人来说简直不可想象，听说到了雨季和夏季更可怕。现阶段也就只能用木架把箱笼底部垫高存放，而且不靠近墙壁以防洇湿。等更潮湿的时候，木架下面也会撒石灰吸潮。防蛀就是放樟脑丸，有些存放书籍的盒子本身就是樟木书盒，还好一些，就是不知道南方的虫子会不会比北方还厉害。而防盗则是和其他古董一样的措施，不过王景初有时候也打趣，周围这么多库房里有金银珠宝，就算来个大盗，也不会瞄着又沉又不好带走处理的古籍。

孟谨言进去的时候，王景初的身边正堆了一摞樟木书盒，有几个人也在帮忙整理。孟谨言把自己手里的册子放好，按照王景初的吩咐把书盒搬到架子上。他瞄了一眼书盒上的编号和字，便知道这是一批珍贵的宋本。

宋本就是宋朝的雕版刻本，也称宋刻本或者宋椠本。自从唐代雕版印刷发明以来，唐中后期的书籍都时兴如此印刷，在五代十国时期更是兴盛一时。这两个时期的雕本传世固然十分罕见，但除了历书和韵书之外，传世的大多是佛经。所以儒家经典旧刻，宋本乃是首屈一指。后期不断翻印翻刻这些经典书籍，难免会有疏漏错误，都是以最古老的宋本为对照，以此来纠正改进。再者宋本从排版、字体、纸张、用墨都极为讲究，早在明朝，宋刻本已有“寸纸寸金”之说。现在市面上，宋本都是按页卖的，成本的更是孤品，即使品相不好的也都堪称天价。

故宫博物院中的这批宋本，都是来自清宫内藏。据《石经考文提要》记载，本来清宫内藏的宋本还堪称丰富，结果嘉庆时乾清宫一场大火，所幸存者，十之二三。

他们现今手中仅存的这些宋本都是随着第一批国宝来上海的，虽然没有放在最后一节货厢里像《四库全书》那样被劫走折腾，但依然是在南京浦口火车站那样艰苦的条件下放置了一个多月。王景初现在都是每隔一阵就要打开检查一下，随时晾晒，确保可以度过这潮湿的雨季。

孟谨言虽然是玉器组的，但因为自幼随着书画组的父亲孟袁兴，当然也懂得如何对待这些娇弱的古籍。有了他的帮忙，再加上宋本本来没有太多，这次检查没多久也就完成了。

王景初把最后一盒宋本放好，凑近闻了闻里面的味道，脸上露出沉醉的表情："呼，本来残留的宋墨味道就很少了，希望下次打开的时候不要有更重的霉味。"

孟谨言看到他的样子都习惯了，真不知道书墨夹杂着霉味和樟木味道有什么好闻的，图书馆的这帮人各个都对书墨味道上瘾，甚至像王景初这样痴狂的，只用鼻子闻就能闻出是哪个朝代的书。在闲暇时候，孟谨言还曾经围观过他们图书馆内部的这种猜谜游戏，只凭鼻子，王景初就能干翻所有人。

当然，这种方法不可能百分之百准确，但孟谨言不得不承认王景初的鼻子要比其他人好使得多。至少在南京的时候，每次都能找到好吃的。

锁完库房，孟谨言和同事们一起下了楼，不约而同地往三楼走去。

小楼的三楼现今是各个组的办公室，几乎就是照着以前西三所的修缮室搞的规划，就是面积小了许多，许多设备物品也不全，都需要陆续添置或者等国宝南迁的时候随专列带过来。

在他们路过书画组的办公室时，孟谨言居然听到了父亲怒吼的声音，顿时一惊。

要知他父亲多年习字，修身养性，戒骄戒躁已经达到常人难及的地步，这可以从把他们兄弟俩起名叫谨言慎行便能看出来。孟谨言从小到大都没看到父亲生过气，此时骤然听到父亲的怒吼，甚至怀疑自己在做梦，下意识地掐了一下王景初的胳膊。

"哎哟喂，好疼！你掐我干吗？以为自己在做梦就掐自己啊！"王景初嗷的一声，一蹦三尺高。不过他也知道孟谨言为何这样，毕竟孟父是他们一致认为的老好人。

"你肉多。"孟谨言淡淡道。

王景初闻言干瞪眼，他真是个喝水就胖的体质，这能怪他吗！孟谨言还真是一如既往地不讨人喜欢，说话虽少但每次都毒舌得让人无言以对。

孟谨言没工夫理王景初，直接推开了书画组虚掩的门。

大概三四十平方米的办公室内，整齐地摆放着几个工作台，孟袁兴正站在其中一个后面，怒火中烧。而沈君顾和岳霆两人就跟鹌鹑一样，排成一列站在墙角，低头挨训。

孟谨言听了几句，就知道父亲为什么生气了。

今天是孟父到上海第一天上班，就在书画组的工作台上发现了一张张照临米芾的《蜀素帖》。本来还想呵斥书画组的后辈们工作不认真，居然连这么珍贵的文物都随便放在工作台上不收起来。结果孟父打开检查之后，越看越觉得不对劲。

米芾的《蜀素帖》被誉为中华第一美帖，系中华十大传世名帖之一，天下十大行书之一，排第八。极负盛名，却是最难被伪造的一张字帖，原因就是这张字帖使用的是绢本蜀素。蜀素是北宋时期四川织造的一种丝绢，连上面的乌丝栏都是直接织就而成，浑然一体。因为绢本吸水性弱，表面粗糙涩滞难写，所以当时许多书法家只敢在绢本上写少许字，而米芾的这篇《蜀素帖》则一口气写了八首诗，六百多个字，字形颀长，不拘一格，此帖一出，名动天下。

米芾的《蜀素帖》也辗转于后世多个收藏家之手，最后入了清宫内藏，现今就好好地待在这座小楼第五层书画组的库房里。其中一把钥匙还在孟父贴身的口袋里放着。

而孟父手中的这张帖，同样很有名，是清朝张照临米芾的《蜀素帖》，纸本行书。

张照是清朝大臣，历经康熙、雍正、乾隆三代，曾官居刑部尚书，精通法律，工书法，精音律。书法尤得乾隆推崇，负责编撰《石渠宝笈》《秘殿珠林》。他的楷书秀丽圆润，被誉为清代的“馆阁体”，被世人反复临摹。张照左右手都擅长，他随乾隆出巡时摔下马伤了右臂后，左手亦能挥毫，不见任何凝滞之意。相传乾隆的许多诗词题字，都是张照代笔。

张照逝去之后，乾隆越发怀念，不仅为其专门刻法帖，更收集他的墨迹为春联题词，并在他的书画帖子上作大量题跋，一直持续到乾隆晚年。在题跋中，乾隆认为张照之书法胜过米芾和董其昌，仅次于王羲之，遂对张照书法推重不已。

上行下效，乾隆如此喜好张照的书法，不仅清宫内藏中有大量的张照书帖，市面上更是泛滥不已，伪品层出不穷，价格也居高不下。

孟父也喜欢张照的书法，也曾临摹多幅，甚至因为米芾的《蜀素帖》太过于珍贵，不能多次翻阅，便临摹过张照临米芾的《蜀素帖》。

张照曾被乾隆要求临过许多历史上有名的书帖，这本《蜀素帖》也只是其中之一。孟父虽然不是所有细节都记得，但也知道临这《蜀素帖》，用的墨应该干一些，不能太湿，运笔要快但却又要有种涩感。他当年临这个书帖时，因为太长，中间还夹杂着需要处理其他事务，所以总共六百多个字，分了好几天才完成。笔意纵观则有些许不同，比起原作来说逊色不少。

他手中这张《蜀素帖》，题跋、装裱、用纸、钤印都与真品别无二致，可这字，分明就是他自己的！

孟父瞬间就想通了为何沈君顾向他要了许多字帖，而到了上海一安顿下来，就急匆匆地把他接了过来。分明还有资格更老的前辈留在故宫里，再怎么数这么快也轮不到他啊！

因此，孟父爆发了此生以来最猛烈的怒火。

搞清楚发生了什么的孟谨言抹了把脸。

其实沈君顾和岳霆两人鬼鬼祟祟地鼓捣什么，他们这些人偶尔稍微留意一下就都心知肚明了，虽然也是因为这两人后来没想要瞒着他们。沈君顾还曾经过来向他借几张古玉的拓纹纸样看看，他也没二话地借了过去。反正又不是借国宝看，他可没有违反任何条例。

不过，他们年轻人知道变通，可老一辈就不这么看了。

孟谨言和王景初互相对视了一眼，都无奈地朝沈君顾投了一个自求多福的眼神。

沈君顾欲哭无泪。

他刚到上海，还没和唐晓叙完重逢之情，刚趁着夜色把那批金银铜器搬入小楼，就被岳霆逮住，加班加点地继续做赝品。

因为第一次南迁已经把岳霆前段时间赚的钱，都花得差不多了。

不过沈君顾短时间内能做的也少，他手中向孟袁兴要来的字帖有限，尝试其他品类的造假也需要时间，并不像字画这样迅速。

岳霆心急火燎地催着方少泽开始第二批国宝南迁，费尽唇舌地把孟袁兴接了过来，顺便也把他的手稿都暗暗地带了过来。沈君顾连夜翻了一下这堆手稿，便选中了仿张照的一沓书帖。

因为名帖的陈年老纸不好寻，张照算是年代比较近又因为乾隆爱重而声名大噪的书法家，市面上他的作品多且流通得快。再加之他曾经临过许多名帖，属于名正言顺的翻版，更受市场欢迎。毕竟随便拿出一个“苏黄米蔡”，对方可能并不会觉得这是真的。但张照临的苏黄米蔡，信任度就会大幅增加。

对于沈君顾的选择岳霆当然没有挑剔的权利，他无条件配合。但此时他俩都没注意到书画组比平时多出一个人来。所以当孟袁兴来上班的时候，正好抓了他们一个现行，从来没红过脸的老好人立刻变成了火药桶。

孟袁兴气得呼哧呼哧直喘，一旁的孟慎行乖巧地递了杯水，他也看谁都不顺眼地呵斥道：“收起你那张幸灾乐祸的脸！当你老子我真的瞎了吗？这事儿你们肯定全都知道！”

孟慎行真是一脸冤枉，他又怎么知道沈君顾这小子在做些什么？在南京的时候顶多偶尔会被抓住问两句有没有在市面上见到仿得很像真品的赝品，其他的也没什么交流啊！天地良心，他跑来这儿是要看沈小子的笑话的，可没什么要同甘共苦的心。

站在门口的孟谨言见连双胞胎弟弟都被骂了，可见父亲真的是气急败坏，生怕自己也被殃及，连忙用不引人注目的缓慢速度，打算倒退着往后悄悄离开。

正在这时，一个清冷的声音忽然在屋内响起，冷静地说道：“孟先生，您生气是对的，可是为什么不听听他们的辩解？”

孟袁兴听到声音扭过头去，发现出声的是一位相貌俊俏的陌生少年郎，对方的面容雌雄难辨，甚至连声音都是悦耳的清脆。

在南下的火车上，孟袁兴已经听八卦的同事们普及了余家帮九爷的“光辉事迹”，虽然觉得这位小爷改邪归正是好事，但也不能磨灭了对方曾经劫掠过国宝专列的事实。不过孟袁兴也知道这唐晓唐九爷身怀武艺，并不是他可以随意呵斥的儿子或者弟子，只能按捺着怒火，嘶哑着声音冷哼道：“哦？做了错事，就算辩解，也能当没做过？”

“哦？那专列上准备的军火、租用的火车、为了租下这幢小楼上下打点的金钱，都是天上掉下来的？”唐晓模仿着孟袁兴的语气，丝毫不客气地说道。

孟袁兴立刻被她说得哑口无言。他当然不是真的不食人间烟火，也知道故宫博物院上上下下都是捉襟见肘。他来的时候也曾经询问过，知道这幢小楼的租金便宜得不像话，原以为是某些人捐的善款，结果来了才发现法租界这种地方，还真不是有钱就能进得来的。

“再者，沈哥儿也并不是你们故宫的人，他做什么，也不需要跟你们一一报备吧？”唐晓憋着一肚子气，说话也就带着几分火气。要知道沈君顾被压在这里一连做了多少天的苦工，她旁观着都觉得辛苦。这老头儿刚来就二话不说地开骂，她看着都心疼。

沈君顾见有越说越僵的趋势，连忙拦住唐晓。他知道唐晓是向着他的，心里暖洋洋的，不由得朝她笑了笑。

唐晓的心剧烈地跳动了两下，立刻就哑了火。她不着痕迹地捂了下胸口，皱了皱眉。她最近这是怎么了？心脏出了什么毛病吗？

“孟叔，我们做的这些，都是为了搪塞日本人。如果不这么做，日本人肯定会采取令我们防不胜防的手段。”岳霆说得简明扼要，点到为止，“我做得都很隐蔽，不会有风声传出去的。”

孟袁兴此时已经冷静下来了，虽然知道岳霆这是在替换概念，并不能抹杀他们制造赝品的错处，但他却已经没有立场再教育他们。

“老孟啊，孩子们都大了，他们有自己的考量。非常时期，非常应对手段嘛！”秘书处的尚钧也在旁边劝着。说实话，他倒真不觉得这有什么大不了的，岳霆拿赝品出去骗的，也不是自己人。从日本人手里骗银圆，削弱对方的财力充实自己，多么好的计策？

再说每个人的想象力都是丰富的，古玩市场上早就有各种赝品流传出来，都是打着国宝南迁的旗号，一个个故事编得那叫荡气回肠，惊心动魄。连他们当初在南京逛夫子庙的时候，都有人神神秘秘地向他们兜售所谓的“故宫珍藏”。

“孟伯伯，虽然制作赝品确实是不对的，但知己知彼百战不殆。故宫里的许多东西，也都是赝品，尤其以书画居多。我不信孟伯伯你不知道。”沈君顾一本正经地说道，完全就是一张不知悔改的脸。

孟袁兴刚降下去的怒火，险些又被他激得复燃起来，但也不得不咬着牙承认沈君顾说得对。

自古名家就有代笔，许多流传下来的书画本身虽然落了款钤了印，但很有可能并不是本人所书。而清朝皇家鉴定书画的水平本来就参差不齐，再加之各地进献过来的珍宝仗着皇帝不可能一一过目，便鱼目混珠。他们在接收故宫，清点清宫内藏时，就发现了许多存疑的东西。

而书画更是假货赝品泛滥的重灾区。例如北宋范宽的画足有十几幅，但笔触画风各有区别，甚至从用纸、钤印、笔墨来分析都不是同一年代所作，根本就不可能全部都是真品。

沈君顾察言观色，知道这样强行转移话题太牵强，但他也知道单单几句话是没办法说服倔强的孟袁兴，只能暂时先避开这件事，等日后潜移默化。他在孟袁兴即将再次爆发怒火之前，抢先说道：“我有方法鉴定那些书画究竟是真是假！”

此言一出，众人皆惊。

沈君顾擅长古董鉴定，并且以此闻名京城，这是大家都知道的。但在他们这些专业人士眼中，沈君顾就是因为过目不忘占了年龄上的便宜，一入手就能鉴定古董真假，实属力所能及，手到擒来。

但书画与别的器物不一样。

每个书法家画家的笔触都随着他们的年龄阅历增长而变化，甚至连挥毫时的心情波动，都会造成不一样的笔锋画风。故宫中字画浩如烟海，每一张不论真伪都是绝顶佳品，孟袁兴浸染书法多年，也不敢轻狂地说一句“可以辨识那些字画的真假”。

孟袁兴此时忽然不生气了，因为他发现沈君顾还是个没长大的孩子，和他生气有什么意义呢？其他人也觉得沈君顾未免太过于大言不惭，都无声地摇了摇头。

只有唐晓一人理所当然地相信他，她是不懂书画鉴定有多难，但在她的印象中，沈君顾在古董行业中无人能及。

岳霆却是盯着工作台上的一物若有所思。

上海比北平的市场繁华，西洋新奇的玩意儿只要有钱都能很容易地弄到手。沈君顾又很少提出什么要求，所以早上刚说，岳霆下午就给他弄了过来。原想着是沈君顾少年心性搞来玩玩，现在看起来似乎并没有这么简单。

果然，沈君顾立刻走到了工作台前，把仪器摆正，肃容道：“这是显微镜，明末清初就传入我国，可惜一直没有得到应用，都是富贵闲人拿来当玩物的。孟伯伯您可知，用这显微镜，甚至可以放大到一千倍，看到极细微的镜像。”

孟袁兴先是对桌上的那个铁疙瘩不以为意，但旋即身躯震动了一下，甚至需要用手扶着桌沿才能站稳。

“书画最直接的鉴定手法，就是鉴定纸的年代。作伪也可以用老纸，但随着时间流逝，老纸也堪比天价，所以最常用的还是后期做旧法。

“如果是真品，纸的颜色无论深浅，所有的薄厚、里外、凹凸地方应该全部一致。赝品的话，因为是用颜色刷成，厚的地方深，薄的地方浅，里面的颜色淡，外面的颜色重，凸的地方有颜色，凹的地方没有。这些在显微镜下面一看，明察秋毫。”沈君顾一边说，一边调整着显微镜的焦距，“连墨迹深浅、丝绢成分，只要有了对照样本，都可以对比分析。

"甚至，是真迹还是后人用双钩廓填法临摹的，一望可知。"

尽管脸上的表情还充满着不屑，但孟袁兴还是无法控制地走了过去。虽然显微镜没有办法辨别书画太详细的年代，可这也足够了。故宫所藏书画，本来就是宋元时期的更加贵重和难以辨认。

见孟袁兴在沈君顾的指导之下，兴致勃勃地用显微镜来观察字画，其他人都露出了匪夷所思的神情，排着队地想要先睹为快。

岳霆见场面终于缓和了下来，微微地松了口气，但他的表情还是没有放松。别看孟袁兴现在不计较了，可以后肯定没那么容易再临摹字帖给他们做赝品了。这等于是断了他的财路啊！

不过，偷偷摸摸地做事，总归不是长久之计。孟袁兴的性格非黑即白，旁敲侧击是根本不管用的。他也不是傻子，早晚都会发现问题。

只是还未等岳霆想到什么好的对策，又一个难题接踵而至。

夏葵跑进办公室，环顾了一圈，走到岳霆身前压低了声音道："岳大哥，下面有个姓杨的小姐来了，声称自己是方长官的未婚妻！"

"杨竹秋她怎么会来这里？"岳霆的脸色立时就凝重了起来。

夏葵耸了耸肩，她怎么会知道。虽然觉得有点不对劲，但人家未婚妻找上门来，总要给对方一个交代吧？岳霆和方少泽最近孟不离焦焦不离孟的，夏葵只能来找他应付。

岳霆拧紧了浓眉，有种不祥的预感。

方少泽不可能泄露这里的地址，而且别人不知道，曾经在南京观察过方杨两人相处的他难道还不清楚，这两人其实根本没有什么感情。

所以杨竹秋只有可能是借着自己的身份，从方少泽的手下套出来的地址。

过程可以暂时忽略，那么杨竹秋来此地的目的为何呢？

想起杨竹秋对故宫国宝的执念，岳霆相信，这姑娘绝对不会是单纯地想来跟未婚夫见面撒娇的。

岳霆也没耽搁时间，直接下楼去接待室见人。夏葵眨着她那双杏眸想了一会儿，终于忍不住看八卦的心情，偷偷地跟了上去。

这幢小楼是仁济医院的旧址，他们租了下来，现在对外挂牌的是“宣宇国际贸易公司”，一楼和二楼都布置得像模像样，前台、接待室、办公室等等地方都有人办公。当然这顶多就是骗骗不知内情的人，杨竹秋瞥了几眼就知道这都是空架子。

她被人领到一处接待室，里面的桌椅虽然看起来体面，但上面的灰尘都还没擦去，显然是摆在这里之后没人坐过。

岳霆进来的时候发现杨竹秋站在那里，愣了一下，才反应过来这里实在太脏了。不过他也没叫人过来打扫，站着说话最好，累了就赶紧走人。岳霆瞄了瞄杨竹秋脚上那双细跟高跟鞋，脸上装出一副和善儒雅的模样，笑着问道：“请问您是来找方长官的吗？”

“是的，他不在吗？”杨竹秋轻咬朱唇，神色落寞地问道。她当然知道方少泽不在，否则她怎么敢来这里，门都进不来就会被方守拦住！

“方长官不经常过来的，这里只是他其中的一个产业。”岳霆说的是事实，方少泽现在只管押运北平到上海的国宝专列，其余时间都在陈家港那边，忙于重建上海军工厂。岳霆觉得，若不是每次国宝专列都会夹带几车厢天津机器局的设备器械，恐怕方少泽连这都懒得盯着。

“他是真的不在，还是不想见我？”杨竹秋哀怨地说着，神情人见人怜。

她这样娇弱的姿态，换个男人，恐怕早就站在她这边，来声讨方少泽了。但岳霆却完全不为所动，不管杨竹秋怎么嚷着要见方少泽，借口要冲上楼去找人，都成功地挡了下来，话说得那叫一个滴水不漏。

最后杨竹秋是被他客客气气地送出去，并亲自站在大门口，目送着她上了汽车，消失在法租界的街头。

“岳大哥，这人真是方长官的未婚妻吗？”夏葵倒是一点危机意识都没有，全程默默围观八卦。杨竹秋方才说了许多抱怨的话，夏葵听了也没觉得有什么不对劲。毕竟方少泽看起来就是那么一副生人勿近的模样，非常难接触。

“未婚妻？他们根本就没订婚。”岳霆冷哼了一声，“这女人来这里的意图有问题，最近要多加留意。”

夏葵却觉得岳霆有些小题大做了，一个看起来娇滴滴的富家小姐，又能做什么呢？

被当成贼一样防范的杨竹秋，越想越觉得不爽。憋了一肚子火的她回到上海的酒店，立刻就拨通了电话。

“按照计划行事。”她冷冷地说道。

电话那边应了一声，还想说什么，杨竹秋没有耐心听废话，啪嗒一声就把电话挂断了。她从酒店的窗口往外看去，正好能看到那幢小楼的一隅。

快了，是她的，终究会属于她。

北平　监察院

“长官，南京方面发回来的信件。”

顾渊抬起头，他的脸又瘦了些许，一双鹰隼般狠辣的眼眸越发犀利起来。来报告的下属立刻低眉顺眼，根本不敢接触他的目光。

手中的文件夹被拿走，下属听到了翻开的声音，随后瞬间感觉室内本来就冰冷的温度又降低了几度。

过了很久，下属才听到顾渊冰冷的声音。

“这篇报道，发。”

“是。”

第三十五章　倒卖文物

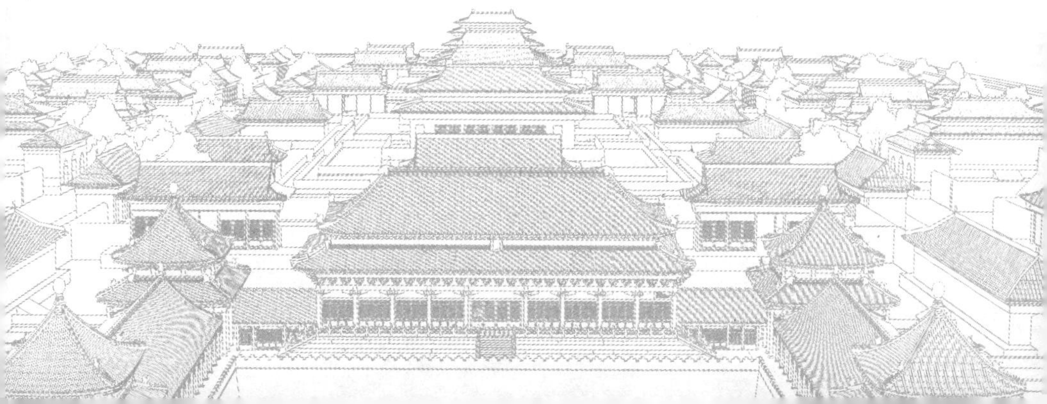

方少泽坐在宽敞的凯迪拉克 V16 的后座里，却无暇欣赏十六缸发动机齐鸣的声音，他正对着手中的报纸，阴沉着俊脸。

故宫博物院院长涉嫌倒卖宫廷古物珍宝！

头条硕大的加粗标题，触目惊心。

别人也许会被这篇报道里面写得有板有眼的故事误导，但方少泽亲眼见过，故宫的所有古董文物，从保管、提取、装箱、运输等环节，都有严格缜密的监督措施，不可能发生这种事情。

不过，方少泽想起沈君顾曾经偷梁换柱出来的字画，一时间也不那么确定了。故宫国宝几十万件，少了一些恐怕也不是那么容易查出来的吧？

方少泽到了上海之后，全身心地投入了重建上海军工厂的事业中，陈家港那一片简直就如同鬼城，百废待兴，所有事情都需要他来定夺，忙得那叫一个焦头烂额。若不是他每天还会抽出点时间看报纸上的国内外要闻，恐怕现在还不知道这件事。

当方少泽到达法租界的小楼时，瞬间就感觉到了这里不一样的气氛。

依然是井然有序，但每个人脸上的表情都有着说不出的愤怒和迷茫。

“今天早上跟傅老师通过电话了，听声音还算好，不知道傅老师在北平能不能扛得住？”岳霆一边把方少泽领到接待室，一边担忧地说道。这次国宝南迁，傅同礼没有随着专列一起南下，而是留在北平故宫，继续整理剩下的古董文物。

“究竟是怎么回事？”方少泽拍了拍手中的报纸，“这上面说的倒卖古物，是真的还是假的？”

“是确有其事，但不是像报纸上写的那样夸张。”岳霆叹了口气，示意方少泽坐下。接待室自从杨竹秋走后，好歹每天有人会来打扫一下，不至于布满了灰尘没法见人。

方少泽没料到这报道并不是在胡编乱造，一时有些意外。

“很多人都觉得皇宫里的东西都是完整无缺的，但实际上，我们接手故宫之后，同时也整理出来许多不易保存的东西。”岳霆轻笑了一声，像是在嘲笑着什么，“百姓们以为皇帝就是高不可攀的天子，其实归根结底也还是需要吃喝拉撒的普通凡人。皇宫里的东西就都是好的，永恒不灭的……这都是瞎扯淡。茶叶、皮货、绸缎、药材等等，有些存放了数年数十年，甚至数百年。许多都是因为保存不当长毛发霉，扔又不能扔，浪费人力物力和仓库，保存下去也没有意义，所以当时傅老师开会征求了大家的意见，决定作价处理。”

方少泽听着岳霆的解释，倒也理解了傅同礼的决定，但这真的很容易变成对方抓住不放的小辫子，他问：“有报备在案吗？”

“当然，这些东西怎么可能私自处理？”岳霆回忆着，“据说傅老师当时就报到了南京国民政府，很快就得到了批准，这是有案可查的。不过，实施起来要比想象中的还要复杂，整理文物、判断文物是否可以作价、到底价值可到几何等等一些事情都需要逐步商定，后来真正作价处理是在政府同意之后的两年多。”也是他刚刚进故宫的那一年的夏天。

“有案可查就好。”方少泽松了口气，“这记者不过就是捕风捉影，我去安排人撰写反驳的稿件，争取多发几家报纸解释。”

"多谢。"岳霆的脸色却并未有丝毫放松，苦笑道，"不过，驳斥往往也没有用，人们往往会听信谣言，并且迅速按自己的思维逻辑来编排故事。"

他一边说着，一边把目光落到了报纸上。这篇报道的落款虽然是个陌生的人名，但看行文字句，岳霆也能猜出来这是之前叫嚣拍卖故宫古董来买飞机大炮的那个记者。只不过又换了个笔名而已。

如果是那个难缠的家伙，那么肯定不可能只有这一篇报道。接下来对方肯定会换多个笔名，在不同报纸上，用不同的论点写各种战斗檄文开战，不彻底把这件事情炒热誓不罢休。而即使方少泽托人在报纸上声明此事，也会轻描淡写地变成对方计划中的一环，激不起任何涟漪。

而且岳霆担心的倒不是舆论的问题，当初反对故宫国宝南迁的呼声更猛烈，他们该南迁也迁了，就是过程曲折了一些。但现在既然开始了诬告的这个头，就防不住有人会借题发挥。毕竟现在已经没有了故宫高高的围墙保护，古董文物失去了天然的屏障。而对方又瞄准了傅同礼开刀，很容易借题发挥，将其停职开除，再安排他人进来。本来故宫上下像个铁桶一样，滴水不漏，但这次是直接砍断了铁桶的把手，弄不好就会把铁桶直接打翻在地。

方少泽和岳霆两人聊了一会儿，也都没有什么建设性的意见，只能按捺住心中的焦急。他们正好也要准备去北平押运第三批故宫南迁的文物了，两人决定提前上路，到北平再见机行事。

不过接下来两个月的事态发展，出乎他们的意料，迅速地急转直下。

最开始的报纸报道，虽然掀起了轩然大波，但因为随后《申报》上公示了当年傅同礼请示南京国民政府的公文和南京国民政府的批示，公开了那些作价处理物品的情况。虽然胡搅蛮缠的人难免嘀咕肯定有好东西就这样被趁机卖出去了，但理智的人都表示可以理解。

此风波尚未平息，一封匿名信就寄到了北平政务委员会，信中指控以傅同礼为首的故宫博物院高层盗卖故宫古董，举例说出的几种古物类别和流通渠道，言之凿凿。

若说之前只是浮于表面的议论和声讨，在这封匿名信之后，整个性质都变了。

因为此事之前就引起了公众的关注，北平政务委员会无法对这封匿名信视而不见，立刻召开了会议探讨此事。最终经历了几次会议的辩论，决定派遣监察院的监察委员查看处理物品全案，核实院存基金数目。

这项决定让已经趋于平缓的风波再起，北平政务委员会都要派遣监察委员调查了！近乎是一瞬间，全国上下的目光都聚焦在北平的那座皇宫上。

在北平政务委员会监察令下来的时候，故宫国宝南迁已经完成了三次，故宫的工作人员正在把第四次南迁的国宝整理装箱。岳霆有特殊渠道，提前知道了这个监察令。事实上，他也在各方面使力，希望把匿名信的影响降到最低点，但毕竟这件事已经闹得如此之大，不查个明白让他人臆想反而是件坏事。

可是只要监察令一下，肯定会耽误故宫国宝的南迁，岳霆和傅同礼等人商量之后，决定第四次南迁提前启程，就算因为时间仓促，这次运出去的国宝只有往次的五分之四，但也总比把这批国宝留在故宫，接受监察委员再次开箱检查的好。谁知道检查完是什么时候，等下次运出去都不知道是猴年马月了。

不过这样急急忙忙地连夜运国宝出宫，又会给有心人抓住小辫子，扣以做贼心虚的大帽子。只是傅同礼即使知道这点，也全然不顾，迅速安排第四批国宝起运。

在国家大义面前，个人荣誉又算得了什么？

再说傅同礼自认行得正坐得端，身正不怕影子斜，何惧人言！来监察委员正好，随便查，还自己清白！

岳霆却觉得对方从布局到落子，都隐藏着深意，不会只是为了雷声大雨点小的监察。他提醒傅同礼留意一下故宫的档案账目，后者却觉得没有什么错处，也就没在意。岳霆也不能逼着傅同礼去查，而他自己现在虽然看似在故宫理事会之中取得了一定的话语权，但那也仅限于南迁一事，但凡涉及真正的内部事务，他还是半句话都说不上。

由于心中担忧，岳霆就没有跟着第四次国宝南迁的专列南下。起初这次国宝没有装满专列，从天津机器局弄来的机床和配件便又多装了几车厢。与方少泽成了利益共同体，岳霆也不怕对方做什么手脚。再说虽然他和傅同礼没有跟着南下，还有其他负责人跟着呢。

专列连夜驶出了北平，众人都松了口气。然而第二天刚刚上班，监察院派来的监察委员就到了。

"岳霆，脸色怎么这么难看？昨晚没睡好吗？"一个温柔的女声关切地问道。她穿着一身温婉的素色旗袍，即使绾起的发鬓都有了些许霜白，但却一点都不减多年前的风姿。她是书画组的徐慧，今年已有五十余岁，专攻丹青，一手临摹画无人能敌。其实书画组的文物都已经搬空了，但她因为丈夫张崖山是木工组的负责人，还有许多家具没有运走，执意留下，她只好陪着。

"是啊，徐姨，昨晚都没怎么睡。"岳霆看着不远处傅同礼等人接待的监察委员，不着痕迹地往回廊里退了退。

为什么来的监察委员之中，居然有顾渊那个家伙，而且看起来还是他领头！如果他没判断错的话，这个姓顾的，对故宫可是没有半点好感的。

再联想到之前为了得到南迁的情报，而贿赂顾渊的那张字画。虽然他知道那是赝品，可对方完全不知道啊！只通过这一点，对方肯定就会认定故宫内必然有人中饱私囊，首先就把事情定性了。当时获取的情报很重要，可凡事真是因果循环，一报还一报啊……

岳霆唏嘘不已，但他性格果决，即使有些许后悔，也立刻抛之脑后，拒绝再沉浸在无用的思绪之中。既然时光不能倒流，那么后悔又有何用？

首先他就不能出现在顾渊面前，虽然当时接触的时候化过装，但现在只要一出现肯定就会被认出来。

“那快去休息吧。”徐慧的儿子已经随第一批国宝去了上海，几个月未见，她已经把泛滥的母爱移情到其他年轻人身上了，看着岳霆带着担忧的表情，她安慰道，“不用担心，那些监察委员，都是走个过场，不会为难人的。”

事情如果这么简单就好了……岳霆无声地叹了口气，点了点头道：“我先去后面喂小黑，小葵特意叮嘱的。”

“那孩子……”徐慧轻笑地摇了摇头，便不再关注岳霆的去留。

正带路往秘书处办公室走的傅同礼发现身后的人莫名地停下了脚步，不由得疑惑地回头看去。那名年轻的监察委员正朝着一个方向凝视，鹰隼般的双眸透着犀利的目光。傅同礼连忙顺着他的视线看去，西三所的院子里只有书画组的徐慧正在整理箱笼。

“顾长官，可有什么不妥？”傅同礼皱眉问道。他非常不喜这位负责的监察委员，一见面就能感受得到对方浑身上下对故宫浓浓的排斥感和敌意，可想而知这对查案会有什么影响。

顾渊总觉得刚刚眼角余光应该是瞥见了一个熟悉的身影，但一时又想不起来是在哪里见过的。他见过的人实在是太多了……每当这种时候，他都会想起弟弟过目不忘的能力。

不过，自己那个不省心的弟弟究竟跑到哪里去了？南下的话，是去了南京？上海？还是往西南地区去了？

走了也好，离这个肮脏的宫越远越好。

顾渊想起还在他家中保险柜里放着的《祭侄文稿》，内心冷笑不已：“无事，只是觉得宫中还有这样破败的地方，有些意外罢了。”

“唉，建筑也是需要维修的，这西三所因为改成了修缮室，常年有人居住还好些。其他宫殿更是一塌糊涂，前面太和殿的龙椅都不见了，柱子上的金箔都被扒光了……”傅同礼也是见惯了第一次来故宫的人对此的惊讶，习惯性地介绍着。

顾渊当然知道，他小的时候不懂事，还溜到太和殿，尝试从柱子根底下抠出残余的一点点金箔，而弟弟就站在殿外望风，又害怕又不敢扔下他一个人在里面。最后当然是两个人都被逮了个现行，顶着盆子跪在窗户底下反省。喏，就是那边的那扇窗户下面……

顾渊的眼中闪过一丝怀念，旋即又被他迅速地抹去了。

他的父亲，就为了这样冰冷的地方，舍弃了妻与子，献出了自己的生命……

顾渊脸上的神情退去了那一瞬间的柔软，重新变得冰冷坚硬。

岳霆最近一段时间过得十分压抑，顾渊带领的监察委员最近一个月天天在故宫上班报到。为了避免见面露馅，他就只能避开对方的活动范围。好在故宫很大，有意避开一个人也不是什么难事。不过每天都不知道最新发生了什么，让习惯掌控局势的岳霆非常不适应。

因为监察令，故宫第五批国宝无限期停运，岳霆不止一次庆幸他们赶在监察令正式下达之前把第四批国宝运了出去，虽然这个行为已经多次遭人诟病。

“徐姨，您回来啦！今天怎么样？”岳霆见徐慧迈步进门，便放下手中的锤子热情地迎了上去。他留在木工组给张崖山打下手修理家具，为的也就是能尽快得到最新消息。还好监察委员所在的敬事房禁止闲杂人等靠近，岳霆不自己去探听消息也属情理之中，没有引起他人怀疑。

“每天除了翻那些旧账本，还能有什么事做？”正在用刷子清理木雕缝隙间尘土污垢的张崖山嗤之以鼻，他如同故宫里其他工作人员一样，对那些监察委员很看不顺眼。谁会喜欢把他们当嫌疑犯一样看待的人啊。

“今天……还真有点不一样。”徐慧风韵犹存的脸庞上带着一抹疑虑，把椅子表面的一层木屑抹净之后坐了下来。

岳霆连忙拿过桌上泡好的盖碗茶递了过去。

徐慧拿着温茶也没有立刻就喝，而是接在手中焐着："往日都是查账目，但今日那个顾长官，居然提出来要看字画。"

"字画？"岳霆的心咯噔一下，连忙追问道，"为什么忽然要看字画？我们的字画不是都运走了吗？"

"是的，早就运走了，所以才奇怪。也不知道他们为什么非要查字画。"徐慧叹了口气。故宫里的字画实际上是流失最多的一个类别，因为最容易随身携带。当年不光是宫中伺候的太监宫女们偷卖字画，连末代皇帝溥仪走的时候都带走了许多。

"这还用想？肯定是查账没查出来半点问题，打算查字画来泼污水了呗。"张崖山冷哼一声，把手中的刷子重重地放在了桌子上。

岳霆却知道顾渊的用意并不是这样的，八成是想要看一下故宫里所藏的《祭侄文稿》，是不是依旧在，然后鉴定下真伪。那个商人的身份以后他并不打算用了，即使丢弃也可以，所以并不怕顾渊去查。只是……

"还好字画都已经南迁，不用受这些人的折腾。"张崖山庆幸着，他可知道媳妇负责的字画组里面的东西究竟有多脆弱，可比不了他木工组的家具结实。

"是啊，就是因为字画都南迁了，顾长官坚持他们要追到上海继续监察。"徐慧冷冷地说道，"这回他们要是去上海的话，我说什么也要跟着了。"

张崖山闻言一愣，旋即怒火飙升道："去，是该去！要不是我这里还有一堆东西没起运，我也跟你一起去！"

岳霆的表情阴沉了一下，顾渊要去上海查？那么就是必须要给他地址了，若是那个没有底线的家伙知道了存放国宝的地址……

有时候，还真不能怪他思想阴暗。

因为，事情的发展往往比他想象的还要严重。

第三十六章　请君入瓮

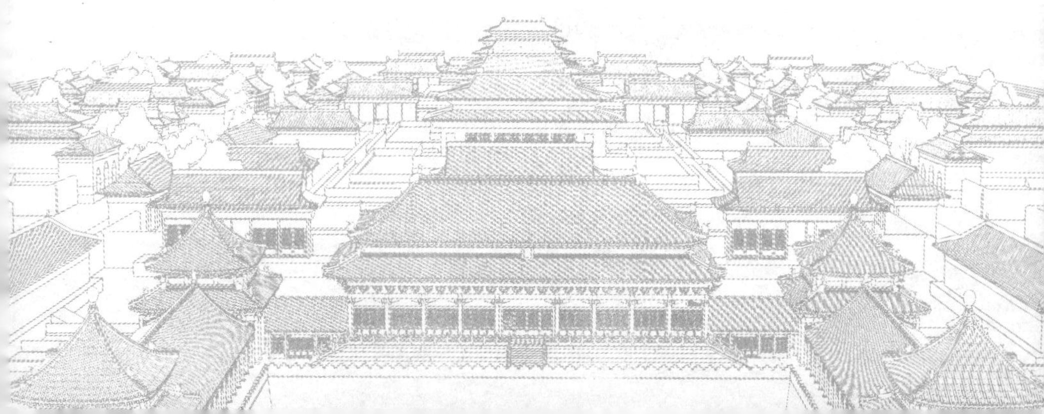

唐晓如往常一样，一层一层地巡视着这幢小楼。

她现在被聘为保安组的一员，每天按照执勤表轮班，有单人宿舍可以住，一日三餐吃食堂，每个月还有薪水可以领。

这样规规矩矩的生活，并没有她想象中的那么无聊。

随着第四批国宝的到来，小楼里已经塞得很满了。尚钧又在英租界的四川路仓库租了一层，专门放文献馆的文献，文献馆的工作人员也跟着去了英租界。虽然分散了守卫力量，但依着故宫不把鸡蛋放在同一个篮子里的章程，这样的分流也属正常。

小楼里的一层二层依旧是贸易公司，方守看不惯这里闲置，派来方家的几个管事，短短几个月就把这个贸易公司做了起来。表面上与方家没有任何关系，但做的还是军火生意，与上海几个帮派都有了交情，倒让这座小楼置身于斗争之外，没有人敢擅动。

小楼的电梯都是被锁住的，运送大件物品时才可以使用，钥匙都保管在负责人手中。二层到三层的楼梯都有卫兵把守，闲杂人等禁止上楼。就算是被人误闯发现卫兵，军火公司戒备森严也解释得通。

三层是各组的办公室兼修缮室，平常大家的活动都在这一层。第五层是放贵重国宝，守卫严密的一层，其余几层也都是仓库。

今天忽然发现顶层个别房间有漏雨，正忙着转移古董。幸好这批新来的国宝还未拆封，有箱笼在外面罩着，没有被淋湿。

唐晓帮着搬了几个箱子，剩下开箱检查古董之类的她就帮不了什么忙了，便下楼继续巡查。

下到六楼，唐晓沿着走廊慢慢地走过去。走廊左右两边的房间原本都是仁济医院的病房，现在都改装成了一间间仓库。按照故宫现行仓库管理条例，工作人员在工作时禁止关门，所以唐晓可以看得到有几间仓库里有工作人员在整理新到的古董。

在她经过书画组的仓库时，可以看得到孟袁兴正在屋中的操作台上，专心致志地用显微镜在观察一卷卷字画。其中一个孟家兄弟正在旁边伺候着当助手，见到唐晓路过门口，抬头朝她无奈地笑了笑。

唐晓至今依然分不清孟家双胞胎哪个是哥哥哪个是弟弟，但能从对方那沉静的笑容中判断出，此人应该是性格更内敛的孟谨言。也是，孟慎行那个闲不住的性格，也不能乖乖地被拘在这里。而且听说此次来的这批国宝有大量的瓷器，陶瓷组的孟慎行一时半会儿也是走不开的。

回给孟谨言一个自求多福的表情，唐晓继续往下巡查着。

五楼是重点文物仓库，整个楼层外面都有一道铁栅栏门，平常都不开的，现在也是严严实实地锁着。唐晓和门口站岗的几名守卫聊了几句，便继续往下走。她还没下到四楼，就遇到了上楼的沈君顾。

唐晓微微地挑起了眉梢。沈君顾现今并没有被划到哪个组里面，都是哪里需要人他就去哪里帮忙。他经常各个楼层跑来跑去，之前最忙的时候，二人一天在楼梯间能遇到十几次。

不过最近沈君顾倒是经常往外跑，早出晚归的也不知道他是去做什么。这时他不属于任何一个组别的优势就出现了，少了他谁也没觉得奇怪，都以为他在其他组里帮忙呢！

但唐晓留在这里，最主要的原因就是他，自然关注着他的一举一动。

往日都是借着保安的身份，不知疲倦地楼上楼下巡查，也就是为了可以一遍遍地偷偷看沈君顾工作。可这样的工作有利有弊，现在又不能无故离岗，去查清楚沈君顾究竟每天都跑出去忙些什么。

所以在上午看到这沈家二少出现在小楼，唐晓不禁微讶，正想组织语言询问，对方直接拽着她的手腕就往楼下走。

若是换了别人，唐晓绝对不可能让对方如此轻易地拉住腕间命门。但此时，她更关心的是为何沈君顾的脸上写满了焦急和担忧。

唐晓任凭沈君顾把她拉到了四楼楼口的卫生间里，便忍不住开口问道："出什么事了吗？"

沈君顾探出头去，发现整个四楼的走廊没有什么人，这才转回头来，压低声音道："九爷，慎行他们出大事了。"

唐晓歪了歪头，用心听着楼上楼下的动静，并没有太多的喧哗声。她一早没有看到孟慎行，原来是这家伙根本就没来上班。知道了事情与沈君顾无关，唐晓松了口气，她双手环胸，挑了挑眉梢轻哼道："哦？他们怎么了？"

沈君顾的脸上现出扭捏窘迫的表情，纠结了半天才期期艾艾地说道："慎行他们昨晚去了赌场……输了付不起钱……现在被扣在那里了……"

"哦？原来你最近一直没出现，也是去……"唐晓的声音转冷，胸中腾然涌起一股说不出的怒气。赌博是完全不能沾的一种恶习，她完全没想到连沈君顾这样的人也会把持不住。

"不不！我当然没去！"沈君顾连忙摆手解释，一脸无辜，"我最近不在是因为在忙着做……其他事情，真的不是赌钱啊，九爷你要相信我！"

唐晓因为沈君顾可疑的停顿眯了眯双眼，但也没有继续追问："你知道你是怎么承诺我的吗？"

"知道，我答应再也不欺骗你。"沈君顾局促地点了点头。他和唐晓之前的误会就是起源于欺骗，所以两人再次在上海重逢之后，他就起了誓，再也不会欺骗对方。不过他这些天一直在偷偷摸摸地琢磨赝品，这怎么好跟唐晓说啊，他完全开不了口！

“继续说孟慎行他们的事情，究竟是怎么回事？”唐晓满意地仰了仰下巴。只要沈君顾没去赌，她就放心了。至于对方的隐瞒，她也完全不急。反正早晚都会知道的。

沈君顾偷偷地抹了把冷汗，一五一十地把孟慎行几个人的事情说了一遍。

原来还真不是大上海灯红酒绿迷人眼，想孟慎行他们在北平什么没有见识过！上海这些洋人的玩意儿他们还真不放在眼里。只是最近因为故宫监守自盗的传言愈演愈烈，市面上冒出来各种各样的“国宝”，都说得有模有样，说是通过各种渠道从故宫流出来的。

其实原本北平的古玩界就有这种段子流传，但现今因为报纸捏造的事实和国宝南下的现状，南京一带的古玩街上几乎家家都开始了这样的传言。上海紧跟流行，也兴起了这样的风潮。

孟慎行、章武和王景初三人，偶然间在逛城隍庙的时候，发现了这样的古董店，听闻对方的吹嘘，一时气愤不过，便冲进去和对方理论。他们分别专精瓷器、青铜器、古籍，虽然只能看这三种类别，但已经能分辨出许多赝品了。三人初战告捷，之后就忽然找到了生活重心。

第四次国宝南迁入库之后，他们基本也没有太多事情可做，拿出半天时间凑在一起逛古董店打那些奸商们的脸，成了三人每天必做的事情。

当然，沈君顾能知道这些事情，是因为他也偷偷在逛古董店。只是他是在收集可用的赝品，毕竟孟袁兴拒绝再提供字帖，岳霆需要准备赝品应付随时可能发生的意外，他只能从市面上搜集。他并没有跟孟慎行三人一起，而是偷偷跟着，在他们打脸过的古董店，趁着对方元气大伤，低价收购赝品，回去再重新加工。

一连十几日，都没出什么意外，直到昨天终于踢到了铁板。

孟慎行等人能那么自信地鉴定出来赝品，一是本身就有眼力，二是这些古董真品就在小楼中，当然有底气说这些就是赝品。可他们昨天去的那家古董店里，拿出来的是一卷《万岁通天帖》。

万岁通天，是女皇武则天所用的其中一个年号。当年女皇的宠臣王方庆，是王羲之一门的子弟，他把家中留存下来的墨宝进献给武则天，合称《王羲之一门书翰》。武则天得此珍藏，立刻命人用双钩廓填法临摹了一卷，便用当年的年号命名了此书帖。真品在唐代时就已经亡佚，也有传说是被武则天带入了乾陵之中。

剩下的那卷摹本辗转流传，历经各大文豪之手，在明朝时就经历过一次火灾得以幸存，清朝时被皇室收藏，存于乾清宫。嘉庆二年的乾清宫大火，大量珍贵的宋元书籍和历代书画都化为灰烬，但这卷《万岁通天帖》却幸免于难。

两次逃脱烈火焚身，这卷《万岁通天帖》被奉为真正的“万岁通天”神帖，可逢凶化吉，被人尊崇之至。末代皇帝溥仪在离开故宫的时候，带走了数批字画和古籍，《万岁通天帖》也在其中。所以在孟慎行等人看到这卷《万岁通天帖》时，完全无法判断这是不是赝品。

溥仪带到东北流传而出的古董文物，被称为“东北货”。而市面上确实有真正的东北货流通，之前傅同礼也在南京夫子庙那边买到过两件。

孟慎行三人拿不定主意，便想着叫能判断真假的孟袁兴过来掌眼。可是那古董店老板又说有个买家已经订了货，立刻就会来取货，只能价高者得。

三人一商量，觉得东西有七八成是真品，宁可买错不能错过，就决定先把这张《万岁通天帖》买下来。可是他们三人身上的钱又不够，那个买家来了之后就硬要和人交涉，话赶话说得僵了，最后居然决定赌桌上分胜负。

“这是个圈套。”唐晓听到这里，就判断出这里面肯定有问题，那三人招摇过市这么久，这绝对就是针对他们做的局。

“可不是嘛，我这也是听别人转述的，他们这是没带脑子出门啊！”沈君顾懊恼道，他最近因为要做件大东西，也没时时刻刻跟着那三人，结果一转眼就出了事。

“后来呢？他们输了吧？”唐晓不用听都能猜得到结局，若是赢了，沈君顾也就不会这么头疼了。

“输得一塌糊涂，连人都被扣在那里了。”沈君顾抹了把脸，“而且我怀疑这件事本身就不单纯，应该是有人已经怀疑国宝在上海，刻意扩大了故宫监守自盗的谣言，引得慎行他们出来。”

唐晓点了点头，港口繁华的上海，每天都有无数的船只运货而来，就算是有心人想要从这个切入口查出他们的踪迹，也实属不易：“我会安排士兵们提高警惕，等我十分钟。”

沈君顾刚想伸出手来阻止，唐晓就已经风风火火地走了出去。他只能收回手，颓然叹气。他来找唐晓已经是病急乱投医了，因为这种事就算是通知孟袁兴等人，他们人生地不熟的也没有任何办法，还容易正中对方下怀。毕竟打了小的来了老的，这就是对方的目的。

如果岳霆在就好了，还能多一个人商量。

沈君顾不是不相信唐晓，但岳霆像有许多很有来路的朋友，唐晓再能干也只是孤军奋战。而且唐晓的思维恐怕是谈不拢就掏枪的土匪思维，万一事情越闹越僵……

沈君顾在原地踱步转圈踌躇，还没走几圈，唐晓已经出现在门口。

“走了。”唐晓翻着因为匆忙而没整好的衣服领子，几分钟的时间已经足够她安排人手，换下原来的保安服，穿上劲装，把枪械和匕首藏在身上。

沈君顾一时有些看呆了。

待在小楼里已经好几个月了，每天安逸轻松的生活，让唐晓整个人都柔和了下来。头发长了也没有修剪，而是随意地在耳后扎了个小辫子，即使穿着和其他保安一样的宽大服装，也掩不住那映丽的容貌。沈君顾知道现在在小楼里，最受欢迎的已经不是夏葵，而是这位卸下所有防备和煞气的唐九爷。不光夏葵总是在偷窥，连许多少年也都目光流连。

沈君顾这些天来几乎不来小楼，也是克制着自己不要与唐晓见面。因为每次一见面，他的心脏总像是不受控制一样加速跳动，就像现在这样。

换上劲装的唐晓就像是一柄出了鞘的利刃，这些日子的悠闲并没有磨去棱角，反而越发光彩夺目。

糟糕，心跳好像更快了……

沈君顾捂着胸口，跟着唐晓出了小楼，发现对方并不是朝城隍庙方向而去："九爷，不是这个方向！"

"去古董店有什么用？幕后指使的人又不在那里。"唐晓大步地前行着，"跟紧了。"

孟谨言在六楼的窗前，看着唐晓和沈君顾一前一后地离开小楼，不由得担忧地攥紧了双拳。

昨晚孟慎行没有回来，同一宿舍的他是再清楚不过的了。他那个不省心的弟弟和小伙伴们最近在做些什么他也知道，但因为需要他稳住父亲，所以没法参与。每晚孟慎行都会跟他讲遇到了什么，他觉得再这样张扬下去总会出问题。可是劝阻的话，自家弟弟却都当成了耳边风，一个字都没有听进去。

果然，出事了。

孟谨言心急如焚，还要在父亲身边装成若无其事的样子。若不是沈君顾拍着胸脯保证会完完整整地把慎行带回来，他现在早就按捺不住地去想办法赎人了。

可是，就算是沈君顾找了唐晓去，孟谨言也不觉得有多放心。毕竟他也没有见过什么唐九爷，而唐晓看起来就像是一个弱不禁风的纤细少年。

若是岳霆岳大哥在的话……

孟谨言矗立在窗口焦灼着，视线飘忽不定，却突然定在了对面街角的某处，霍然睁大双目。

是他眼花了吗？那个穿蓝衣的人，不是岳大哥吗？他回上海了？可是为什么就站在街角不回小楼？

“谨言，谨言！你在发什么呆？”检查完一卷字画的孟袁兴直了直酸痛的腰，发现本该帮把手的大儿子居然在窗台前走神，不满地呵斥道。

可还没等孟谨言回过神解释，门外就传来噔噔噔的跑步声。

“孟叔，北平监察院来人了！说是要查我们这里的字画！”夏葵一口气跑上了六楼，气喘吁吁地扶着门框说。

“什么？！”孟氏父子异口同声地诧异道。

第三十七章　真假立现

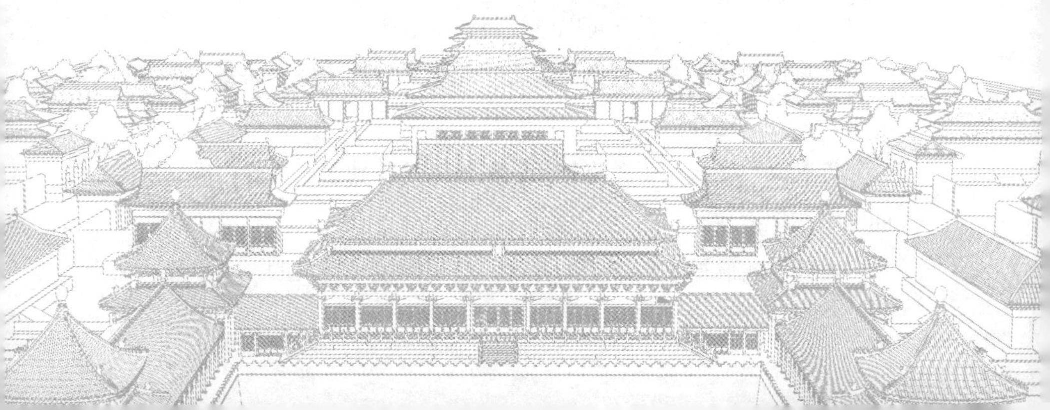

故宫接受了北平监察院的监察，这是众人都知道的事情。

监察令的下达，影响了国宝的第五次南迁，所有进程就只能这样拖着不动。

从一开始的愤怒恼火，到现在的淡定平和，众人已经开始把这个监察令当成玩笑在看。

查啊！不是说他们故宫有问题吗？怎么查了个把月了，什么结果都没有啊？

一般官员都是这样拖泥带水，所以随着时间流逝，新闻热度下降，也就没人关注这件事了。故宫的工作人员也都不再放在心上，都等着什么时候监察院认命，批复可以继续将国宝南迁。

结果谁都没想到，这监察院查了北平故宫还不够，居然非要追到上海来，要查南迁的古董！

孟袁兴当场就气得差点把手边的显微镜摔地上，幸好孟谨言从旁边冲过来一把抱住。

孟谨言偷偷擦了擦脸颊的冷汗，这显微镜可挺贵的，真不能让父亲随手糟蹋了。不过孟谨言也体谅父亲，任谁听到这消息都会怫然作色，更不用说对方是指名要求查字画。

夏葵得到消息的时候，正好看到监察院的人来到了小楼门口，陪着他们的是傅同礼院长，所以根本不可能是别人假冒的。她听到了对方的要求，便悄悄地跑来六楼抢先汇报一声。

顾渊当然是注意到了一个年轻姑娘偷偷先离开了，但他也毫不在意。提前去说又能怎样？也改变不了什么。话说，他还隐约记得那个女孩儿，小时候和他弟弟还很要好，名字里似乎有个“葵”字。

想到他至今音讯全无的弟弟，顾渊的脸色就越发难看了起来。

傅同礼与顾渊打了一个多月交道，知道这位年轻长官并不是无事生非的性格。虽然对方不知为何总是带着敌意，但到底还是就事论事，从不胡搅蛮缠：“顾长官，楼上先请，我先派人去请各位老师到场。”

顾渊冷着一张脸上了三楼，来到一间看起来空闲的办公室暂时等待。这里只有一张工作台上有书籍和器物堆放，应该只是间临时工作室。一走进房间，他的目光立刻就定格在靠窗户的那张工作台上。

那张工作台上书籍、钢笔、草稿纸、镇纸等等应有尽有，但都放得像是用标尺丈量过的一样规整。连一排钢笔铅笔即使长度不一致，根部也要对齐。书都是按照从小到大、右下角对齐地放在左边，连草稿纸都不管用过还是没用过，也都所有边角对齐在一起，一沓整整齐齐地放在工作台的右上角，正中央还用一个镇纸规规矩矩地压住。

这种似曾相识的感觉，让顾渊忍不住停在了这张工作台旁边。

他还记得小时候，父亲教导弟弟基本功时，就严格要求他的工作台必须整齐干净，所有的要点和现在这张工作台上的一模一样。他那时候不懂事，心里还有些嫉妒父亲对弟弟的偏爱，时不时就喜欢偷偷弄乱上面的东西。

看来当年父亲不光对弟弟的要求是这样，对故宫里其他小辈应该也是如此。

久违的情绪上涌，顾渊搓了搓微痒的手指，最终还是忍不住拿起了工作台上的笔，挨个慢慢地看着，像是在打发时间。不过当他重新放下去的时候，笔就不是完全对齐的了。

傅同礼也没太当回事，沈君顾工作台上的几支笔也颇有年头，那支带六星标记的威迪文钢笔，据说还是上世纪的产物，顾渊感兴趣地随便看两眼也没什么奇怪的。

“顾长官，您不是要查字画组吗？我们现在就开始吧。”从北平一直跟到上海的徐慧，也顾不得休息，脸色阴沉地开口道。

“可以，我只需要看一些字画即可。”顾渊放下手中的貔貅镇纸，故意带了一下，让放得整齐的草稿纸变得错开了一些。

做了久违的恶作剧，顾渊难得地心情舒畅。他从怀里掏出一个小本子，撕掉了上面的一页纸递给了傅同礼。

“《快雨时晴帖》《韩熙载夜宴图》《秋庭戏婴图》《蜀素帖》《关山雪霁图》《祭侄文稿》……”傅同礼轻声念了起来，每念一个字画名，他身旁的徐慧脸色就更难看了一分。

不过好在字写得再小，一张纸也有写满的时候，傅同礼算了下这上面大概有二十多个字画名，无一不是顶尖的传世巨作。这可太像查账啊！不看字画组的工作记录，只看字画是怎么回事？难道慕名而来的就只为了看两眼国宝？

徐慧扫了眼字条上的名录，疑惑地问道：“就只看这些？不查别的了？”

“嗯，看完就离开。”顾渊回答得也很干脆，“实不相瞒，有匿名举报信举报，这些字画可能已经被替换成了赝品。”

傅同礼和徐慧两人对视了一眼，均在对方眼中看到了无奈。不过他们也都同时松了口气，如果对方要彻查整个字画组的字画，他们也没法保证皇帝那些数量庞大的字画收藏中，有多少是滥竽充数的。可这张纸上的二十多卷字画，他们很肯定都是真品，如果能轻易地结束监察院的检查，他们求之不得。

“是谁说这些字画都被调包了？简直一派胡言！”走进办公室时正

好听到后半句话的孟袁兴立即火冒三丈。

跟在后面进来的孟谨言果然见傅同礼和徐慧都一脸见了鬼的表情，不由得幽幽地叹了一口气。父亲这样愤怒的时候此前还真是不多见，可最近就见过好几次了。

怒发冲冠的孟袁兴立刻就带着顾渊往楼上走，这些字画都属于最贵重的国宝，自然都放在了五楼。

顾渊悠闲地跟在他身后，检查着小楼的警卫布置，虽然觉得有些不够，但也明白现阶段的条件下，这已经是能做到的最好结果了。

横隔在五楼楼梯门口的铁栅栏分别有三把锁，被通知到的尚钧、王延丹还有当值的守卫三个人，同时掏出钥匙打开了三把锁。而在众人走进五楼走廊之后，守卫又把铁栅栏合上，重新锁上。

五楼的每个房间门口贴着标签，上面写着由八卦和天干地支组成的名字，门上都有两把铜锁。孟袁兴在写着“离甲间”的房门前停下，掏出了贴身藏好的钥匙，尚钧也同样如此。

这间库房排满了直达天花板的架子，上面摆放着一个个大大小小或长或短的木盒。中间还有一个工作台，用于临时摆放字画。孟谨言自觉地掏出抹布，把工作台上那层薄灰擦干净。而徐慧虽然是第一次来这间库房，但摆放的规律和习惯都是和北平故宫一样，迅速地和孟袁兴一起按照那张纸上的名字找对应的字画。

没几分钟，顾渊提到的那些字画，就整整齐齐地摆在了工作台上。

“顾长官，您要看的字画都在这里了。只是，不知道您要怎么辨别真伪呢？”孟袁兴的声音阴阳怪气，目光从顾渊身后带着的三个年轻人身上掠过，显然不相信他们拥有判断真假的能力。当然，顾渊就更不可能有。

“先打开吧。”顾渊并没有回答这个问题，随意地吩咐道。

孟袁兴此时倒是没有因为顾渊的态度而生气，他深呼吸了几口气，在工作台上先铺上一层白布，慢慢地戴上手套。等他打开一个木盒时，已经满面肃穆，态度恭敬。

徐慧自动地戴好手套站在了孟袁兴的右后方，这是第一助手的位置。

一卷一卷的字画，依次在顾渊面前展开。顾渊的眼神都没怎么变过，就像是在看一张张随处可见的报纸。

他最想看的，其实只有那卷《祭侄文稿》，但又不能如此明显，只能挑记忆里父亲说过的一些字画出来当障眼法。

至于这些字画，他年少的时候也跟弟弟一起看过。当时弟弟还拉着他，对他说一些字画上的辨识方法和文人画家的八卦，他当时听过就忘记了，也不知道弟弟那个小脑袋里面怎么能记得住那么多乱七八糟的东西。

陷入回忆的顾渊表情没有任何变化，只有眼神飘忽了那么一下而已。他也没有发表什么意见，孟袁兴每打开一卷字画，他都会低头看看，没两分钟就点点头让对方合上。

孟袁兴憋了一肚子的气，可对方也没挑剔什么，又不能借机发挥，只能忍气吞声地继续打开下一卷字画。

很快，顾渊就看到一卷熟悉的字帖在他面前展开，正是他从那位邱老板那里得到的《祭侄文稿》。

自从得到了那卷字帖之后，顾渊就像是被蛊惑了一般，独处时，总是忍不住拿出来鉴赏一二。他也说不清楚为何会如此，每次打开的时候，都会在心底痛骂自己，但每当打开的时候，又总会瞬间被吸引住，一个字一个字地揣摩，再也移不开目光。

就因为太熟悉了，所以在看到孟袁兴展开这字帖时，站得笔直的身体难以抑制地晃动了一下，情不自禁地向前倾了些许。

孟袁兴见顾渊对这卷字帖感兴趣，并不稀奇。毕竟这卷《祭侄文稿》与其他字帖一眼看上去就天差地别，字迹既不工整也不优美，墨迹枯竭，涂抹痕迹严重。

这是一篇以草稿流传于世的名帖，完美地再现了颜真卿当时悲愤欲绝的痛苦心情。

这张字帖并不长，整个打开也才不到一米。孟袁兴小心翼翼地把这张名帖摊开，便简单介绍道："这张是唐代颜真卿的真迹，已经有一千一百七十五年的历史。"

此后，孟袁兴又说了什么，顾渊都没有听进耳内，他整个人都被震撼了。

就是因为经常爱不释手地端详，顾渊才能一眼就看出来眼前这卷和放在属下箱子里的那卷有何不同。他的耳边忽然响起了父亲教育弟弟的一句话。

"其实鉴别古董，最重要的一点就是感觉。只要你看到的是真品，总会有种感觉在的。"

他一直都觉得这是父亲在信口开河，什么感觉？他小时候来来去去地跟着弟弟看了多少古董文物，也没觉得有什么感觉。

可是在这一刻，这卷字帖缓缓在他面前展开的时候，那种带着历史尘埃扑面而来的震慑，令他为之神夺。

"贼臣不救，孤城围逼，父陷子死，巢倾卵覆……"顾渊低声念着，下意识地伸出了手，想要碰触这张连每一个笔画都盛满悲伤愤怒的字帖。

可是他的手刚伸出去，就被人抓住了手腕。

"顾长官，您没有戴手套。"孟袁兴硬邦邦地说道。也没说拿一副手套来给他，就是一脸的"给你看就不错了，居然还想上手摸"的鄙视表情。

顾渊黑着脸挣脱开对方的钳制，站直身体。

站在一旁的徐慧发现气氛很尴尬，只好开口道："这卷《祭侄文稿》是麻纸质地的，很难仿造，顾长官可以放心。"

孟袁兴被徐慧在旁边狠狠地飞了一记眼刀，才想起顾渊看这些字画的目的，就是为了辨别真假。他轻咳了一声解释道："是的，其实在东汉时期蔡太仆制出蔡侯纸之前，就已经有了麻纸的存在。麻纸是用碎麻布制成的，顾长官你看，这纸上面还有布丝的痕迹，清晰可见。因为麻纸的价格低廉，所以在宋朝以前一直都是最受欢迎的书写工具。就算是官员学子，也有人使用麻纸，且多用来当打底稿的草稿纸。这卷《祭侄文稿》就是颜真卿写的草稿，由于心情沉痛，悲愤郁结，情感在纸上溢于言表，所以草稿本身更加有价值。”

徐慧见孟袁兴说了半天都没说到重点，便接话道：“但在宋朝造纸业和印刷业的发展之后，麻纸就渐渐退出了历史舞台，到明清时期就几乎绝迹。想要伪造出有千年历史的麻纸是非常困难的，所以我们才说这卷《祭侄文稿》从质地上就不可能被模仿。”

孟袁兴这时才领会到徐慧所说的重点，想到他最近一直沉迷不已的研究，忍不住加了一句道：“通过纸绢的质地来判断字画的真伪实在是太方便不过了，在显微镜下面，很容易就能看得出来。”

“显微镜？”顾渊面沉如水的脸容上，终于浮现了一丝波澜。

孟谨言听到父亲提起显微镜，就忍不住默默地翻了个白眼，在父亲吩咐之前，就已经主动地跑了趟六楼，把那架显微镜搬了下来。

接下来的时间里，都是孟袁兴一脸兴奋地在介绍着如何用显微镜来鉴别字画的真伪，他甚至还拿出几幅他鉴定出来的假字画来当对比参照物。而顾渊就一脸高深莫测地站在旁边，让他看就看，却不发表任何见解。

其实事情发展到这种地步，已经超出了所有人的预计。如果沈君顾在场，肯定会大惊失色。

他当时其实也不想伪造《祭侄文稿》，就是因为这是麻纸质地的。可他又看到了孟袁兴的临摹稿，临得意境极好，不仿又觉得可惜了。转念一想，这种程度骗骗外行人足够了。毕竟像《祭侄文稿》这种级别的名帖，常人难以一见，连上面写了什么都不知道，更别说是什么质地的了。

徐慧并没有阻止孟袁兴向顾渊介绍显微镜的功用，关于这个新发现，他们早在一个月前互通电话的时候就说过了。她觉得很有必要跟这位顾长官讲一下，毕竟如果接下来需要辨别故宫国宝里字画的真假，肯定每一幅都需要用显微镜鉴定。

她一直观察着顾渊的表情，发现他在看了显微镜下的几幅赝品，和显微镜下的《祭侄文稿》之后，表情变得极为奇怪。

像是融合了恼怒、喜悦和欣慰等等互相矛盾的情绪，扭曲纠结在了一起。

不过这也仅仅是在一瞬间，顾渊的表情很快恢复了阴沉肃穆，速度快得让徐慧以为刚刚只是她的错觉。

“有关第三百四十二号监察令的监察，到此结束。具体监察结果，我会回去写报告给政务委员会。多谢故宫方面配合，再见。”顾渊忽然出人意料地如此宣布，说了最后两个字之后，他顿了顿，又轻笑道，“最好还是不要再见了，想必你们也不会再想看到我。”

顾渊难得的幽默感并没有得到其他人的捧场，所有人都愣在了那里，注视着顾渊径直带着人离开。傅同礼还算反应快的，连忙追了出去。

“这就完事了？”孟袁兴一脸疑惑，转头看向身旁的徐慧，哭笑不得地说道，“师妹，这就是你说的那个吹毛求疵不好伺候的顾长官？我觉得人挺好的啊！看这几卷字画，估摸着也就是走走形式吧。”

徐慧也想不通，但对方特意千里迢迢来到上海，这样看两眼就离开了，用其他理由也说不通。不过再怎么样也算是好事，她一直绷着的脸漾出了笑容，把摊在工作台上的《祭侄文稿》小心翼翼地收了起来。

“谨言，你弟呢？他不在吗？”孟袁兴摘下手套，环顾了一下四周，只看到了孟谨言在，忽然觉得有些奇怪。知子莫若父，出了这么大的事，孟慎行如果在小楼里，就算是爬也会爬进来看个全场的。

“呃……哦！他今天有点拉肚子，应该是在厕所。”孟谨言吞吞吐吐地说着，从父亲脸上看到了怀疑的神色，便连忙续道，“我……我这就去找他！”

孟谨言压根儿就不知道上哪里去找弟弟，又觉得唐晓和沈君顾两人各种不靠谱。想起之前在窗前看到过的景象，立刻就冲出了小楼，果然在一处隐蔽的街角，看到了一个戴着帽子遮住半边脸容的男人。

“岳大哥！”孟谨言欣喜地招呼着，顿时觉得找回了主心骨。

“嘘——”岳霆急忙朝他竖起了食指，拽着他朝更远的地方绕了几步，藏在了一个隐蔽的小胡同里。

“岳大哥，这是……出了什么事吗？”孟谨言被他弄得一惊一乍，发现对方遮头掩面，到了小楼附近居然也不进去。

“刚刚那个顾长官，和我有点私怨，我怕见到了反而会节外生枝。”岳霆轻描淡写地解释了一句，他和顾渊等人是乘同一趟火车来的上海，只是不同车厢而已。他换了的这个地方，依然可以看得到小楼的动静，此时正好看到傅同礼送顾渊几人出来，“对了，那顾长官进去都说了什么？这么快就走了？”

孟谨言把方才发生的事情干巴巴地说了一遍，他不像同胞兄弟孟慎行那样能说会道，但却胜在简明扼要，岳霆一下子就抓住了重点。

“你是说，他查验字画，看到一小半就不看了？走了？”见孟谨言点头，岳霆迟疑了片刻，继续问道，“那他看到哪幅字画不看了的？”

“《祭侄文稿》。”

岳霆暗道一声果然如此。

幸亏顾渊这人人品不咋样，但做事还是讲究实事求是，来亲眼看看《祭侄文稿》，真品和赝品的高下立现。这回监察令应该也会撤销了，“邱咏”这个身份也会废掉了，看来还要通知相关人员赶紧撤离。

“岳大哥……”看到岳霆低头沉思不语，孟谨言想到自家弟弟的处境，终于忍不住开口求救。

岳霆越听越无语，他就是不在此地一个多月，这些家伙怎么这么能折腾？

第三十八章　擦肩而过

这里是上海闻名遐迩的大世界游乐场。

外围的建筑是法式风格，里面的花园是中式园林，其间还有数个剧场，循环演出各种戏曲曲目，播放电影，表演魔术、气功、皮影戏等等，还有体育游戏活动室、棋牌室、餐厅、旅馆等设施。而且除了吃喝住宿需要另外花销，其余一切只需要买一张两角大洋的门票。又地处英法租界的交接地带，是上海百姓最喜欢消磨时光的地方，每天的客流量最多可超过一万人。

因为此处客流量极大，门票又极低，所以鱼龙混杂，许多流氓、黑帮也经常流连此地。这里十多年前就是上海的地标性建筑，前几年因为创建者去世，又换了老板，现在其实应该叫“荣记大世界”。现今的拥有者，就是青帮之中的一员，由此这里也便成为青帮帮众聚会谈事之地。

伊藤智久此时正坐在大世界之中的茶室内，细细品味着手中的碧螺春，沉醉地眯着双眼。暗叹这中国地大物博，也不知什么时候他们大日本帝国能把这个富饶的国家彻底收入囊中。

不过这是他们军政部门应该负责的事情，他的责任，就是在那些只会开枪的野蛮人手中，尽量拯救这片土地上的珍宝。

这样一想，伊藤智久更觉得自己肩负着重任，有着历史赋予的使命感。

自从国宝南迁之后，他就一路隐姓埋名到了南京。不同于其他势力，他身后还有着大日本帝国做靠山，在国宝从南京中转后，没多久就查出了国宝的下落。可是落脚地在法租界，他怕引起国际纠纷，不敢擅动，只能另想方法。

“特使大人，接下来我们应该做什么？”说话的是一个长得贼眉鼠眼尖下巴的男子，此人名叫王砾。他虽然只是个负责联络帮内上下信息的小草鞋，但为人圆滑、消息灵通，实际上在青帮内部颇有威望。

伊藤智久装模作样地等他带来的翻译把话翻译完，这才做出沉思的神色。

他现在的身份，是大东亚中国局特使，随身配翻译，装出一副完全不懂中文的样子。这种派头，才能震慑得住这些地痞流氓，毕竟他现在只是一个光杆司令，连翻译都是私下雇用的。上次挪用了田中丽子那个女人的军费，后者轰炸国宝又没有成功，正铆足了劲给他找不愉快呢。

“人都抓住了，有没有什么突破口呢？”伊藤智久慢条斯理地用东京腔说着日语，旁边的翻译兢兢业业地翻译着。

“昨晚押着的那三个人我们都单独聊过了，但都嘴硬着呢！一时半会儿撬不开，我觉得要多磨一磨。”王砾的小眼睛转了转，压低了声音道，“我们这也是先礼后兵，没用上折磨人的玩意儿。不过我寻思着，这两天怎么也会有人找上门来，到时候不管怎样也要把人放回去，这时间不多了啊……”

伊藤智久耐心地等着翻译把话说完，才高深莫测地笑了笑道：“不知王君有没有听说过‘囚徒困境’。”

“囚徒什么？”翻译都不知道这个名词怎么翻，王砾听得就更迷糊了。

“其实准确地说，应该算是囚徒困境的变种。”伊藤智久把茶杯放下，笑吟吟地解释道，“简单讲，就是把那三人单独关押，随后分别跟他们说某某人已经和你们达成了协议，分批把国宝换出来。日后把他们放出来，他们也会自相怀疑，再接触自然会有突破口。用什么刑啊？我们才不做这么低级的事情，攻心为上。”

“这法子极好！”王砾听翻译说完，合掌大笑，连忙高声叫人吩咐下去。

只是，撩开门帘进来的，却不是王砾以为的手下。

来人大概二十五六岁，头发全部往后梳，露出棱角锋锐的五官，肩上披着一件外衫，嘴里还叼着一根牙签，吊儿郎当地轻哼道：“什么法子极好啊？”

王砾立刻就像被咬了尾巴的老鼠一样，唰的一下跳了起来，赔笑道：“泰爷！泰爷您怎么来了？”

不怪王砾心惊肉跳，实在是这位张悟泰泰爷在帮里的辈分太高。张悟泰是青帮内八堂的重要人物，属悟字辈，现任山主的揸数，也就是相当于山主的助理秘书，年纪轻轻就掌控了实权。而且张悟泰是出了名的仇日分子，此时看着屋中的伊藤智久，那眼神就像是淬了毒的利刃。

“我不来，你是不是都要把我们青帮卖给日本鬼子了？”张悟泰朝王砾递了个眼神，大马金刀地坐在他原来坐的椅子上。

王砾见一旁的翻译识相地并没有给伊藤智久翻译，便安心了几分，对着张悟泰低声下气地解释道：“泰爷，我这不是想要折腾一些军火嘛。”

他们所在的这座大世界游乐场，也是青帮费尽心思从原来的创建者手中低价强买来的，现在这座金山也引得帮内无数人心思浮动，都想成为下一任的掌控者。

帮主谁当都可以，自己手里掌控着的金钱和军火才是硬道理。

“那也不能跟日本鬼子有来往！而且居然还把主意打到小楼上面，之前我都说什么来着！都被你喂狗吃了吗？”张悟泰声色俱厉地说道，真是被气得不轻。

关于法租界的那座小楼，之前上面都是打过招呼的，就连帮中都再三强调，所有人都不能擅动。谁先碰了就是打破平衡，成为其他派系攻讦的对象。难道这王砾是想钱想疯了吗？

张悟泰想要的，是日进斗金的大世界游乐场，而并不是什么卖不出去又惹一身臊的国宝文物。

“送这位先生离开，大世界不欢迎日本人。”

张悟泰吐出口中的牙签，满脸嫌弃，就像是吐出什么腌臜物。

翻译尽量用客气的言语翻译逐客令，但其实并没有什么必要，因为伊藤智久都听得懂。

不过伊藤智久仍装成什么都没听懂的样子，微笑着说道：“既然王君有客，那我们改日再会。”说完便拄着拐杖慢悠悠地离开了，心里想着的却是：“看来青帮确实无法切入，要想想其他办法了。”

见那个碍眼的日本人从视线里消失，张悟泰的心情也转好了少许，冷笑着接过王砾递过来的新茶，并不急着喝，挑眉问道：“关着的人呢？”

“我这就吩咐人去把他们放了。”王砾说完，见张悟泰依然没有放松神情，便知情识趣地加了一句道，“当然会好好地送他们回去。”

张悟泰这才把盖碗揭开，徐徐地喝了一口茶。

茶室对面的餐馆中，沈君顾和唐晓两人坐在临街的桌子旁，点了一碟花生米和一壶酒，跟平常的游客没什么两样。

沈君顾被唐晓拉到大世界游乐场来时，虽然惊奇，但也没有多问。跟着唐晓穿梭在人流之中，看着她轻车熟路的模样，让沈君顾十分惊奇。

“九爷，你好像对这里很熟啊？”沈君顾憋了半晌，终于忍不住问出了口。唐晓刚刚带着他去了好几个地方，有戏园子的后台、赌场的赌桌、台球室的球桌……每个地方都有人和唐晓熟稔地打招呼，这让沈君顾难免在心里嘀咕。

“我有时候也来这里消遣下。”唐晓泰然自若地解释道。她现在虽然已经脱离了余家帮，但因为要守护着那么珍贵的国宝，时常了解周围动态这样做也是必需的。况且这里离小楼又很近，不到一公里的距离，她每天下了班就习惯在这里泡上一阵。

沈君顾顿时就想歪了。消遣？刚刚路边好像还有许多从事特殊行业的妹子，看到唐晓的时候都纷纷抛媚眼送秋波。不过沈君顾回忆了一下，发现唐晓都是目不斜视地走了过去，这让他莫名地安心了许多。

反正……到处留情什么的很不好啦！

食不甘味地吃了一粒花生米，沈君顾不安地问道："那位泰爷……找他管用吗？"唐晓去找了几个地方，最后在台球室找到了那位泰爷。他因为离得远，根本听不到他们说了什么，但那位泰爷拍着胸脯说交给他，这事情简单得让沈君顾有些难以相信。

"青帮内部派系林立，分亲日派、仇日派，还有中间和稀泥派。"唐晓拿着酒杯小酌着，眼角的余光却一直盯着对面茶室的动静，"张悟泰是坚定的仇日派，身份地位也足够，所以找他就能解决问题。"

沈君顾沉默了许久，把口中的花生米艰难地咽了下去，还没有嚼碎的部分划着嗓子眼，让他说话都有些嘶哑："可是对方又为什么会无缘无故地帮我们？九爷，你是不是答应了他什么难以办到的事情作为交换？"

唐晓这才注意到沈君顾纠结成一团乱麻的表情，朗声笑道："道上办事，向来如此。今日我欠他一个人情，他日我再还回去即可。你不要想复杂了。"

可唐晓说得越轻松，沈君顾的心情就越是沉重。

其实算起来，唐晓后来原封不动地归还了那一车厢的国宝古籍，已经算是抹平了他们之前的恩怨。后来在南京码头舍命相救，再加上现在义不容辞地帮忙……

从来都是他在欠债，却不知道该如何偿还，到现在越欠越多……

沈君顾不知道为什么唐晓对他这么好。他能看得出来，唐晓对国宝文物是没有一丝一毫的喜爱，那么还留在这里，还这样倾尽全力，为的到底是什么？

只觉得心跳，脑子里一片混乱，沈君顾不敢再往深处想下去，也不敢再看向坐在对面的俊秀少年，视线调转到一旁，正好看到了从街对面茶室走出来的伊藤智久。

“咦？怎么是他？”沈君顾轻“咦”了一声，连忙别过脸，怕被对方注意到。

唐晓却不怕对方看到，自然地瞥了一眼：“是谁？”

“一个日本人，在北平觊觎国宝许久了。没想到贼心不死，居然跟到了上海。”沈君顾推了推眼镜，暗恨不已。

唐晓没有说话，而是把那个日本人的面容牢牢记在心底。

没过多久，茶室内又出来了两个神情慌张的年轻人，唐晓便对沈君顾仰了仰下颏道：“跟着他们吧，应该会带着你找到慎行他们三人。”

沈君顾唰的一声就站了起来，却发现唐晓依然坐着不动，显然并不是要跟他一起去的样子。“那你呢？”

“泰爷帮了这么一个大忙，我怎么也要跟他说一声谢谢。”唐晓笑了笑，见沈君顾依然一脸担忧，安慰道，“你只需要跟着去就行，不用跟他们接触。”

沈君顾真不想表现得离开对方就什么都做不了的样子，但下意识总觉得就这样走了有些不妥。可青帮的那两个年轻人又不等人，没一会儿就走远了。沈君顾只能咬了咬牙，低着头追了出去。

目送着沈君顾的身影消失在人群中，唐晓把杯中的酒一饮而尽，从怀里掏出块大洋扔在桌上，追着伊藤智久刚刚离开的身影而去。

唐晓说的果然没错，沈君顾跟着那两个青帮的年轻人，没多久就找到了孟慎行三人的下落。

他们被关在了大世界游乐场的一处荒废的戏台里，沈君顾看到那两个青帮年轻人走进去不久，孟慎行三人就相互搀扶着走了出来。

沈君顾没敢贸然上前，远远看着三人身上没有什么伤痕，就是被关了一晚上神情有些恍惚。

孟慎行还觉得不服，缓过劲之后就要往里面冲，被章武和王景初一边一个拽住，往大世界游乐场外面拖去。

沈君顾跟在他们身后，发现并没有人跟踪，一路遥遥护送他们回了小楼。

孟慎行三人自觉吃了个暗亏，当然不可能宣扬，只能装成什么都没发生过，整理了一下仪表照常上班。倒是急得团团转的孟谨言看到弟弟毫发无损地回来，高兴得够呛，拽着他就去见父亲了。

沈君顾也回到小楼，正好迎面遇到了要出门的岳霆，惊喜道："岳霆，你回来了啊？是不是北平那边没事了？"

"还没完，不过应该差不多了。"岳霆是刚了解到一些情况，打算出去打探一下，就见孟慎行三人回来了，"我刚要出去找你们，九爷人呢？"

"九爷说还有点事。"沈君顾压下心中的不安，总觉得自己对唐晓的关心有些太过头了，他强迫自己绕开这个话题，若无其事地问道，"傅叔也回来了？"

"嗯，回来了，正在检查工作。"岳霆也没太担心唐晓，毕竟那也是道上叱咤风云的余家帮九爷。他简单把刚才有监察院的人来过的消息说了一下，还压低声音偷偷跟沈君顾说了对方为什么非要来上海看一眼字画。这倒没有什么要隐瞒的，毕竟沈君顾也不是傻瓜，等从其他人那里知道了事情的经过，肯定也猜得出来是怎么回事。

沈君顾听完哭笑不得，一边和岳霆往楼上走，一边问他："那个监察员姓甚名谁？以后我可要绕着他走。"

"叫顾渊。何止是你要绕着走，我都绕着他走一个多月了，来上海的火车都特意订的不是一个车厢的票。"岳霆积压了一个多月的委屈和不爽几乎都要满溢而出了，"不过以后应该也没什么接触的机会了，该查的都查完了。"

沈君顾因为没有编制，所以被单独安排到一个空闲的办公室里。他一进门，就发现了不对劲。

“怎么了？”岳霆见沈君顾加快脚步走到工作台前停下，表情又忽然严肃起来，不禁开口问道。

“我的工作台被人动过。”沈君顾皱了皱眉。

岳霆顺着他的视线看去，觉得这工作台还是如往常一样整整齐齐：“是少了什么东西吗？”

“笔被人拿起来放下之后没有对齐，镇纸也是，下面的草稿纸都被弄乱了少许……”沈君顾说着说着自己都觉得不好意思。不过这种情景确实是有种微妙的熟悉感。

因为在他小时候，哥哥也经常这样，总是偷偷弄乱父亲和他摆放的东西，怎么都控制不住，就算挨打也要来一番恶作剧。

岳霆快要被沈君顾的强迫症弄疯了，他翻了个白眼，虽然知道这种强迫症有利于最大限度地制作赝品，但实际生活中谁也受不了。

沈君顾却越看越觉得不对劲，故宫里的同事都知道他的工作台不能随便动，长辈们更是尊重他的习惯，绝不乱动：“这个办公室还有其他人来过吗？”

岳霆看着其他工作台上放着的几个没收走的茶杯，推测道：“这里应该是接待过北平来的那几个监察员吧。”

沈君顾推了推鼻梁上的眼镜，喃喃自语道：“叫顾渊……是吧？”

第三十九章　孤男寡男

此时被沈君顾惦记的顾渊，正坐在沙发上，盯着面前的箱子沉思。

他到底是在什么时候变的呢？

明明之前都在诅咒着那些蛊惑人心的古董消亡于世，可现在他又在做什么？

是从这卷《祭侄文稿》到手之后吗？

明明小时候见过了无数件古董都丝毫无感，为何会被这样一卷字画一击即中？

更可笑的是，这卷《祭侄文稿》很有可能是赝品！

这种时候，顾渊就意外地羡慕弟弟可辨古董真伪的能力。

不过他也不得不承认，这一个多月在故宫实行监察令以来的所见所感，那严谨缜密的收藏制度、认真负责的工作记录、对待古物小心仔细的态度……像水滴石穿一般影响着他。

去除了少时对父亲的憎恶，平心而论，那些古董真的是有一种难以言喻的魅力，会让人忍不住深深为之着迷。

“长官，显微镜买来了。”门外响起了下属的声音。

顾渊从深思中回过神，坐直了身体，淡淡道："进来吧。"

下属拎着一个箱子走了进来，安静地把新买来的显微镜安装调试好，就识趣地离开了。

顾渊盯着那架显微镜看了半晌，终于抬起手，把茶几上的箱子打开，拿出了那卷《祭侄文稿》。

按照孟袁兴之前示范的那样，顾渊把《祭侄文稿》展开放在了显微镜下。即使有所预感手中的字帖是赝品，可依然控制不住手的动作小心翼翼。

顾渊深吸了一口气，低头把眼睛凑在了显微镜的镜头上，仔细地看了许久。

寂静的屋中响起了一声如释重负的叹息。

即使证实了手中的《祭侄文稿》是赝品，可顾渊对待它的态度依然没有丝毫改变，甚至还有种莫名的窃喜。

不是国宝，那么就可以堂而皇之地拥有了。

"君顾，不是只有价值连城的古董才值得珍藏，所有你认为感动过你、重要的人所送、在你生命中占有一席之地的东西，都是值得珍藏的宝物。"

曾经听过父亲教导弟弟的话语，又一次响在顾渊的耳畔。他用手摩挲着《祭侄文稿》的纸面，想着弟弟在那之后就偷偷地把各种自己认为要珍藏的东西全都收在了一起。

顾渊忽然觉得自己活得有些失败，在世间这么多年，居然连一件想要珍藏的东西都没有。

还好，现在终于有了一件。

再次细细地把玩了一遍手中的字帖，顾渊刚轻手轻脚地像对待真品一样把它收好，就听到门外再次响起了敲门声。

"进来。"顾渊的声音微微上扬，他的心情很好，已经在考虑如何写这次故宫监察的报告了。

"长官，"进来的是顾渊的下属，不过他的表情十分凝重，语速很快地汇报道，"北平方面打来的电话，说接到了实名的联名检举信，检举故宫博物院院长存在严重的渎职行为，擅自出售宫廷金器、绸缎、皮料，私自伪造故宫账目！”

“啪！”顾渊差点在合上箱子的时候夹到自己的手，神情立变。

小楼里没有人知道北平的风云骤变，上上下下都沉浸在监察员终于离开的兴奋中。

傅同礼检查过这一个月小楼的工作记录后，立刻开始着手准备第五次国宝南迁。其实故宫中要南迁的国宝早就装箱等待起运了，因为有监察令在身，不能妄动。这次应该毫无阻碍了。

岳霆见孟慎行三人已回来，没有什么事了，便也寻个理由出去了。离开上海一个多月，他也需要迅速了解一下周围的情况。

沈君顾本来被叫去帮忙，可又因为心不在焉，被徐慧轰了出去。

因为精神不能集中，就不能再去碰触文物。沈君顾倒是知道自己被嫌弃的原因，只是于他很少有这样的情况出现。

他来来回回地在小楼爬楼梯，后来干脆直接在门口踱步，累了就搬个小板凳坐在那里一直等着。

一直到太阳落山，唐晓都没回来。

小楼对外挂牌是个贸易公司，就算员工加班，天黑也要关门的。轮值的员工和保安留下，大门也被锁上了。沈君顾不死心地想要去大世界游乐场转悠一下，但又怕两人走岔了路，只能默默地回到宿舍继续等。

他们租用的宿舍就在小楼附近一处大楼的地下室隔出来的许多个单间。这么长时间，沈君顾还真是没有去过唐晓的房间，每次都是对方主动来找他。

这样一想，他就更为惭愧。

问了人，找到了唐晓的房间，因为这一层楼都是他们自己人，所以也不会有人锁门。沈君顾很轻易地就推开了唐晓的房门。

这是一间很狭窄的房间，只有七八平方米大小，勉强能放得下一张单人床、一张桌子和一个小柜子。沈君顾忽然就想起了唐九爷在余家帮的房间，强烈的对比之下，更是激起了他的愧疚之心。

房间虽小，但却极为整洁。被子叠得整整齐齐地摆在床上，桌子上也别无他物。沈君顾把从街上买来的烧饼放在上面，按开了墙上的小电灯，局促地坐在椅子上，继续等唐晓回来。

听着外面的同事们的聊天说笑声，沈君顾心急如焚，但又想到之前唐晓笑着说她此前常去大世界游乐场消遣，觉得自己的焦虑真是杞人忧天。

可尽管如此，不见到唐晓回来，沈君顾是不会放心的。

随着时间的流逝，楼道里的说话声也渐渐低沉了下去，最终归于宁静。今日一天的经历都跌宕起伏，沈君顾强撑着坐了一会儿，视线就忍不住开始迷蒙起来。

夜半时分，唐晓走进宿舍楼道，远远地就看到最里间属于自己的屋子里，亮着昏黄的灯光。心中瞬间盈满了不知名的感动。有了微弱的灯光映照，唐晓不用摸索着前进。当她推开房门时，却没有意外地看到趴在桌子上睡得正香的沈君顾。

其实，这么多年，她期待的也不过就是有个家，有盏为她而点的灯……

唇角扬起一抹满足的微笑，唐晓放轻了脚步，缓缓地坐了下来。

沈君顾本来就睡得浅，就算唐晓没有弄出多大的声响，沈君顾也猛然间惊醒，眨了眨双眼，在确认是唐晓的时候，如释重负地长出了一口气。

还没等唐晓说什么，沈君顾首先就举起握在手里的怀表看了一眼，皱眉道："都已经半夜两点多了。"

唐晓一看就知道他是一直盯着怀表在等她，心中更加熨帖，便笑着把手中的卷轴递了过去。

因为唐晓一进门是垂着手拿着的，沈君顾并没注意对方手里的东西，此时看到这递到眼前的卷轴，不由得一怔。

又见唐晓一身疲惫和灰尘，闻不到一点烟酒味，沈君顾心中涌起了不敢置信的念头。

“不拆开看看吗？”唐晓笑眯眯地问道，她发现自己非常喜欢看沈君顾惊喜的表情，尤其是这个表情是因为她而产生的。她顿了顿，理解地点头道，“也是，这种环境下不好打开字画看，等你明天拿去小楼看吧。”

“这是……万岁……通天帖？”沈君顾结结巴巴地问道。

“我也不知道这叫什么。”唐晓耸了耸肩，轻描淡写地说道，“反正我跟踪了那个日本鬼子，把他打劫了，听他说应该是这个。快拿着吧。”

他们两人都知道隔壁的同事们在睡觉，说话声都压得很低。可是又想听见彼此在说什么，所以越说话就靠得越近，最后近得几乎能感觉得到对方灼热的气息。

沈君顾像是如梦初醒一般，连忙接过了那张卷轴，入手那种沉甸甸的重量，一如他心上的重担。

又欠了对方一次。

他知道取回《万岁通天帖》的过程，绝对不会像是唐晓现在所表现出来的那样轻松。且不说从白天分手到现在究竟过了多少小时，就连对方身上的衣服都多了许多污渍……

不对！右肩那里根本就不是污渍，而是血渍！

“九爷，你受伤了！”沈君顾立刻变了脸色，把手上的卷轴往桌上一放，回身小心翼翼地拉上了唐晓的左手。

唐晓挑了挑眉，也没有阻拦，任凭沈君顾把她按着坐在了床沿边。

“怎么办？要不要去医院？这里离仁济医院的新址也不远，半夜急诊应该有医生值班。”沈君顾急得来回踱步。

唐晓享受着被人担心的感觉，但也不得不出声道：“这是子弹擦过的枪伤，不能去医院。那个日本鬼子肯定会报警的。”

“那怎么办？”沈君顾咬着手指甲，一副要崩溃的模样。

“只是擦伤，没事的。帮我把柜子里的药盒拿出来，我自己裹伤就行了。”其实这种伤，对于唐晓来说简直就是小意思。

沈君顾连忙按照指示行动，唐晓的话音刚落，他就把柜子里的药盒拿了出来。

唐晓见沈君顾依然站着没走，正瞪着一双眼睛看着她，一副不盯着她上药不罢休的表情，不由得窘迫了一下。

“呃……我自己来就行了，你还是早点回去休息吧。”即使自小穿男装，但唐晓该注意的也一直注意，从不会在外人面前袒露身体。

“不行，你一个人不顺手，我来帮你。”沈君顾已经打开了药盒拿出伤药和绷带，打算帮唐晓敷药裹伤。毕竟是伤在右肩，再加上沈君顾觉得亏欠了唐晓许多，不知道如何偿还，裹个伤自然是最好的表现。

沈君顾见一向落落大方的唐九爷，正一脸纠结地坐在那里，一时竟觉得异常新奇。他极少见到唐晓露出如此忐忑不安的神情，忍不住贼心大起，伸手就要去扯对方的衣服。

唐晓下意识地向后避了一下，抬头看到沈君顾微笑的俊颜，忽然又觉得自己真是傻啊！

她留在沈君顾身边是为了什么？不就是想要和他在一起吗？

这么好的机会，她难道还不好好利用吗？

“也是，我们都拜过堂成过亲了。”唐晓的脸颊闪过一丝红晕，薄唇浮起一抹微笑，“看了我的身体，就要彻底当我的人了。”

沈君顾刚因为唐九爷俊脸飞红这一少见的表情而惊呆，耳中就听到这句宣言，不禁浑身一僵。又见对方居然真的开始动手解开衣服了！

沈君顾无法控制地把目光落在了唐晓的那双手上，在他眼中一切都成了曾经看过的那些欧美黑白电影中的慢动作，那双还沾着血渍和灰尘的手，缓缓解开领口的扣子，露出修长白皙的脖颈、线条优美的锁骨……

沈君顾只觉得胸中像是有个炸弹轰然爆炸，他不敢再看，下意识地把手中的药盒绷带一扔，就慌慌张张地夺路而逃。

唐晓既失望又松了口气，看来还是她太着急了。

不过没关系，已经比之前的猜忌敌视大大进步了，嗯……还给她买了烧饼。

唐晓摸了摸已经凉透的烧饼，又看了看桌上那张没有带走的卷轴，心满意足地笑了笑。

能让某人心慌意乱到连古董字画都忘记，也是不容易。

人是走了，但肩膀的疼痛可带不走，药还是要上的。

唐晓早就习惯了受伤，用桌上的热水瓶倒了水，干净利落地脱掉上衣，用纱布蘸着清水清理了一下伤口。

而此时，走廊里又响起了由远及近的脚步声。

这是……担心她一个人上不了药又回来了？还是……发现字帖没有带走又回来拿了？

唐晓决定不去思考这个问题，反正是他自己回来的，再也别想跑了。

左手迅速地把上衣脱掉，在门被推开的一刹那，毫不扭捏地转身。

“啊！”

夏葵捂着唇，震惊地睁大双眼。

傅同礼着手安排工作，一直在宿舍工作到了深夜，夏葵不放心便一直陪着。好不容易劝父亲睡下，她刚从父亲房中出来，就看到沈君顾从里间夺路而逃，而且还面红耳赤，神色古怪至极。

夏葵忍不住顺着他跑出来的方向看去，发现最里面点着灯的房间，就是唐晓的。

这深更半夜，孤男寡男……

想起小楼里诡异的流言，一时间夏葵都忍不住想歪了。

强大的好奇心骤起，就如同猫抓般难受。

夏葵定了定神，在心里捏造了个借口，便壮着胆子往内间走去。

可是，她没想到，居然会是这样的情景！

“你……你……”居然是女的？夏葵咬紧下唇，努力把这么没礼貌的话语淹没在喉咙里，旋即发现她关注的重点不对，“你……你受伤了？”

唐晓干咳了一声，悄悄地拿着衣服把自己的胸口遮掩住。

“别动，这么脏的衣服还往伤口上凑！”夏葵立刻上前，拽住唐晓的手，随后拿起桌上的清水给她清理伤口、敷药、绑绷带，多余的话一个字没问，连桌上多出来的卷轴都没看第二眼。

唐晓倒是非常欣赏夏葵的爽利，就是平时没什么交集，连话都没说过两句。唐晓其实很少和同龄的妹子有什么交流，沉默了半晌，觉得不说什么太尴尬，只能没话找话道：“看你很熟练，经常处理伤口？”

“嗯，经常给故宫里打架的猫上药。”夏葵淡定地回答道。

“……”

一时心跳加速，头脑发热，不知道为什么就跑出去的沈君顾，跑到外面被冷风一吹就清醒了好多。

他怎么能跑出来？唐九爷的伤还没上药呢！

九爷说的那句话，肯定是开玩笑啦！结果他反应这么大，太丢人了……

沈君顾使劲拍了拍自己的脸颊，想好了他奔出去是为了上厕所的借口，给自己鼓足了劲慢慢地走了回去。

只是，在房门外，看着正和夏葵一边说笑一边穿上了衣服的唐晓，沈君顾怔然。

什么情况？

是夏葵给九爷裹的伤？

说好的谁看了“他”的身体谁就是“他”的人了呢！

沈君顾目瞪口呆。

第四十章　陈仓石鼓

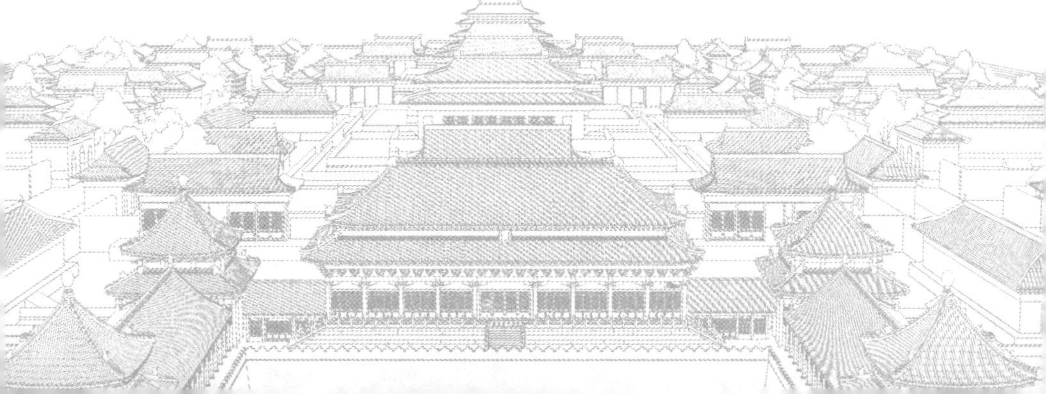

就在小楼里的众人觉得困难已过，众志成城准备第五次国宝南迁时，《北平快报》刊登了一封联名检举信。信上检举了故宫博物院院长存在严重的违规行为，擅自出售宫廷金器、绸缎、皮料，私自伪造故宫账目。

不同于之前的匿名信，这封联名检举信上所签署的检举人名字是七名记者，一时间，舆论一片大哗。这次连国外的记者和报刊都开始关注此事。

北平地方法院监察处开始立案调查，并且通知故宫准备答辩书。

故宫的工作人员都感到十分气愤，但又没有任何办法。对方明摆着要找麻烦，脏水往身上泼容易，可是洗干净就难了。

顶着舆论的谩骂非议，傅同礼递交了一份条理分明的答辩书。反驳检举信是无中生有，接着列举了若干个争议严重的处理物品，写明了这些都是残缺品，经过审查组认定没有丝毫历史艺术价值，只是清朝内务府自己生产制造的常用物品。并且处理每件物品所得的银钱都归为故宫博物院的基金，从始至终没有挪用过一分钱用于发放工资。

“……时在日军逼近榆关，北平岌岌可危之时。为古物大举迁避，非有巨款不能成行……南运数至万箱，所用费用，财政部未出分文，纯赖此废金变价之数。”

沈君顾捏着报纸，看着上面印着的铅字，一边念一边满是心酸。

也怪不得岳霆当初为了筹集资金无所不用其极，原来情况竟已危急至此。而且岳霆毕竟无法接触到故宫的核心，故宫的正常运转还真是靠着之前几次变卖处理物品来维持的。

想起傅同礼仅有的几套洗得发白的衣服，沈君顾痛恨那些没有弄清楚事实就胡乱泼污水的人。即使他们纷纷找关系托人，把这份答辩书刊登在各大报纸上，但引起热议的永远是那些尖酸刻薄的讽刺檄文。

傅同礼走进来的时候看到沈君顾的表情，就知道他在想什么，无奈地笑笑：“佛由心生，心中有佛，所见万物皆是佛，心中是牛屎，所见皆化为牛屎。”

“傅叔，我的钱最近都花在买古董上了……”沈君顾一脸惭愧，他最近虽然也赚了很多钱，但因为到了南京和上海，逛了这两个大城市的古玩街，一下子见到了许多令他怦然心动的古董，口袋里的钱从来不超过十块大洋。

“你啊，跟你爹一样。”傅同礼既欣慰又辛酸地揉了揉沈君顾的头。

沈君顾顺着他的手劲，垂下了脸，掩盖住眼中的复杂情绪。

现在的他，居然也会觉得这句话算是夸奖而不是讽刺了？

“得了，别想了，还当我不知道你和岳霆那小子都做了些什么吗？傅叔还真欠你们一句谢谢。”傅同礼叹了口气。如果他足够强大，又怎么会让这些孩子为难呢？

“傅叔，我们都不是孩子了。”沈君顾一看傅同礼的表情就懂了。他这个傅叔，就是把自己逼迫得太紧了，总觉得自己是大家长，所有古物和工作人员都是他的责任。

傅同礼拍了拍沈君顾的肩，拉过一旁的椅子，在他旁边坐了下来。

“傅叔，是出什么事了吗？”沈君顾见傅同礼一副要长谈的模样，立刻坐直了身体，“是那边又出了什么幺蛾子吗？”

“答辩书交了，我该做的事情都做了，尽人事听天命吧。”傅同礼轻描淡写地说道，就像是完全不在意其中包含了多少辛酸和委屈。

“傅叔……”沈君顾心中酸涩不已，攥了攥双拳，压抑着问道，“值得吗？”

“选择以守护古董为己任的职业时，就已经做好了这样的心理准备。”傅同礼平静地笑笑，“其实换位思考，我如果作为什么都不知道的看客，在这样的舆论引导下，自然也会有这种猜忌。那个人每天看着那么多的古董，难道就不心动吗？随便拆下来个边边角角，就能换好多大洋呢！找个赝品把真品替换出来，或者直接笔一画就报备文物丢失揣自己腰包里了，岂不是可以轻松霸占国家收藏？”

沈君顾闻言一阵沉默，憋了半晌只能重复傅同礼方才说过的话：“心中是牛屎，所见皆化为牛屎。”

“其实，也是因为每个人对宝物的定义不一样。”傅同礼深有感触地叹了口气，“就拿交泰殿放置的那二十五方皇帝宝玺来说，那些宝玺能填饱肚子？能驱灾辟邪？还是能保佑大清国长长久久万世平安？

“都没有。大清还是亡了。那些至高无上的宝玺除却历史意义和本身价值，在乱世之中恐怕还没有一袋大米值钱。

“嗯，可能宝玺还值点钱，容易携带还容易变现。那些石鼓呢？碑刻呢？第五次南迁应该会把那十面石鼓带过来。你说，那东西，放普通人家，还嫌碍事呢！”

“什么？陈仓石鼓终于要运过来了！”沈君顾关注的重点立刻就不一样了。

那可是陈仓石鼓啊！

如果给全中国现存的国宝排个名，那么陈仓石鼓绝对能进前三，曾被康有为誉为“中华第一古物”。这一组石鼓一共十面，圆而大方，上窄下宽，每面石鼓上面都刻有石鼓文，记载了先秦时期的渔猎之事，是中国现存最早的石刻。

陈仓石鼓的价值无法估量，那上面的石鼓文一字万金，甚至连宋朝的石鼓文拓本都能卖出令人难以想象的天价。

这十面陈仓石鼓被历代统治者奉为镇国神物。在两千多年之中，经历了被发现、被遗失、被掠夺等等波折，幸好无一缺失地保存下来。从元、明、清三个朝代以来的六百多年里，这十面石鼓都没有离开过北平。

这么珍贵的石鼓，按理说第一批国宝南迁就该运出来了。可就是因为它们太珍贵了，所以在装箱时非常困难。

每面石鼓都是一整块花岗岩，重达一吨，本就运输不便。再加上石鼓表面的石鼓文，才是石鼓真正的价值所在。只是在两千多年的岁月变迁中，石鼓表面刻了字的那层石皮，有些与石鼓主体已经剥离开来，让人担心稍微大力一些碰触，就能把那层石皮碰碎掉。

这样一来，这十面石鼓就完全没法装箱，金石组的负责人龚鹏跑了好多地方咨询是否有合适的方法，后来问到了一位古董店的老板，那位老板教了一个方法，但龚鹏却依然觉得不放心。然而随着时间的推移，他们别无选择，不能再继续拖下去了，龚鹏只能咬着牙用了那个法子。

那位老板所教的方法很简单，就是把高丽纸沾湿，然后用镊子一点点塞入裂缝之中，小心塞满即可。当然，外面依然要包上厚厚的棉花和稻草再装箱钉木条。

这么简单的方法，自然听起来很不安全，又是这样珍贵的文物，所以龚鹏和其他工作人员直到最后才不得不下决心。

高丽纸是唐朝时期产于朝鲜半岛的高丽贡纸，后来多有仿制。高丽纸以绵茧所制而成，就像帛布一样坚韧，润湿了之后像棉片一样，干了之后纸的组织发生了膨胀变化，就跟棉花一般，牢牢地填充在裂缝之中。龚鹏虽然没有试验过这种方法是否牢靠，但在尝试了之后，凭经验和直觉认为此法可行，便当机立断组织人手即刻开始进行。

只是看起来简单的方法，实际操作起来需要非常小心谨慎地对待，务必保证裂缝之中的所有空隙都被塞满高丽纸，所以进度相当慢。

而本来这十面石鼓还是可以赶得上第四次南迁的，但因为傅同礼想要赶在监察令下达之前起运，所以只能等待第五次南迁。

“石鼓终于要来了？哎呀，给它们留的第五层的位置终于有用武之地了！”沈君顾心痒难耐地搓了搓手。不过他一抬头，就发现傅同礼一脸无奈的表情，连忙坐直身体，“傅叔，你继续说！”

说？他都说到哪儿了？傅同礼轻叹了一口气，总结道：“总之，我觉得这件事没有那么容易结束的。”

“傅叔……你是说……他们非要把你搞下去不可？”沈君顾一点就通，神色凝重。

“看起来就是这个架势，他们想要安插人手进来，但我不放，所以就要想办法让我走。”傅同礼淡然地说道，“我就算不辞职，也会被革职，到时候还会撤掉一批元老，换进他们的人来。”

“傅叔！”沈君顾万万没有想到，傅同礼居然已经起了辞职的心。

傅同礼拍着他的肩，一字一顿地缓缓道：“不能因为有困难，就不去做对的事情。

“每个人心中对宝藏的定义都不一样。

“我的心里也有宝藏，价值也无可估量。别人无法用言语来动摇它，无法用拳头来抢走它，无法用枪炮来摧毁它。

“所以，至少要守护好自己心里的宝藏，做自己的守藏吏。

“这也是你父亲说过的话，我一直铭记在心，现在交给你了。”

傅同礼的声音一如既往地温柔平静，可是沈君顾越听越觉得鼻酸。

“这些……这些父亲都没跟我说过。”沈君顾的眼圈微红，连声音都有些变调。

傅同礼并没有说话，只是笑了笑。

沈君顾了然，想必这些话应是在兄长离家、母亲病逝，他与父亲的关系闹僵之后说的。那时的他，又怎么可能静下心听父亲讲话。他张了张唇，正想说些什么，就听到楼道外传来了跑步声，随即岳霆的身影便出现在了门口。

“傅老师，你果然在这里！有好消息！”已经阴沉了几天的岳霆头一次脸上挂着笑容。

“什么消息？”傅同礼倒是一脸的镇定，平心静气地问道。

“昨天顾监察官上交了对故宫的监察报告，证明故宫账目确实没有问题，而且毫无违规行为。再加上之前傅老师你的答辩书，法院应该有足够证据对那七名记者交代了。我打听了一下，接下来大概会转交北平地检厅处理，大体上掀不起什么风浪了。”岳霆一口气说了这么多，顿时觉得口干舌燥，拿起桌上的茶杯就一饮而尽。

“啊？那个顾监察官，看来还真是个好人呢！”沈君顾最近没少听徐姨抱怨那个顾监察官，所以还有些意外。

“好人……”岳霆的表情有些奇怪，完全没想到那个被称为“监察院之狼”的男人，居然还能被人说成是好人。

沈君顾看到岳霆一言难尽的神色，不禁对那个顾长官好奇起来，再联想到那日他无故被动过的工作台，忽然心生好奇地问道：“那天那位顾长官，都要求看了哪些字画啊？”

“哦，那个字条我从徐姨那里要来了，正好带着。”岳霆习惯性地收集着一切小证据，从随身携带的小本子里把那张字条给抽了出来。

岳霆把字条递给了沈君顾，就见他看了一眼之后眼神迷茫了片刻，瞬间睁大了双目，满脸的难以置信。

“那个顾长官人呢？”沈君顾霍地站起身，抓着岳霆的肩膀急问道。这熟悉的字迹，他怎么能忘记？怎么敢忘记！

“已经回北平了。”岳霆有些莫名其妙，这个沈君顾难道还认识顾渊？没道理啊，之前听名字也没见他有任何反应啊。

“我要去北平！”沈君顾深吸了一口气，对同样不知道发生了什么的傅同礼认真请求道，“傅叔，第五次国宝南迁，让我去随队吧！”

北平　监察院

顾渊挂掉电话，脸上的表情丝毫未变。

其实他早就预料到了，他的这份关于故宫的监察报告递上去，肯定会被一向看他不顺眼的人揪住不放，成为攻讦突破口。

况且他最近一个多月的时间都耗费在了故宫，北平政局瞬息万变，等他再回到监察院的时候，就早已经没有了他的位置。

再加上他一直特立独行，从不结党营私，所以一时之间，连个帮他说话的人都没有，多的是落井下石之人。

为了那些破古董，赔上了自己处心积虑经营来的前程，也不知道这笔生意划不划算。

顾渊坐在皮椅上环顾整个办公室，食指习惯性地在桌面上敲打着。

"长官……"下属推开门，显然没料到顾渊会好整以暇地朝着他微笑，顿时惊起一身冷汗。

"不用催我，我这就离开。"顾渊长身而起，拿起衣架上的风衣，走到下属面前停下脚步，勾唇一笑，"记得下次进来的时候敲门，否则，下一个用这间办公室的人，可没我这种好脾气了。"

下属被吓得噤若寒蝉，等他回过神时，才发现顾渊早就离开许久了，办公室内什么都没有带走，干净利落得就像是那个人随时可以回来上班一样。

丁零——桌上的电话猛然间响起，又吓了下属一大跳。他连忙跑过去接起电话，没好气地说道："喂，找顾渊？这里早就没顾渊这个人了！什么？问他调去哪个部门了，这我怎么知道！"

唐晓推开工作室的门时，看到的是沈君顾颓然地坐在工作台前的模样。

原本整齐得让她都惊叹的工作台上一片狼藉，往日沈君顾可是连一支笔放错了位置都会受不了。

沈君顾听到脚步声，懒懒地抬了抬眼："你都知道了？"

“嗯，听夏葵说了。”其实是唐晓发现了沈君顾这几天莫名其妙地情绪低落，特意找到夏葵问的。也就是之前夏葵帮她上了药，两人的关系才亲近起来。否则换作往日，恐怕夏葵什么都不会说。毕竟这算是沈君顾的私事，大部分同事朋友都不知情。

沈君顾听了唐晓的回答，脸上露出了古怪的表情：“你和夏葵……关系还挺好的啊。”

唐晓眨了眨眼，不知道沈君顾为何会说这样的话，不过还是坦然地点了点头：“夏葵人不错。”

在唐晓十八年的人生中，根本没有闺中密友的存在，所以夏葵的出现，让唐晓有些猝不及防。唐晓从来不知道，一个正常的女孩子是这样的，既可爱又令人羡慕。是不是她也是这样的女孩子，沈君顾就会喜欢了呢？唐晓想到这里不禁有些窘迫。

沈君顾哪里看到过叱咤风云的唐九爷这种扭捏的表情，立刻就瞪大了双眼。

看这情况，唐晓真的是喜欢夏葵了？

沈君顾心中泛起了微妙的酸意，但却被他强压了下去。应该是他想多了吧？唐晓和夏葵又不是第一天认识，之前都是点头之交，又怎么可能因为那晚的敷药裹伤，一下子进展飞速？

唐晓见沈君顾一脸纠结为难的表情，还以为他担心顾渊的事情，便放柔了声音安抚道：“那位顾长官一定没事的，只是一时间没有他的消息而已。”

沈君顾闻言长叹了口气，第五次国宝南迁已经开始了，他都找不到赶去北平的正当借口。而且不管是发电报还是打电话，都联系不到那位顾渊顾长官，对方已经离职，并且去向不明。

“大哥他来过这里……”沈君顾把玩着桌上随意放置的钢笔，懊恼自己居然和大哥擦肩而过。

“那天我若是不带你出去就好了。”唐晓也替他遗憾，虽然她没有兄弟姐妹，但这种血浓于水的感情，她还是能感觉到的。

“不，我不是怪你，九爷。”沈君顾连忙摆手，孟慎行他们的事情，分明是他求助唐晓的，又怎么可能置身事外，“我……我是在怀疑，大哥他根本不想见我……”

“怎么这样想？”唐晓意外地挑了挑眉。在她看来，沈君顾既优秀又有能力，这样的弟弟居然还有人不想要？

“他都已经抛弃了父亲的姓氏，说明早就不想做沈家人了。”沈君顾艰难地说着，攥紧了手中的钢笔，一脸痛苦。

“那……也是因为你们的父亲吧？跟你无关啊。”唐晓笨拙地安慰着。

“我大哥，名叫沈东顾。我们兄弟两人的名字里，不相同的两个字合起来就叫东君，是太阳神的称号。而顾……则是我母亲的姓氏。”沈君顾崩溃地用头磕了磕工作台，悔不当初地哀叫道，“我怎么这么笨！就算没当面遇上，也要想到除了大哥，谁会这么无聊得动我的工作台？而且他现在用的是母亲的姓氏啊！”

如果当时猜到了，坚持去见那位顾长官，说不定早就兄弟相见了。

唐晓伸手想要去拍拍沈君顾的肩膀，又觉得有些扭捏，右手在空中伸了又缩，缩了又伸，为难不已。

沈君顾把额头抵在工作台的桌面上，六神无主地念叨道：“恐怕我大哥早就知道我在哪里，在做什么。只是一直不肯出现，避着我吧……”

唐晓的手终于落在了沈君顾的背上，见他并没有反感的样子，便放心大胆地一下下顺着他的后背，安慰道：“应该是你多心了，顾长官人那么好，一定是不知道你在这里。”

“不，他一定知道，所以才会这么照顾故宫，否则依着他对父亲的抵触，定是连故宫都不想踏入一步的。”沈君顾倔强地反驳着，在他眼里，大哥是无所不能的。

“那他为什么不来见你？”唐晓的语气变得有些危险，在她看来，让沈君顾这么耿耿于怀，绝对是那个顾渊的责任。

这话一说出口，唐晓就感觉到手掌下沈君顾的身体僵硬了一下，随后传来了沮丧的声音：“大哥离开家，其实并不仅仅是因为对父亲失望……也是对我失望了……"

也许是唐晓难得一见的温柔安慰，也许是太长时间没有跟人倾诉了，沈君顾沉默了半晌，便慢慢地将当年发生的事情讲了出来。

"当年我因为忧心母亲的病情，心不在焉，不小心打碎了一只雍正年间的粉彩花鸟纹铃铛杯。"沈君顾每当想到那个画面，都会觉得呼吸困难。这也是他之后数年对待文物都小心翼翼，再也没有失手的原因。

"我当时实在是太害怕了，一时想不到办法，只能手忙脚乱地把碎片粘上，至少远远地看起来像是完好无损……实际上，这只是父亲早发现或者晚发现的区别而已，我也是太傻了。就在我打算跟父亲坦白的时候，忽听到书房一声清响，那只铃铛杯碎在地上，而大哥正站在旁边。大哥被父亲骂了好久，还挨了一巴掌。父亲指责他为何要无故跑到书房来，还怀疑他是要偷古董出去卖钱……可是书房一件古董都没有丢，母亲就算病入膏肓，也不肯动父亲的收藏。大哥他并没有反驳，只是站在那里默默地受着父亲的责骂。而我却知道，他一定是替我背锅，揽过了这个责任。他虽然没有说，但我却是知道。可是我实在是太胆小了，没敢走出去说实话……之后不久，大哥就自卖其身，再也没有回来过。其实，后来长大了，我才发现那只粉彩花鸟纹铃铛杯是个赝品。父亲早就发现我那几日心神不宁，故意把我那几日拿去学习掌眼的古董都换成了赝品。但更令我心凉的是，父亲连我心神不宁都注意到了，却没有在意母亲的病情。他眼中根本就没有母亲。古董，才是他最在意的。九爷……我真怕……真怕我自己也会变成父亲那样……"

沈君顾絮絮叨叨地说了很多，唐晓站在他身边，静静地听着，在他背上抚慰的手更加温柔："不会的，你和他不一样。"

"真的吗？"沈君顾抬起头，急需寻求认可地问道。他的眼角微红，显然是在极力克制自己的情绪。

唐晓哪里见过沈君顾这样脆弱的表情，用了极大的意志力才控制了自己没有摸上去。她偷偷搓了下手指，干咳了一声，用力点头道："你不会。”

“你怎么这么确定？”沈君顾觉得唐晓是在敷衍他，刨根问底地追问道。

因为我喜欢你，所以很确定。唐晓差点就这样脱口而出，幸好理智及时回笼。她不擅长措辞，咬了咬唇想了想，才开口说道：“你既喜欢吃肉，又喜欢吃水果，对吧？”

“嗯，还喜欢两样配着吃。”沈君顾没料到唐晓会忽然说这个，呆呆地回答道。

“可能伯父是只能吃水果的，他的胃很小，只能装得下水果。”唐晓干巴巴地说道，又觉得自己的这个比喻有些奇怪，连忙补充道，“虽然我没有见过伯父，但听了你的描述，伯父的感情比较单一，单一到只能把爱放在古董文物上，无暇他顾。”

沈君顾听得呆滞，等听明白之后忍不住扑哧一声笑了出来：“哪有你这样比喻的啊！把文物比喻成了水果吗？”

唐晓冷着脸收回了手。

“哎呀呀，九爷您别生气嘛！您说什么都对！”沈君顾被这个解释说通，他重新振作起来，起身收拾乱糟糟的工作台。反正他大哥既然知道他在哪里，那么就说明大哥在一直关注着他。他找不到大哥也没关系，知道大哥还活着，甚至还活得很不错，就已经很满足了！

看着沈君顾的脸上重新漾出阳光般的笑容，还有他面前逐渐恢复整齐洁净的工作台，唐晓就知道沈君顾情绪好转了。她抿了抿唇，小声地说了一句。

“我很喜欢吃肉。”

正在低头一张张对齐草稿纸的沈君顾抬起了头，莫名其妙地眨了眨眼睛：“九爷，您说什么？想吃街角的那家杨氏红烧肉了吗？走，我这就请你！”

“……好。”

第四十一章　法院传票

第五次南迁的国宝到了，小楼又陷入了一片忙碌。

因为字画类别的古董早就入库，所以徐慧便在其他组里帮忙。她已是第五次看到沈君顾在门口探头探脑了，没好气地斥道："石鼓是不会拆箱的，死了心吧你！"

沈君顾失望地叹了口气。

他当然不是为了什么一睹陈仓石鼓才三番五次来这里晃的，陈仓石鼓他见过，可他不太放心那种听起来就不靠谱的装箱方法，石皮到底有多脆，他是知道的。

"放心吧，这回路上没有什么波折，运送石鼓的人都知道利害关系，小心着呢！"见沈君顾依旧磨蹭着不愿意走的模样，徐慧终于没忍住翻了个白眼。

沈君顾恋恋不舍地抠着门框，不死心地问道："那徐姨，你这里有什么活儿我能帮忙的吗？"

"没有！别再来捣乱就是帮大忙了！"徐慧挥舞着小木槌，在架子上敲得叮当直响。

沈君顾只能败下阵来。

路过的孟慎行连忙拍了拍沈君顾的肩膀，低声安慰道：“别在意哈，因为崖山叔没来上海，所以徐姨这几天有些暴躁。”

“崖山叔没来上海？”沈君顾瞪大了双眼，因为第五批国宝入库，小楼里的人最近几天都忙翻了天，他是才知道张崖山没来。

“现在局势又平稳了许多，崖山叔觉得没什么事了，便留在宫里继续修家具了。还有好几个前辈都舍不得离开故宫，没来上海。”消息灵通的孟慎行当然知道很多内情，“小桌子这几天都避着他娘走，你居然还敢往前凑？”

孟慎行口中的小桌子，就是张崖山和徐慧的儿子张卓，比他们还小几岁。在古代桌字亦写作“卓”,而张崖山本来就是想给儿子起名叫张桌，还打算再生几个凑齐了桌椅板凳。不过他们夫妇两人这么多年也就只有张卓一个儿子，张卓有时候也庆幸自己没有弟弟妹妹，否则简直不敢想象名字会有多奇葩。

一听连张卓这个亲儿子都不敢在徐慧面前乱晃，沈君顾也死了开陈仓石鼓箱子的心：“你那边有什么忙需要帮的吗？”

“走吧，正愁没有人打下手呢！”孟慎行毫不客气地拍了拍沈君顾的肩。本来他们这些年轻人对沈君顾的到来都有着或多或少的戒心，谁让夏葵妹子对这个青梅竹马的沈君顾另眼相看呢。

可是自从出了青帮的那件事，沈君顾为了他们三人努力奔走之后，孟慎行对沈君顾的态度就大变样。要问他是怎么知道的？身为八卦小能手的他有什么不知道的？更何况现在夏葵明显与那个唐晓走得近，自觉他们同是天涯沦落人的孟慎行，更是对沈君顾大生亲近之感，觉得沈君顾自告奋勇地想要忙碌起来，就是为了躲避残酷的现实。

其实沈君顾倒真的是要避开唐晓，才这样主动找事做的。唐晓那句“我很喜欢吃肉”代表的暧昧意思，他又不是傻子，当然听懂了。可是他无法给出回应!

纵使当时心如擂鼓，沈君顾也只能装成若无其事，顾左右而言他，岔开话题。还好对方也没步步紧逼，倒是让他松了口气。

到底为什么发展到这种地步，沈君顾也不清楚。

他也不清楚自己究竟是怎么想的，也不想弄清楚。所以下意识地就想要避开唐晓，可又不想离开对方太远。再加上第五批国宝刚到上海，他若是还像平日一样往外跑就太惹眼了，这才到处找活做。

不过小楼就这么大，他和孟慎行两人勾肩搭背地往楼下走，刚下到四楼的楼梯口时，就正好遇到唐晓从楼下缓缓地走了上来。

孟慎行立刻就感觉到身旁的沈君顾停滞了脚步，连身体都僵硬了起来。

啧，遇到情敌反应这么大？要淡定啊，就像哥一样！孟慎行沾沾自喜地在心底腹诽着。

唐晓在楼梯上停了下来，微微仰起下颏，一双凤眸扫向孟慎行钩着沈君顾肩膀的手臂，目光如刀。

孟慎行只觉得一阵冷风吹过，下意识地就把手臂收了回来。

唐晓满意地眯了眯双眼。

沈君顾完全没察觉到这短暂的目光交接，他正定定地看着几步台阶之下的唐晓，根本移不开视线。

唐晓微微一笑，只字不提某人的刻意躲避，淡定地邀请道："那天去吃的杨氏红烧肉很不错，什么时候再去吃一次？这回我请客。"

这是……这是要直接情敌谈判了？孟慎行瞪大了双眼，八卦之魂迅速燃烧，扭头看着沈君顾一脸的"求携带求围观"的神情。

还没等沈君顾有何反应，就听到楼下传来噔噔噔的脚步声，一脸泫然欲泣表情的夏葵跑了上来，看到唐晓之后，一言不发地就直接扑进了她的怀里。那力量大得让刚转身的唐晓猝不及防，站在台阶上又不能后退，只能向后倒去。沈君顾见状连忙下了几个台阶，伸手扶住了唐晓的后背。

就在沈君顾松了口气，想要收手向后退几步的时候，唐晓就像是站不稳一样，直接就靠到了他怀里。

沈君顾更是浑身僵硬，连动都不敢动一步，因为他能感觉到若是他离开一步，唐晓就能立刻摔倒在地。可是刚才那一刻可疑的停顿又是什么？唐晓明明都站稳了的，当他是傻子吗？！

而且夏葵和唐晓又是怎么回事？两人的关系已经亲密到这种地步了吗？

沈君顾一时焦头烂额，不知如何是好。

孟慎行看着这连成一串的三人，顿时觉得没眼看。这修罗场也太高级了，孟慎行表示这三个人的关系他已经完全看不懂了。

幸好令沈君顾手脚都不知道往哪里摆的尴尬并没有维持太久，夏葵就已经从唐晓怀里抬起了头。

沈君顾越过唐晓的肩膀，看到夏葵此时已经不是一脸委屈，而是满脸的气愤，眼角都气得发红。

沈君顾了解夏葵的脾气，知道她平常看起来虽然柔柔弱弱，其实性格十分刚强，而她的逆鳞就是其爹傅同礼。怀中的身体纤瘦柔韧，沈君顾强迫自己转移注意力，连忙追问夏葵道："傅叔又出什么事了吗？"

夏葵咬牙切齿道："北平法院都不追查了，可南京方面却死揪着不放。今天江宁法院的传票都寄过来了！"

"什么？！"楼梯间里传出此起彼伏的惊呼声，显然并不止孟慎行一人在围观。

没办法，谁让无论是沈君顾、夏葵，还是唐晓，都是小楼里备受关注的风云人物，更不用说这三人纠缠在一起的感情戏了。刚察觉到沈君顾和唐晓狭路相逢的时候，就已经有人偷偷呼朋唤友前来围观了。

只是热闹没看到多少，就听到这样震惊的消息，实在是始料未及。

沈君顾虽然早就被傅同礼提前打过招呼，可是却没想到真的如傅同礼所预测的那样，有人对他们一次又一次地死缠烂打。他沉下脸，询问夏葵道："傅叔知道了吗？"

"知道了，我爹都开始写辞职申请了。"夏葵扭紧了手指，显然接受不了这个事实。

沈君顾见怀里的唐九爷总算是站直了身体，一脸寒霜地要往下走，连忙抢先拽住了她的手腕："九爷，千万别冲动，这件事就算是找青帮也没什么用。"

唐晓绷着一张俊脸，也知道沈君顾说得对。她最多只能找人摆平一下市井之争，政治层面上的，就完全束手无策。

沈君顾见唐晓不再冲动，便缓缓地收回了手。即使知道这时候关注的重点完全不对，但也只能搓了搓手指，暗道这唐九爷的手腕也太过纤细，感觉他若是再用些力就能折断。

可他也知道这都是错觉，这只手实际上拥有无与伦比的武力。

夏葵虽然在为父亲的事情心急火燎，但依旧察觉到了身旁两个人的古怪。一是她父亲被诬告之事已经拖了好几个月了，他们倒有些习惯了事态起起伏伏、峰回路转的状况；二来，是沈君顾和唐晓两人身上弥漫出来的那种异样，让她忽然感觉到了自己是多余的那个。

孟慎行干咳了一声，打破了现场的尴尬，开口提议道，"我们为什么不去找那个方长官？"

"方长官押运完这一趟国宝，交接完就离开了。"章武在他们上面半层的楼梯上插嘴道。

"唉，如果是北平就好了，这上海南京都人生地不熟的……"孟慎行愁眉不展。

"我觉得，我们找那个方长官可能才有问题呢。"王景初忽然说道，他之前一直藏在楼梯拐角的地方，这下终于忍不住发表意见。

"喂，王胖，你怎么能这么说人家？好歹人家也是尽职尽责地押运五次国宝了。"孟慎行低声呵斥着。虽然现在楼上因为是白天工作时间，没有士兵在，但难保不会走漏什么只言片语。毕竟现在小楼的安保人员和士兵，几乎都是方少泽的人。

"最开始那个方长官就对国宝有觊觎之心，甚至故意扔掉一车厢的书，害得岳大哥和君顾两人遇险……"王景初说到这里，才反应过来让岳霆和沈君顾遇险的罪魁祸首就在他面前。他哆嗦了一下，强自镇定地继续说道，“即使傅叔离开了，法院肯定也会说不相信我们这些工作人员的监管，说不定这些国宝就归那方长官管了！”

就因为王景初曾经亲自看到过方少泽面无表情地下令断开车厢连接的情景，所以格外对其有所防备。

他的这番话说完，即使觉得他想多了的人，也都说不出反驳的话。

知人知面不知心，国宝价值连城，就算是圣人，估计都难免心动。

谁知道那位方长官究竟打着什么主意？

南京　方宅

“你派人跟踪我？”杨竹秋低头看着桌上的几张照片，挑了挑眉，俏脸上划过一丝得色，一点都没有被跟踪冒犯的不满。她还以为这位方少爷从未对她表现过殷勤，是自己魅力不够大呢！原来，还是放在心上的。

方少泽坐在皮椅中，冷峻的脸容之上满是冰霜。他用食指点了点桌上的照片，淡淡道：“3 月 22 日，你到了上海，打着找我的名义去了法租界的那座小楼。3 月 23 日，各大报纸报道了故宫博物院盗卖古董珍宝的消息。4 月 4 日，你和胡以归在钟山上的墓园见了面，聊了半个小时。4 月 7 日，一封匿名信就寄到了北平政务委员会，指控故宫博物院高层盗卖故宫国宝，写明了种类和流通渠道。5 月 10 日，你又和胡以归在大四福巷的茶馆见面，5 月 11 日，《北平快报》就刊登了一封联名检举信……”

一时间，偌大的书房里，只能听见方少泽如冰珠般冷冽的声音。

随着方少泽翻过一张接一张的照片，杨竹秋的俏脸也变得越来越煞白，因为来见方少泽特意而打扮的精致妆容瞬间惨淡无光。她抿了抿唇，深吸了一口气缓缓道：“少泽，你听我解释。”

“我觉得我可以不用再听任何解释了。”方少泽轻蔑地翘起唇角，“对于你为何要与这位胡以归先生频繁见面，我心知肚明。杨小姐，道不同不相为谋，家母招待不起杨小姐这样的高门贵女，方某也高攀不起，以后还是少见为妙。”

方少泽的话就像是一个巴掌扇在了杨竹秋的脸上，让她头晕目眩。

但她在短暂的失神后，还是强撑着站起了身，尽量保持优雅地笑了笑，一字一顿地从牙缝中逼出话来：“方少泽，你会后悔的。”

回应她的，是方少泽愈发冰冷的目光。

杨竹秋知道自己就算再纠缠下去，也是自取其辱，只能咬着牙恨恨离去。

在她离开书房之后，一直站在书房门口的方守才走了进来。他一边帮着少爷把桌上的照片都归类收好，一边担忧地低声道：“少爷，这么刺激杨小姐，万一她做出点什么事来……”

“她还能做什么？”方少泽根本没把杨竹秋放在眼里，“只不过是一个被利用的角色。”

“可是……”方守想了想，也觉得自己可能是杞人忧天了，“话说江宁法院的传票，傅院长打算出庭了吗？我们这边是不是先要做些准备？”毕竟是在南京，方守觉得自家少爷回南京，应该就是为了这件事。

“接了传票就要出庭？别傻了，他要是来，肯定就回不去了。”虽然打的交道不多，但方少泽已经深知官场上的潜规则。如此揪住傅同礼不放为了什么？还不是想伺机在故宫这块蛋糕上啃掉一大块。

“那接下来……又是嘴皮子的拉锯战吗？”方守觉得头疼，他这些日子没少找关系拉人写报道。他宁愿上战场扛枪，或者与人面对面地拼刺刀也比这来得干净利落。

“傅院长决定辞职。”方少泽早就与傅同礼通过电话了。

“辞职？那故宫谁来管？”方守惊讶，他的脑海中瞬间闪过了故宫中几个有资历的面孔，然后忽然想到了什么，小心翼翼地问道，“少爷，不会是你来管吧？”

“表面上是我，但实际上肯定是他们自己内部选的人代理。即使让我管我也不会去管，麻烦。”方少泽一副不堪其扰的表情，喝了一口手边的红茶。

这是傲娇了不是？方守偷偷地撇了撇嘴：“那傅院长辞了职，法院还会追究他的官司吗？”

“当然会追究。”方少泽停顿了一下，见方守确实是很关心，才继续说道，“不过，傅院长只需要留在法律豁免的地方就可以了。”

“法律豁免……不会是……法租界吧？”方守震惊。

见方少泽点了点头，方守一阵无语。

闹了半天，实际上也没怎么伤筋动骨。傅同礼辞了职，照样留在小楼里，依然如铁桶般水泼不进。

此时方守真想看看对方知道结果的脸色，一定非常精彩。

第四十二章　沪上寓公

正如方守所猜测的那样，胡以归的脸色确实很精彩。

不过却不是因为知道了傅同礼的辞职。

实际上，作为一个新闻工作者，他的思维是极其活络的，从蛛丝马迹便能推测出对方各种可能的反应和对策。傅同礼的辞职也在他的预测之中，毕竟依着傅同礼的性格，对个人声誉并没有太大追求，能息事宁人便是最好的选择。

令他措手不及的，是被人拘禁的现状。

“魏胜苟、曲折、盛平勇……这些都是你用过的笔名吧？”岳霆用手敲了敲桌子，不耐烦地催促道。

胡以归定了定神，一边抬手把自己被弄乱的头发拨弄平整，一边徐徐说道：“《中华民国训政时期约法》规定，人民非依法律不得逮捕、拘禁、审问、处罚。人民因犯罪嫌疑被逮捕或拘禁者，其执行逮捕或拘禁之机关至迟应于二十四小时内移送审判机关审问，本人或他人并得依法请求于二十四小时内提审。”

“背得挺熟练的嘛！”岳霆鼓着掌，没有多少诚意地称赞道，“但你也应该知道这种约法根本没什么用吧？”

胡以归沉默了下来，过了好半晌才反问道：“你是怎么找到我的？”

岳霆耸了耸肩，也不介意把过程告诉对方：“杨竹秋无故去了上海法租界的小楼，我就开始找人盯着她了。再联系最近一系列关于故宫的舆论，很容易就查到端倪。”至于照片和结论，他都无偿送给方少泽了。啧，不知道的人八成还以为是捉奸呢！

“原来那么明显吗？”胡以归沉思，认真地检讨起来。

“贪婪的眼神，是怎么都遮掩不住的。”岳霆拿起茶缸喝了口茶，“当然，这不是在说你。”

胡以归猛然间抬起头，情绪激动地反驳道：“杨小姐才不是那样的人！”

岳霆挑了挑眉，不过想想杨竹秋那张美艳的脸，那姑娘稍微下点功夫哄一下面前这位傻小子，还不是手到擒来？

“胡以归，究竟是谁在背后指使你？”岳霆没有跟胡以归再纠结什么杨竹秋的问题，他跑到南京来抓胡以归，并不是想要听什么风花雪月的八卦。

故宫一事，本来就是背后各派势力博弈的结果，现如今闹到如此地步，也是变成了两个派系之争。随着事态一步步的发展，很多人都在不知不觉间被卷了进去，反而处在事件中心的故宫委员会，在像老母鸡一样拼命张开翅膀的傅同礼的庇护下，真正付出代价的只有傅同礼一个人。

想想，就连身居高位的程老爷子，都因为几次在政务委员会上激烈地仗义执言，而被对方视为眼中钉，在不久前简单粗暴地被人在闹市中暗杀。那么顾渊在递了监察报告之后只是被调离职位，已经算得上仁慈了。

不过谁也没想到，那个顾渊居然就是沈君顾失联已久的兄长，而且在离开北平之后杳无音信了。岳霆在内心担忧了一秒钟，旋即又觉得那家伙老奸巨猾，没有消息也不一定是坏消息。

“没有人指使我，我是凭自己的本心而为。”胡以归仰起头说得振振有词，“这些封建势力搜刮百姓血汗钱而制成的珠宝器皿，是罪恶的！是应该被销毁的！就算不销毁，也应该还之于民，拍卖了换飞机大炮打跑日本鬼子！”

岳霆看多了胡以归写的檄文和报道，自然知道这些扭曲的念头在他心底根深蒂固，很难三言两语就扭转过来。如果对其进行精神上或者身体上的迫害，反而会让他更加坚定自己的信念。

不过如果放任不管，谁知道这位仁兄还会做出什么更丧心病狂的事情来。

岳霆觉得他没有必要再在胡以归身上浪费时间了，他来南京最重要的是要去江宁法院打探一下情况，看是否还有回旋的余地。至于这胡以归，关他一段时间，不再让他与外界接触去兴风作浪就应该可以了。

只是，在岳霆刚要起身时，他敏感地发现胡以归脸上的表情闪过一丝隐晦的得意。

“你又做了什么？！”岳霆越过桌子一把揪住了胡以归的衣领，狠狠地逼问道。

“很快你就知道了。”胡以归仰着脸，好整以暇地笑答道。

岳霆杀气十足地盯着他看了片刻，知道这位仁兄根本无所畏惧。把胡以归扔在椅子上，岳霆大步走出暗室，对着门外的同事低声吩咐道：“我要今天各地的报纸，看有没有关于故宫一案的消息。还有，密切关注最近即将发出的报道，务必尽一切可能封锁所有消息。”

“是。”

回想起来屋内胡以归那几近于疯狂的眼神，岳霆心中涌起了强烈的不安。

在法租界天主堂街的小楼里，气氛古怪又凝滞。

傅同礼在几天前辞职了，不过他虽然辞职了，可还是在小楼里上班，做一名志愿者员工。当然，没有人会把他真当成普通员工，他依旧拥有着发言权。

尚钧接手了院长职务，不过因为故宫盗宝一案闹得沸沸扬扬，行政院便派人插手了故宫事务，不仅安排了方少泽监管，还委托中央银行同时掌管其中一份开库房的钥匙。每次开库都会由两方面派人一起入库，否则将无法进入。

与此同时，开始全面点收所有文物。

因为之前编号混乱复杂，这次点收便把所有箱件都归拢至一处，用“沪上寓公”四个字分别代表故宫古物馆、图书馆、文献馆和秘书处的存沪文物。

点收的同时，在能盖章的文物上统一加盖印章标记，以示点收。而且印章也由其他机构来保管加盖，故宫人员只负责点收入册，同时进行审查和登记。

故宫一案对于所有人来说都是震动颇大，尚钧也不得不对此做出退让和妥协。不过即使没有其他机构来监管，也没人能有机会浑水摸鱼，所有监管制度都在摸索中制定得滴水不漏。

但也因为忽然进驻了许多陌生人，小楼里平时嘻嘻哈哈说笑的场面不复存在，每天只有枯燥的点收入册工作，压抑得让人几乎喘不过气来。

岳霆在查清楚胡以归打算做什么之后，气得差点要把他撕了。胡以归居然给各大报纸都发了通稿，打算把国宝的藏匿地点公布于众！

还好岳霆当时便发现了不对劲，竭尽全力动用各种手段把报道压了下来。而胡以归则被他扔到了抗日前线，做战地记者。不是说要手刃日本鬼子吗，成全他！

送走了胡以归这个幺蛾子，局面果然稍微平静了下来。也许是因为背后两个派系之间的斗争，其中一派取得了暂时性的胜利，觉得往故宫委员会安排监管机构已经算是成功的第一步了。

事实上，正由于监管机构的入驻，给了故宫委员会增加监管条例的借口和机会，所有点收清查文物的步骤既烦琐又谨慎，根本无从下手。

方少泽表面上万事不管，只是加派了士兵作为保护，但私下里还是站在了故宫委员会这边，与人斗智斗勇。而另外，他也利用被调派到上海任职的便利，重建上海兵工厂。

每个人手头都有一堆的事情亟待处理，时间就过得飞快，夏天闷热，秋季萧索，等沈君顾从厚厚的案卷中回过神时，窗外都开始飘起薄雪。

这是他第一次在南方过冬，完全没有料到南方的冬天居然如此难熬。本以为南方的夏天已经是极限了，没想到冬天越发恐怖。

在北方就算屋里不暖和，但穿了厚棉袄，总会把冷气阻挡在外。但在南方，湿冷的寒气就像是无孔不入的毒蛇，不管穿得多厚，都会顺着缝隙侵袭而入，直把人的骨头都冻成冰。

尤其南方根本没有地龙或者暖气，晒不到阳光的屋里就跟冰窖一样。而且在摆满国宝的小楼中，肯定不可能点火盆取暖，甚至连一丁点儿的火星都不能有。

还没到冬至，年纪大的几位前辈首先就顶不住了，手脚都冻得有些不利索了，万一不小心打碎了什么可怎么办？所以大家开会研究了之后，便宣布暂时停止点收清查，等严冬过去再继续。

当然，还是排了轮值班，每日都有人在小楼执勤，愿意做研究的继续做研究，只是不开仓库点收清查而已。

沈君顾这半年在小楼里被安排的活计，是修缮破损严重的古董。一旦古董在点收过程中，发现有什么破损，都在第一时间往他这边送。

不过沈君顾倒是觉得，现在应该是只有他这间办公室最空，所以最适合做操作台。这小楼里能装下那么多古董就很不容易了，哪里还能弄出比得上故宫修缮室的空房间。再加上有些古董都需要好几个组的人来同时修缮，谁也不愿去对方的地盘，便不约而同地选择了沈君顾的屋子。

同处一室，沈君顾便免不了地给前辈们打下手，他本身就在这个圈子里浸淫多年，自小又是他父亲倾尽心力教导出来的，所有的基本功不分类别全部都被打得扎扎实实。再加上过目不忘的天赋，只要用过沈君顾当助手的前辈，就没有一个不觉得熨帖的，再用回自己的徒弟，就又觉得各种不顺手，免不了一阵嫌弃。

沈君顾自父亲死后离开故宫的这几年学的都是野路子，现在被前辈们随口指点，倒也是受益匪浅。最近因为天气原因，前辈们不再开工修缮古董，沈君顾便直接用这个办公室，开始进行轰轰烈烈的造假事业。前辈们的意见也有所不同，有些人觉得不妥，有些人却觉得识真要从辨假开始。不过反正都到现在这个份上了，就算反对的也睁只眼闭只眼，权当没看见了。有时候还会拿着沈君顾做的赝品和真品放在一起让弟子练眼力，倒是学以致用。

天气越来越冷了，不是轮值谁也不会特意来小楼里，就算在院子里晒晒太阳都比窝在楼里面舒服。沈君顾的小作坊正好是北边的屋子，关不紧的窗户呼呼地透着冷风，除了他一个人之外，就没第二个人愿意来了。

沈君顾倒是乐得清静，他在北平的时候更艰苦的环境都待过，除了南方的湿冷让他有些不习惯外，其余的都在可忍受的范围内。

他最近几天做的是仿青铜器。他之前用铜屑调和在硝酸和盐卤水之中，涂到铜器上，再埋在地下，隔个三伏天之后再挖出来，铜屑就和铜器完全凝为一体，并且变成了绿锈。仿造铁器的红锈就用同样的方法，只是把铜屑换成铁屑。沈君顾现在屋里的这几件铜器，都是他今年到上海的时候从各个古董店收的，基础工艺不错，但需要再加工。

前几日岳霆照着他的吩咐，从土里把这几件铜器挖出送过来。沈君顾挨个用刷子扫掉浮土，再用毛笔蘸着锈色往上面补。需要铜绿小疙瘩的地方，用碎掉的孔雀石镶嵌在漆内，再用锈色涂抹。有朱砂斑的地方再调和一点朱砂，有黑锈的地方再调和一些黑墨。

其实做这些事情最好在秋天，但沈君顾最近才抽出空来。幸好南方的冬天气温还没到零下的地步，否则的话，这些锈色涂料还没等涂上去就会变成冰坨。

一旦做起事来，沈君顾就全神贯注心无旁骛，等他把一尊仿西周饕餮纹青铜鼎涂完，直起腰揉了揉酸痛的脖颈，才发现屋里多了一个人。

“小九，今天不是你轮值吧？怎么还来？”沈君顾一边说，一边把毛笔放到笔洗里洗涮干净，擦干水珠，挂在笔挂上。

自从几个月之前，唐晓提出自己已经换了身份后，大家便不再叫她九爷，纷纷用稀奇古怪的昵称代号来称呼她。沈君顾随长辈称呼她为小九，是唐晓最喜欢听的名字。

总觉得沈君顾这么叫了她之后，整个人对她都亲近了不少。

“给你带了些冻疮膏，是从蔡同德堂买的，据说那家是老字号，特别管用。”唐晓边说边从怀里掏出一盒药膏来。

她一走近，沈君顾就能闻到她身上散发出的淡淡的中药味，显然是在药店排了好久的队。蔡同德堂是光绪年间开办的药店，客流量极大，唐晓肯定是天没亮就去排队了，而且还是为了这微不足道的冻疮膏。沈君顾只是这样一想，就没有避开唐晓的动作，等他回过神来时，对方都已经用毛巾擦净了他的手，拧开了药膏盖子，准备亲自给他抹药了。

温热的手掌相接，沈君顾才反应过来，可等他想抽出手的时候，对方的手劲大得他无法想象，根本挣脱不开。

“之前给你的药膏我看过了，一次都没抹过。”唐晓头都没抬地说着，用一只手就钳制住了沈君顾的双手，而另一只手挖了一块药膏，仔仔细细地涂到沈君顾的手上。

冰片的清香味道瞬间在两人的双手之间散发开来，沈君顾尴尬地别过脸，坐立不安地辩解道：“我……我这不是没生冻疮吗？”

“等生了就晚了。你看章武那小子，据说疼痒得晚上都睡不好觉。北方干燥，生冻疮的少，南方居多。而且这东西只要冬天生过一次，之后每年冬天都会复发，手会结疮，变得又粗又丑。你是靠这双手吃饭的，怎么能不爱惜？”唐晓严肃地说道。实际上她很想说，这么漂亮的一双手，她也舍不得。

沈君顾已经很久没被人这样认真地关心过了，心里极其熨帖，但嘴上还要别扭地问道：“那夏葵那里……”是不是也是这样被唐晓亲自上药？沈君顾把后半句直接咽回了肚子里，觉得自己实在是太矫情。

“早就给过了，人家很认真地每天抹三四遍呢！”唐晓没发现沈君顾的异样，严肃地教育他。

“哦。”此时，沈君顾也不知道心里是什么滋味。这小半年来，他忙着伺候古董，倒是有意离唐晓远了点，毕竟在他工作的时候，谁也不敢擅自打扰他。不过他闲暇时偶尔抬头，都能看到唐晓在门外晃悠着，就连运送古董的活计喊一下，外面应声的也绝对是唐晓。

感觉到唐晓仔细地把冻疮膏涂到手指的每一处，随后有力地按摩揉捏起来。许是错觉，沈君顾瞬间就感觉到有股灼烧的热感顺着两人相触的地方传导到了全身，连他的脸颊都无法控制地烫了起来。

“哎呀，光抹完还不行，必须还要按摩一会儿，会有点热辣的感觉。但这是蛇油的，是最好的冻疮膏了。”唐晓感觉到沈君顾的抗拒，立刻用绝对的武力制止了他，不容他反抗地继续用力按摩着，“我每年冬天都会注意，因为冻疮会影响手摸枪的细微感觉。正好给你抹，我也算是抹了，还不浪费。”

其实光涂个冻疮膏，倒还真不要这么多时间。但唐晓少有机会与沈君顾这样亲近，而且她确实在相处中能感觉到沈君顾对她的戒心在日益化解。她也经常远远地看着沈君顾出神入化地修缮古董，此时这双手就在她的掌心任其揉捏。

忽然，沈君顾感觉自己有点危险，外面天色已暗，早过了下班时间。一整层楼除了巡逻的保安，估计一个人都没有了。

孤男寡男，共处一室！

第四十三章　醉打金枝

“哟！我这是来得不是时候啊？”

正当沈君顾感到既尴尬又不知所措的时候，门口忽然传来了一个带着笑意的女声调侃着，夏葵笑眯眯地站在那里看着屋中的两人。

沈君顾趁机立刻把自己的手抽了回来，干咳了一声，一本正经地解释道：“小九给我带了冻疮膏，还说我自己不涂，亲自监督我涂上。”

唐晓攥了攥已然空了的手，遗憾地回味着刚才的触感，她难得和沈君顾有这样好的气氛。但现在有外人在，她又不可能继续干什么，只能盯着沈君顾红透了的耳根，微笑道：“某人不听话，就只能用强制手段了。”

听了这意有所指的话语，沈君顾更是涨红了脸，一时间不知道该如何反驳。

唐晓也知道适可而止，今天已经是取得了前所未有的进步，为了以后的福利，她怎么也该见好就收。不过她也发现，对于沈君顾这种温暾的性子，她之前的默默守护简直就是做媚眼给瞎子看，早就应该主动出击才对。

她施施然地站起身，用不容拒绝的口吻宣布道：“一天三次，为了防止你忘记，我会亲自来给你涂的。”

“我自己会涂的！”沈君顾立刻爹毛，一伸手就要抢走唐晓手里的药膏盒。

以唐晓的身手，又怎么可能轻易被沈君顾抢走！她迅速地后退了一步，在门外朝他晃了晃手中的药膏盒，抿唇笑道：“明天早上见。”

唐晓平日里是一副严肃到极致的面容，不笑的时候就已经俊俏无双了，此时展颜一笑，如同冰雪初融百花齐放，沈君顾就像是被人点了穴一般，久久回不过神。

直到夏葵凑到他眼前用手挥了挥，取笑道：“人都走了，还看什么？”

“没……没看什么。”沈君顾揉了揉双手，唐晓的手指微有薄趼，又按摩得有力，此时被碰触的那种感觉仿佛还残留在皮肤上。

夏葵见状恨铁不成钢地说道：“沈君顾，你一个大男人，非要让女孩子主动得那么明显吗？”她原以为是自家竹马看不上人家唐晓，但看现在这样子，分明是两情相悦，这就让夏葵很不爽了。她和唐晓这半年来已经很熟了，纵使唐晓从不说，可女孩子生来就是让人疼宠的，她这个旁观者都看得直心急。

女孩子？沈君顾回过神，发现夏葵一手拿着沉甸甸的锦盒，便连忙接过来放下。

夏葵见沈君顾一言不发，以为他逃避现实，更是一股火从胸中腾然升起，跺脚娇斥道：“沈君顾！你就玩弄人家的感情吧，以后你后悔了可不要哭！”

沈君顾莫名其妙被骂了一通，不知道自己哪里做错了。还好旁边没人，否则听到这番话，肯定还以为他把夏葵怎么了呢！

他对天发誓，他真是把夏葵当妹妹看的！而且夏葵对他也从未有过任何暗示啊！

把刚才发生的事情从头到尾想了一遍，沈君顾推测出来一个可怕的结论，那就是夏葵说的女孩子其实是唐晓，大名鼎鼎的唐九爷是个女孩子？！

呵呵，沈君顾干笑了两声，觉得自己这个猜测实在是无稽之谈。

肯定是自己潜意识认为，如果唐晓是女孩子就好了，才会暗示自己这么去想的。一定是忙得太久产生幻觉了。

沈君顾站起身穿上厚厚的羊毛大衣，决定去旁边的大世界游乐场放松放松，据说那边的戏园子最近来了许多北平的名角儿。

在走出房间前，沈君顾还是忍不住低头闻了闻手上的蛇油冻疮膏的味道。

原来，刚刚唐晓真的来过，不是自己的幻觉啊……

出了门，即使被冷风一吹，沈君顾还是觉得脑袋浑浑噩噩的。不过他去大世界游乐场很多次了，就算心不在焉，也能按部就班地沿着熟悉的道路往那个方向走去。此时天色已暗，来来往往的人大多数的目的地都是大世界游乐场，沈君顾随着人流走，随意地掏出两角大洋来买门票，随意地选了个戏园子进去，随意地挑了个座位坐下。等他回过神时，戏台上已经咿咿呀呀地唱了起来。

沈君顾环顾了一下四周，才发现他今天选的戏园子是乾坤大剧场。

大世界游乐场的规则是只要买了两角大洋的门票，就能随便逛。大世界里有几十个剧场，乾坤大剧场是最出名的一个，因为曾经邀请过北平著名坤伶金少梅至此，从此被命名为乾坤大剧场。乾坤乃男女合演之意，这里上演的戏剧代表了上海京剧的最高水平。此剧场向来都人满为患，沈君顾一忙起来都不看时间的，因此很少有机会正巧赶上这乾坤大剧场的开场。

没想到，今天倒是好运气。

茶博士在桌子之间穿梭着，沈君顾掏出银圆往桌上放了一块，立刻就有眼尖的茶博士凑了过来，熟练地用长嘴茶壶在空中倒出一道茶水线，一滴茶水都没有溅出。随后再用肩头的抹布往桌子上一擦，离开的时候便连桌子上的银圆都一起带走了。

剧场里的茶水点心比门票贵多了，沈君顾虽然已经没有以前那么小气吝啬，但也忍不住肉痛了一阵。不过茶水点心钱有一定比例是分给戏班子的，所以听一场戏至少要点一碗茶也是惯例。

喝了口温热的茶水，沈君顾听了听戏台上婉转悦耳的曲子，发现今天的曲目正是《醉打金枝》。这出戏讲的是唐代郭子仪的儿子郭暧因为妻子升平公主没有去给父亲祝寿，借着酒醉打了她。升平公主跑回宫中向父皇母后哭诉，郭子仪绑着自己儿子来请罪，后来小夫妻和好如初的故事。

此时正是扮演升平公主的旦角正摇曳着身姿，在台上娇声唱道："我父王本是唐天子，我是龙生凤养，金枝玉叶，怎能与他们把头低？侍儿们快将红灯高挂起，等驸马回宫来饮酒谈诗……"

一听声音就知道这旦角极其年轻，而且唱腔轻柔甜美，带着几分年轻妇人的天真烂漫，再加上举手投足之间的优雅，这位升平公主的尊贵矜持，直把人看得如痴如醉，博得了台下海浪般的叫好声。

尽管这乾坤大剧场是以男女合演而命名的，但旦角是凤毛麟角，大多时间还是由男子出演。台上的升平公主虽然声音柔美，化过戏妆的面容也明媚动人，可依然能看得出来是位男子。

沈君顾盯着台上的旦角看了半晌，总觉得哪里有些不太对。

是了，一定是男扮女装的不协调。所以，那位唐九爷怎么可能是女孩子呢？

就算那双手并没有一般男子那么大，身体也有些柔软……不过若是唐晓的那张脸，换上了女装肯定也很漂亮……

沈君顾不由自主地又开始走神，等他意识到自己在想什么之后，不禁涨红了脸，喝了口茶还差点把自己呛到。他肯定理解错了夏葵的意思，唐九爷怎么可能是女的呢！

沈君顾强迫自己把心思放回听戏上，此时台上的戏份已经进行到郭子仪绑着儿子进宫请罪的地方，这个戏目其实最经典的就在这里。但事实上，看两位老生在台上你来我往地唱来唱去，互飙唱腔演技，当然没有之前郭暧和升平公主两位年轻人吵架甚至上升到动手的戏份吸引人。

沈君顾因为自己心思恍惚，错过了之前那段戏，但他只要是看过的，都会记在脑海里。他闭上眼睛稍微回忆了一下，忽然感觉那个饰演升平公主的旦角有种莫名的熟悉感。

那眼神动作，那唱腔声线，那身量体格……分明是程尧啊！怪不得刚才第一眼看到的时候就觉得有点奇怪。

可是……程尧那小子不在北平，怎么跑到上海来了？来了上海怎么不来找他？难道是戏瘾发作又上台客串了？

沈君顾不敢确定那是程尧，还是他眼花看错了，只能望眼欲穿地等着升平公主再亮相。但一直等到最后，帝后教育两个年轻人的时候，那位升平公主才再出现，而且几乎没有台词，都是侧着身子低着头。沈君顾看得抓心挠肝，结果直到这出戏落幕了，都没确定那位旦角是不是程尧。

把茶碗里的茶水一饮而尽，沈君顾决定去后台找找看。如果不是也就罢了，若真是程尧来了上海，恐怕是不知道他也在，错过了就太遗憾了。

后台乱糟糟的，都在准备下一出戏的道具布景。程尧刚下了戏台，就被一个人拦住说了些什么。

他的表情空茫了一瞬间，随后机械地点了点头，手中接过一张小字条，连那个人什么时候离去的都不知道。

过了好半晌，他才穿过忙碌的后台，找到了位于角落里的化妆台，把头上沉重的行头一件件地拆下来。

程尧低垂着眼帘，并不想去看面前的镜子。那个满脸油彩，已经面目全非的戏子，根本不是他所熟悉的自己。

明明他之前是那么喜爱唱戏，就算爷爷阻止，也依然热情不减。现在爷爷已经不在了，没有人再会拿着鸡毛掸子追着他满院跑，可他却宁愿付出自己的一切代价，让时光倒流，换回这世上唯一的亲人。

谁能想到，四九城的程大少爷，现在居然会沦落成为一名戏子。

虽然自己喜欢唱戏，但那也只不过是喜好，并不想真正变成戏子。

可是……可是……

程尧觉得头上的金钗翠钿如有千斤重，压得他抬不起头来。可他越是心急想要把行头拆下来，双手就越不灵活，金钗、假发还有自己的头发都绞在了一起，一团乱糟糟的。程尧急得眼尾都发了红，又听到窃窃私语声，感觉周围所有人都在看他的笑话，于是一把拿起桌上的剪刀，打算干脆把自己打结的头发剪掉。

一双白皙修长的手制止了他的胡闹，温柔而又坚决地把他手中的剪刀拿走，之后耐心地帮他解开一团乱麻的头发。也不见那双手如何动作，几个呼吸之间，就把金钗和假发都拆了下来。

“穆师兄，多谢……”程尧窘迫地道着谢。

那双手把程尧勒头的布带子也一圈圈地拆了下来，又拿起梳子，把程尧翘得乱七八糟的头发梳理得整整齐齐。程尧面前的镜子里也现出了一张雍容典雅的脸容，正是之前《醉打金枝》戏里演升平公主母后的那位皇后。

“穆师兄，我还是自己来吧。”程尧虽然习惯被别人服侍，但现在的他又怎么敢让戏班子里的台柱子为他梳妆？他意识到别人投射过来的目光，连忙抢过梳子。

穆师兄也并不强求，松了手之后便在程尧的旁边坐了下来。也不见他的动作如何迅速，但一举手一投足就是隐含着淡淡的优雅，很快就把头上更甚于程尧烦琐的行头都一个个卸了下来。

不同于程尧蓄得半长不短的头发，这位穆师兄有一头柔顺黑亮的长发，等他把脸上的油彩全都卸干净，脱掉戏服换上长袍，瞬间变为一位清雅俊逸的青年，只是他眉目流转之间，总有一抹轻愁，让人不由自主地就把目光落在他的身上，恨不得伸手去抹平他眉间微微隆起的褶皱。

穆师兄名叫穆英，小时候就被卖到了戏班子，名字常常被人取笑成穆桂英，也经常被人唤作“桂英”。穆英在北平的时候，程尧就非常喜欢他的唱功，只要有时间就会捧场。混熟了之后，穆英知情识趣，更是安排他亲自上台唱戏，两人私交甚好。

程老爷子被暗杀之后，程尧其实完全可以继续做他的大少爷，毕竟程老爷子多年积累的善缘仍在，庇佑一个后人安稳生活还是绰绰有余的。

可是唯一的亲人惨死，程尧又怎么可能若无其事心安理得地继续享受生活？他求了爷爷生前所有的好友，但没有一个人肯帮他复仇。不光如此，还在知道他的诉求之后，一个个闭门谢客，竟是连见都不肯见了。

明明知道谁是凶手！

没有人帮忙也罢，他自己想办法！

所以在世人眼中，原本规规矩矩的程大少爷，在程老爷子死后，变成了一个流连赌坊的纨绔子弟，很快就在众人的目光中把程家的万贯家财都输得精光，连程家的老宅子都没保住，在一个炎热的夏天被人赶了出来，只能住在路边流浪，后来被以前相好的戏子收留了。

从此四九城少了一个程家大少爷，多了一个唱戏的程尧。

因为程尧戏剧性的人生，他和穆英所在的戏班子在京城大火了一阵，众人纷纷想要来看看当初英姿飒爽的大少爷堕落成为的戏子是什么模样。一时间，冷嘲热讽甚至于污言秽语像海浪般朝程尧拍了过来，他想过退缩，也想过逃避，但只要一想到躺在血泊中的爷爷，就会强迫自己坚强起来。

杀死程老爷子的杀手，并不是程尧主要报仇的对象。杀手只是一把刀，他要找的，是握住那把刀的人。他的目标，是程老爷子的政敌，郑天耀。

郑天耀买凶杀人，程尧也可以。他表面上在赌坊输掉了万贯家财，实际上是用这种渠道去给杀手钱财。郑天耀警惕性很强，也许平日里结仇甚多，所以出入都跟着数名保镖。程尧平白花了许多钱，但没有一次收到成效。

程老爷子虽然位高权重，但实际上清正廉洁，就连程家的那个大宅院，也都是祖上传下来的。程尧把家里的积蓄花光了，祖宅却不敢随意动。他思索了许久，才决定换个方式。

祖宅托付给可靠的朋友，而自己则做出一副迫于生计沦落为戏子的表象，为的就是有机会可以接近郑天耀。

他不怕郑天耀知道他的身份有戒心，实际上那位爷八成不会把他看在眼里，反而很有可能会因为他的身份，而叫过去羞辱一番。

他所苦等的机会，如今即将到来。

“决定好了吗？”身旁在描眉的穆英低声问道。他已经卸了妆，但因为反串的时候不能有浓眉，平日里又不能顶着一双柳叶眉见人，所以还是要用眉笔勾上几笔。

“决定好了。”程尧微微颤抖的双手逐渐坚定起来，拿起毛巾开始卸妆。他们戏班子来上海乾坤大剧场演出，实际上也是为了从北平来上海的郑天耀。而他一连几晚的登台，终于引来了郑天耀的注意。方才来的那个人就是传递了这个消息，给他的字条上写了对方邀请他去的酒楼房间号和时间。

穆英打理好了自己，便拉过程尧的右手，把他手心里一直扣着的字条拽了出来。上面的字迹被程尧手心的汗浸湿了少许，但依旧能看出来上面写的是什么。

洗干净油彩的程尧，露出了比以前苍白消瘦了许多的脸容。他的头发只留到肩膀，便随意扎在脑后，露出光洁的额头，几缕碎发垂下，配着一双黑漆漆、水汪汪的眼瞳，像是脆弱的小动物，会令人产生一种怜惜的保护欲。

程尧换下戏服，终于敢抬起头对着镜子看上两眼，却依然觉得镜子里的自己像是变了一个人。

要成为一个真正的戏子，不像以前那样用浓重的油彩简单地盖住浓眉再画，程尧也是把眉毛修细了的。只是他画眉的功夫还尚未到家，每次都弄得像两条毛毛虫，惨不忍睹。

平日里如此还可以，今日却不行。

看着程尧拿起眉笔，想要勾勒眉型又犹豫着不敢下笔的样子，穆英便一手拿过眉笔，一手勾着他的下颏让他转过脸来。

感觉到手掌下程尧的不自在，穆英轻笑道："嘘，别动，一会儿就好。"

一张毫无瑕疵的俊颜在视线里逐渐放大，程尧下意识地闭上了眼睛，只感觉到左右两边的眉毛被眉笔细细地扫过。

"好了。"

程尧睁开双眼，看向铜镜，发现穆英给他画的是两道小旗眉，眉头粗眉尾细，眉梢微微上扬，一下子就年轻了几岁，给人以毫无防备的天真活泼感。

在镜子里，程尧看到站在他背后的穆英从一个锦盒里拿出一条毫不起眼的皮腰带。他知道这是一件戏台上的软剑道具，而且经过了改装，是真的可以杀人的，只要两人距离近到一定地步，手扣在腰带扣处有技巧地按下去，就能立刻弹出锋利的软剑。

程尧站起身，让穆英替他把这条皮腰带系在腰间。

"谢谢。"一切都准备好之后，程尧终于从喉咙里挤出这两个字。

穆英低着头什么都没有说，手中收拾着散落在梳妆台上的各种首饰行头。

程尧知道穆英一直都不看好他所谓的复仇计划，但依旧不计较任何后果地帮助他。他咬了咬牙，还是拿着字条离开了。

穆英在他离开的那一瞬间抬起头，只来得及看到他的一抹背影。

一声清幽的"保重"，被淹没在了台前忽然而起的锣鼓声中……

穆英站着呆愣了许久，直到他的面前站了一个看起来很眼熟的年轻人。

"是桂英吗？咦？那刚才台上的难道真的是程尧那小子？他在哪儿呢？"

"沈……沈二少？"

第四十四章　恰逢其会

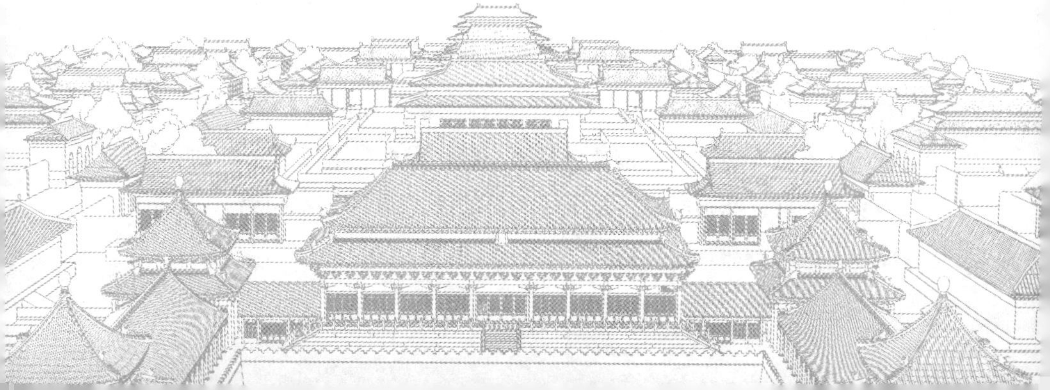

顾渊拿起红酒杯熟练地晃了晃，看着深红色的酒液挂在水晶酒杯杯壁上缓缓流淌而下，随后把酒杯放到鼻子下面深深地闻了闻，最后举杯抿了一口。

“怎样？”一旁盯着他连眼睛都不眨一下的男子连忙问道。

顾渊把口中的红酒品了品之后，才咽了下去。他没有回答那男子的问题，而是用水漱了漱口，又拿起了另外一杯红酒，重复了一遍方才的动作。

桌上一共摆着五杯红葡萄酒和五杯白葡萄酒，顾渊依次喝了过去，中间除了用水漱口之外，还偶尔用白面包片压舌头，吸走味蕾之中的味道。

等最后一杯白葡萄酒品完之后，顾渊喝了口水，沉思了片刻，便指着酒杯一个个说道：“这两杯颜色较浅的都是品丽珠，有种淡淡的草莓香气。不过左边这杯应该是白马酒庄的，里面混了梅洛葡萄的味道，更为复杂一些。味道醇厚，是上了年份的酒。而右边这杯应该是张裕的品丽珠，清新香甜，应是新酿出来的酒。”

"接下来这些是拉菲、张裕的樱甜红、解百纳，白葡萄酒的这些是雷司令、大宛香、佐谈经、白苏维翁，最后一杯……"顾渊说到这里时，微微停顿了片刻，像是犹豫不决最后一杯的品种。

房间里的五个人都不由自主地屏住了呼吸。

顾渊的剑眉微皱，随后舒展而开，自信地说道："这杯带着微微的柑橘香气，如果我没记错的话，应该是霞多丽。"

他的话音刚落，有人就克制不住地鼓起掌来。红葡萄酒有些颜色上还有些差异，但两杯同样都是品丽珠酿造出来的葡萄酒，顾渊居然能准确地分辨出来产地和品牌，简直不可思议。而白葡萄酒看上去就更加没什么区别了，顾渊竟然也可以说得分毫不差。

若不是这十杯酒是他们亲手分别倒出来的，几乎都要怀疑他作了弊。

一人拊掌大笑道："郑兄，我们赌的是猜出来六杯就算顾兄赢，现在是十杯全中哦！"

被称为郑兄的那人是四十岁出头，膀大腰圆，身上穿着的军服都系不上扣，敞开怀露出微凸的啤酒肚。一双精芒四射的眼睛下面是两抹浓重的黑眼圈，可见其已被酒色熏染许久。如果程尧此时在场，必定会认出来这人就是他恨不得食其肉、饮其血的郑天耀。

郑天耀的眼中闪过一丝狠辣，随即哈哈大笑道："当然当然，愿赌服输嘛！我欠顾老弟一回，怎么样？顾老弟可想好了要什么？"

顾渊拿起那杯张裕的品丽珠，享受地喝了一口后，才笑吟吟地说道："好不容易能让郑兄欠我一个人情，自然是要好好琢磨琢磨该怎么用才是。"

事情的起源是几个富家公子哥打赌，而顾渊则是恰逢其会。不过顾渊倒是知道郑天耀想要劝说他归顺已久，他这个"恰逢其会"之中有多少刻意成分，估计也就只有郑天耀自己清楚。顾渊的职位被一撸到底，郑天耀"功不可没"，后者多少也是想要把顾渊打入尘埃，再趁机收服这位"监察院之狼"。只是顾渊变成了一介白衣，反而轻松悠闲，毫不在意。

顾渊这么多年一直被积怨所困，最终发现只是自己的执念而已。他这大半年来，都在找寻他弟弟的下落，可惜现今还毫无线索。毕竟各大城市的古董店里流窜着的捡漏者众多，毫无辨识性。

郑天耀见顾渊把一件事的概念替换成了一个人情，便稍稍安了安心。安心之后，就更加对顾渊的知情识趣暗中赞叹不已，想要对方折服的心愈发强烈起来。

即使在灯红酒绿的上海滩，葡萄酒也算是个奢侈品。例如张裕的葡萄酒，自从在巴拿马太平洋万国博览会上获得了金质奖章，便立刻声名大噪，身价倍增，几乎与外国的名酒一个价格。在酒行买的话，一瓶张裕的品丽珠就相当于二十斤大米的价格，更别说在大世界游乐场这种销金窟了。他们这个包厢一下子开了十瓶好酒，也算得上是豪华酒局了。不过这些压根儿就不被那些挥金如土的公子哥们放在眼内，一挥手又叫了几瓶酒。

赌完酒顾渊的人气立时大涨，众人都举着杯子围着他请教品酒技巧。顾渊应付得游刃有余，既得体又不忘照顾到每个人，连一旁不参与话题的郑天耀都没觉得自己被冷落，一时宾主尽欢。

夜色渐深，公子哥们酒足饭饱就开始唤人陪酒，一时间包厢内乌烟瘴气。

程尧敲门走进来时，就被混杂着雪茄味道的浓重酒气熏得后退了一步，待他看清楚包厢内的情景时，只能摸了摸腰间，鼓起勇气往里迈步。他从没有来过这样的场合，之前在北平因为家教甚严，身边的狐朋狗友都被程老爷子筛选过许多回，没人敢带他来。现在换了个身份站在这里，程尧不禁有点惊慌失措，连手脚都不知道往哪里摆，目光投向哪里都觉得非礼勿视。

郑天耀看着没见过世面的程尧像小白兔一样站在门口，心情颇佳地喝了口香醇的霞多丽葡萄酒，正想开口刁难对方，身旁的顾渊就凑了过来，微醺地笑道："郑兄，刚才的赌注，我琢磨好要什么了。"

"哦？是什么？"郑天耀闻言，被酒精浸泡的大脑立刻清醒了几分。

顾渊随意地用手中的酒杯指了指门口慌乱无措的程尧："这小哥儿

是郑兄叫来的吧？送我如何？”

郑天耀深深地看了顾渊一眼，随后拊掌大笑道：“没想到顾老弟你好这口，不过这小哥儿以前可是北平的程大少爷，我可没那么大本事让他听我的话。”

“这样好，我喜欢。”顾渊意味深长地笑了笑，也不等郑天耀回应，直接起身朝站在门口的程尧走去。

郑天耀自是不会为了程尧与顾渊争什么，本来他叫程尧过来，也就是为了羞辱他一番。此时有意外的收获，更是惊喜。能借此拉拢到顾渊这个人才，还不损失什么，这笔交易做得稳赚不赔。

郑天耀看着顾渊走过去一把搂住了程尧的腰，程尧震惊得挣扎起来，而后顾渊低着头不知道在程尧耳边说了什么，让对方愤怒得眼角都红了起来，只是没敢再挣扎，僵硬地在众人的哄笑声中，任凭顾渊把他带离了包厢。

顾渊在程尧一进来的时候，就发现了他是谁，差点把正在往下咽的葡萄酒当场喷出来。

他当然知道弟弟的好友是谁，刚刚也听其他人讲起北平程大少爷的堕落史，只是一时没有把那个沦为戏子的程大少爷和程尧对上号而已。现在乍然见到了真人，电光石火之间就明白了这位程大少来这里想要做的是什么。

如果没见到就罢了，现在恰逢其会，他若是不做点什么，等以后和弟弟相认了，知道了他见死不救，岂不是会立刻跟他翻脸。

正好郑天耀还欠他一个人情，现在随意地用了也可以降低对方的戒心。再加上他怎么看怎么觉得这个酒局透着一种说不出的古怪，找个借口提前离席也是好的。

顾渊非常自然地走到了程尧面前，在他惊恐万分的目光下，搂上了他的腰。

“如果你想立刻被拆穿这皮带里的秘密，尽管挣扎。”顾渊低头如此说道，之后满意地看着怀里的人身体僵硬，一动都不敢动。

程尧是真不敢动，这个陌生人直接一上来就搂住了他的腰，在外人看来好像是亲昵至极，实际上却是按住了他腰间皮带的机关。他费尽心思才能与郑天耀同处一室，自然不肯这样轻易地前功尽弃，只能攥着拳头任凭对方把他带离了包厢。

听着哄笑声在背后远去，程尧见这人要把他往楼上的房间带，连忙停下脚步。在包厢里他还有所顾忌，其他地方就不要怪他不客气了。

只是在他还想有所动作时，这个陌生人低笑了两声，在他耳边轻声道：“想要姓郑的死，这不是最好的方法。更何况就你这身手，一定没戏。你以为你被抓住，自杀就可以解脱？这世上，有的是比死更恐怖的折磨人的法子。”

程尧冷静了下来，他能豁出性命和自尊来刺杀郑天耀，也并不是没有考虑过后果。他实在是没有其他办法了，才会选择如此。而现在此人这样说，能从语气中听出来对郑天耀的敌意。

敌人的敌人就是朋友。

所以程尧也没再反抗，跟着这人上了楼走进一个房间。进了屋之后，他腰间的手立刻就松开了。

心中大大地松了口气，程尧努力让表情变得严肃些：“我叫程尧，你是谁？”

“顾渊，顾望深渊的顾渊。”顾渊松了松扣得有些紧的领口，随意地说道。他虽然酒量不错，但方才被灌了许多酒，后来又混着喝了几杯白酒和威士忌，酒劲有些上头。他在屋子里的圈椅上坐了下来，微微眯着双眼盯着程尧，一字一顿地问道，“你最后一次见到沈君顾，是什么时候？”

实在不能怪程尧多想，他本来就全身心戒备，顾渊又像是审问犯人的语气，他又怎么可能说实话？又是一个知道君顾跟国宝一起南迁的，想要通过君顾谋求国宝的败类。

程尧心中唾弃不已，但表面上还是老老实实地说道：“君顾年初的时候就离开北平，之后我就再也没有他的消息。”其实不是的，上个月他还接到过君顾的一封信，只是他已经没有颜面再跟他联系，连信都没有回。

顾渊倒是对程尧的说辞没有什么怀疑。在这个混乱的年代，离开也许就成了永别，是再正常不过的情况了。

程尧也许并不是沈君顾比较要好的朋友，再加上程家遭逢大变，不知道沈君顾的近况也是理所当然的。

既然没有利用价值，那么搭救一次也足够了。顾渊并不是什么爱心泛滥的好人，至于程尧会不会像之前那样继续愚蠢地进行刺杀行动，这根本不在顾渊的考虑范围内。

见顾渊毫不留恋地起身要走，程尧淡淡开口道：“你现在就出去合适吗？”

“哦？”顾渊停下脚步，回过头来兴致盎然地挑了挑眉。

“门口肯定有郑天耀的手下在盯梢，他是个很多疑的人。”程尧没有多说什么，郑天耀结了许多仇，所以小心谨慎到了极点。别说他这种被叫过来陪酒取乐的戏子了，就连他宴请的那些公子哥们儿，哪个不是在进包厢之前就被收走了随身携带的匕首和手枪？

郑天耀的这种霸道让他得罪了更多人，但也不得不说这也救了他许多次命。

否则程尧又怎么需要费尽心思找来腰间的这款道具皮带，亲自来动手。

“你想要什么？”顾渊懒得跟他绕圈子，直截了当地问道。

“你破坏了我一次机会，还我一次。很公平吧？”程尧斟酌着语气，尽量露出一副不甚在意的表情。但实际上，他的眼神早就已经出卖了他。

顾渊盯着他看了片刻，重新走回来坐在了椅子上，端起桌上沏好的茶水，不紧不慢地喝了起来。

程尧悄悄松了口气，也寻了张离顾渊远些的椅子坐了下来。他此时才发觉背后出了一身的冷汗，袍子都湿透了。

还好选了件深色的衣服，不靠近看根本看不出来。

屋内蔓延着一股令人窒息的沉默，两个人一左一右地坐着，顾渊是在熬时间，而程尧是不知道如何开口。

正尴尬间，忽然听到楼下传来了一声凄厉的尖叫，之后刺耳的警报声响彻整个夜空。

针对郑天耀的刺杀，不止程尧钻研了许久，还有许多人也都恨不得他横死街头。

岳霆也是其中之一。

岳霆最开始留意到郑天耀，是调查胡以归的时候。

一般记者写报道都会有倾向性，尤其在这样一个混乱的年代。而记者的倾向性有可能是代表了自身的政治选择，也有可能是受到其他的利益驱使。

胡以归的偏激执拗根源也许是家人的惨死，但时间一长，或多或少都会掺杂了其他目的。

一开始，胡以归的资助人是顾渊。老实说，岳霆看到调查报告的时候并没有任何意外。尽管原因不明，但顾渊之前就对故宫流露出极大的敌意。倒是最后顾渊递交了监察报告，证明了故宫员工们并没有渎职行为一事，让他惊讶不已。

顾渊停止了对故宫的舆论攻击，可是胡以归并没有停止，他被郑天耀笼络了。

郑天耀早年留学日本，娶了一个日本妻子。回国后开始在各个军阀之间进行投机活动，依靠着对日本的了解和日籍妻子在日本军政界的关系，竟然左右逢源。现在年纪轻轻便成了北平行政院的副院长。故宫一案只不过是他打击政敌的一个手段，也只不过是他若干卑劣事迹中的一件而已。

岳霆调查了郑天耀，越调查越心惊，因为各种迹象表明，郑天耀背后是有日本军政界的支持，实际身份是个汉奸。如果放任不管，他将会继续渗透，越往上爬所造成的危害就越大。

岳霆非常郑重地给上级打了申请报告，强烈建议去除这个毒瘤。上级也很快地给了批示，同意岳霆行动，并且命令附近各部门予以高度配合。

比起程尧儿戏般想当然的计划，岳霆的行动当然更为周全缜密。

为了今晚，他已经准备了很久，甚至连今天的聚会，都是在他的精心策划下进行的。

唯一的意外，就是来宾之中，居然多了一个顾渊。虽然据说此人是沈君顾的兄长，但十多年未相认，谁知道这人现在是什么政治觉悟。

再者，顾渊是见过他的，尽管他今晚也做了变装，但他也不能赌。万一顾渊识破了他的身份，一个本来特别有钱的商人，转身就来做了服务生，傻子都知道有问题。

虽然说郑天耀本身就多疑，但一旦让他更加小心，机会稍纵即逝，想要再布局刺杀他，就极其困难了。

所以不管岳霆多么心焦，也只能在包厢外静候，一边注视着包厢内的动静，一边计算着其他行动计划实施的可能性。

他把任何可能发生的事情都想了一遍，但却没有想到顾渊居然会提前退场。

这种神助一样的行动，让岳霆记得以后要还给顾渊一个人情，虽然对方可能不知道他的提前退场会对整个事件有什么至关重要的影响。

岳霆忍不住扫了一眼顾渊离去的背影，因为角度的原因，他没看清楚顾渊怀里那名小戏子的相貌，不过这名戏子应该就是刚才进去的那一位，并不是什么关键人物。岳霆只是觉得对顾渊的调查还不够深入，居然都不知道这位爷喜欢男人。

岳霆一边在内心默默地吐着槽，一边整理了一下衣服，接过来同样装成服务生的同事手中的托盘，混进了包厢。他一向擅长变装成各色人等，现在就是个极其合格的服务生，客人想要什么，哪怕只是刚刚抬手，他就会恰当地把对方想要的东西递过去，很快就无声无息地混到了郑天耀身边。

“来！去开瓶马尔戈庄园！”郑天耀喝起了兴致，便招呼岳霆去再开瓶酒。包厢里喝得烂醉的公子哥们儿一听马尔戈庄园的名字，口哨声和鼓掌声立刻四起，气氛越发热烈起来。

传说中的马尔戈庄园，在十八世纪时波尔多四大名园之中占据首位。就算是大世界游乐场这样的地方，找出一瓶马尔戈庄园也是需要一定时间的。还好郑天耀来订位的时候，大世界游乐场的高层都很重视，事先就已经备足了各种有名的酒，没出十分钟就把一瓶1920年的马尔戈庄园送到了包厢里。

岳霆顺理成章地把这瓶连标签都有些破损的酒送到了郑天耀面前，郑天耀装模作样地看了两眼，又递给了岳霆。岳霆闻弦歌而知雅意地把这瓶酒给众人传阅了一遍，一帮公子哥只会惊叹地赞赏两句，别的也说不出来什么。

“唉！如果顾兄在这儿就好了，他肯定知道这种卡本妮萧伟昂葡萄酿造出来的酒有什么优点。”一个公子哥儿装腔作势地说着，其实也就是借机炫耀他还知道这是什么卡本妮萧伟昂葡萄。

“啧，人家艳福不浅，再加个口福？那我可要嫉妒死了！”众人发出了暧昧不明的笑声，最后齐齐决定一定要把这瓶马尔戈庄园喝得一干二净，不让顾渊有半点口福。

不过这第一杯，当然是郑天耀来喝。

那瓶马尔戈庄园又回到了岳霆手中，岳霆在众目睽睽之下，拿起红酒开瓶器，动作利落地把酒开启。

一股醇香弥散开来，实际上在这个酒气熏天的包厢里，基本闻不到什么。但众人都适时地做出了沉醉的表情。

岳霆把红酒开瓶器悄悄地放回兜里，没有人发现他方才用的并不是大世界游乐场标配的开瓶器，而是他自带的内有玄机的开瓶器。

螺旋状的红酒开瓶器起源于十八世纪末，据说发明人的灵感来源于擦枪布钩上的螺旋状钢条。在开瓶器发明之前，喝红酒都是要把软木塞捅进酒瓶泡在红酒里喝完的。那时的红酒都带着一股浓浓的木塞味道。

而岳霆特制的这个红酒开瓶器，实际上是一个注射器。在他开瓶的瞬间，就已经把致命的毒药注射了进去，开启了的软木塞本来就会留有一道螺旋状的针眼，连证据都不会留下。

岳霆的手极稳地把马尔戈庄园平缓地倒入了玻璃醒酒器之中，紫红色的酒液如瑰宝一般在酒器中流淌，众人关注了一会儿就转移了目光，毕竟醒酒至少需要半个小时，才能最好地发挥出酒液的香气。

事情到这种地步，已经算是成功了一半。岳霆注入马尔戈庄园里的毒药，是一种立刻就可以引发心脏病让人休克的新型毒药。而在急救不及时的情况下，很容易就能造成摄入者死亡，形成死者酗酒过度而亡的假象。最后他只要把醒酒器不小心打碎，毁灭证据即可。

就在此时，包厢的门忽然被敲响了，一个焦急的男声从门外传来。

“你好，打扰了，我想找个人！”

岳霆倒着红酒的手颤抖了一下，差点把红酒洒出瓶外。

这……这不是沈君顾的声音吗？

他来凑什么热闹！

第四十五章　阴差阳错

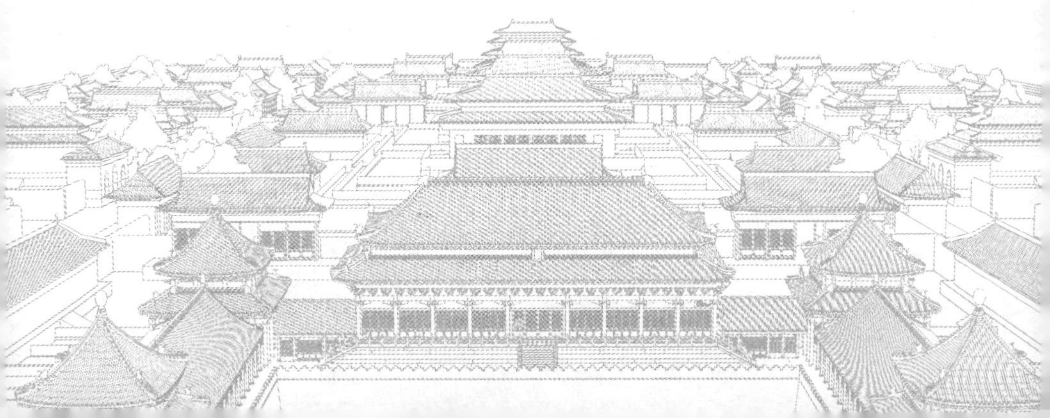

其实按理说，郑天耀在门外设下了层层守护，沈君顾根本不可能这么轻易地就在门外敲门，早在接近的那一刻就会被保镖们扭着胳膊架走了。

巧就巧在，为了配合岳霆的行动，他的同事们在听到包厢内传来约定好的敲击酒瓶的暗号后，直接上去就把保镖们无声无息地全部解决了。

沈君顾来到包厢外面时，正巧就是保镖们被拖走换衣服的时候，门外完全没有人阻拦。

岳霆也是想到了这一点，脑海中瞬间转过了几条解决方案和全身而退的计划。但他都用强大的心理素质按捺住自己，不动声色地把手中剩下的酒一滴不漏地倒入了醒酒器。

接下来，就是要看郑天耀的反应了，事情的主动权在他手上。

也许真的是被酒精浸泡了大脑，郑天耀也并不觉得此时门外忽然出现的陌生人有什么古怪，默认是保镖们知道他们无趣，特意放进来解闷的。他毫无戒备之心地挥了挥手，自是有离得近的公子哥儿走过去开门，就算是觉得有些不对劲的人，在看到看起来就非常无害的沈二少之后，都卸下了戒心。

“哟！这是来这里找谁啊？走错门了吧？小秀才！”开门的那位举着酒杯晃悠着，生怕沈君顾跑了，直接拽着他进了包厢。

开玩笑！好不容易有人自投罗网，怎么可能轻易放他走！

沈君顾在开门的那一瞬间就呆滞了，包厢不大，他自然一眼就能发现程尧不在其中。但他也能一眼看到，穿着服务生服饰，正规规矩矩地站在一旁的岳霆。

这是在搞什么啊？

沈君顾呆愣着，接收到了岳霆一记“自求多福”的眼神，毫无反抗地被人拉到了包厢正中央。

“小秀才，说啊！你想找谁啊？”那位公子哥儿笑嘻嘻地用手背拍了拍沈君顾的脸颊，一副调笑的样子。

沈君顾回过神来，知道岳霆肯定是不能与他相认的，便装作对方不存在，强自镇定地问道：“我想找程尧，请问他来过吗？”

包厢中爆发了一阵哄笑声，污言秽语如潮水般朝沈君顾袭来，他却没有任何被冒犯激怒的神情，反而愈发担心了起来。

回想到穆英跟他说的事情，沈君顾心如刀割。

怪不得程尧一直都没有给他回信。他还以为，程尧闹少爷脾气，还为他的不告而别在赌气。他简直不敢想象，程尧那样养尊处优一直被众人捧在手心里的大少爷，为了报仇而成为任人欺凌的戏子……只要看看这些人居高临下的态度，就可以推断出平日里程尧过的究竟是什么样的日子。

所以沈君顾从穆英那里逼问出来真相后，不顾对方的阻拦，也不管后果如何，非要在第一时间见到程尧。

“程尧？那个之前一来就被顾兄带走的小戏子吗？哈哈哈！没想到程大少爷的魅力不小啊！”开门的那位公子哥儿笑嘻嘻地说道。

沈君顾一听到这话就着急了，连忙上前一步追问道：“被人带走了？知道带到哪里去了吗？”

“为什么要告诉你？”那名公子哥儿挑了挑眉，忽然想到了什么好玩的事情，招呼一旁的服务生倒酒，“来！见面即是有缘，把这十杯酒喝完，我就告诉你程尧的下落！”

“哎哟！那还真是便宜这位小哥儿了，估计他这辈子都喝不到这么多名酒哦！”

“没错没错！哎！多倒点多倒点！我们可不是那么小气的人！”

起哄声四起，但就是没有反对的，连郑天耀都笑吟吟地抽着雪茄看着。反正他们包厢里每瓶剩下的酒都不少，公子哥儿们又没有带走剩酒的习惯，现在有现成的人送上来任他们消遣，根本就不叫浪费。

岳霆自告奋勇地来给沈君顾倒酒，但周围那么多双眼睛盯着，他就算想给后者放水少倒点都不行。不管是红酒还是威士忌，都倒满了整整一杯。还好是岳霆来倒酒，威士忌这么烈的酒他找的是威士忌杯子倒的，否则用红酒杯装威士忌，沈君顾这小身板闻一下估计就要醉。

十杯酒一字排开，在水晶灯的映照下，光彩四溢，倒是很像之前顾渊品酒的场景。只是那倒满的酒杯，毫无半分情调。

许是看到这位闯入的年轻男子面色发青的表情，又或是想起了方才顾渊品酒的潇洒，郑天耀难得好心地发话道：“如果品得出来这些都是什么酒，就不用都喝了。当然，如果品不出，自然是要全喝完。”

众人大赞郑天耀仁慈。不过虽是这样说，大家都对沈君顾十分不以为意。

刚才岳霆倒的酒，基本都是从醒酒器之中倒出来的，只有标号，并没有酒瓶标签，绝对不会有作弊的可能。而像顾渊那样灵敏的舌头，也是要喝掉许多瓶红酒才能锻炼得出来的，所以没人会觉得这位闯入的年轻人有什么机会。

可是现在站在这里的是沈君顾，岳霆最熟悉他不过了。看到沈君顾推了推鼻梁上的眼镜，慌乱担忧的表情也沉静了下来，便知道他对品酒胸有成竹。

沈君顾的过目不忘，不光包括看到的，连他触摸到、闻到、品尝到的所有东西，都会铭记在心。这些都是他小时候被父亲特殊锻炼过的，鉴定古董有时候不光需要看，还需要碰触感觉，有时候还会用舌头品尝金属的味道。

脱离了父亲管制最初的两三年里，沈君顾也曾放荡不羁过，也是在那时候认识的程尧。别说酒的味道，就是各种茶、咖啡的味道，他也都能一一鉴别。

包厢里本想看笑话的公子哥儿们，就见这位年轻人拿起一杯倒满的红酒，也没有观察酒液的颜色和闻香，只是轻轻地抿了一口，就笃定地说道："白马酒庄的品丽珠，1911 年的。"

"张裕的品丽珠，前年的。"

"芝华士威士忌，十八年的。"

"张裕的大宛香，五年前的。"

像是知道多一分钟就会给程尧带来多一分钟的危险一般，沈君顾简单粗暴地端起酒杯抿一口就立刻说出酒的名字，之后再换下一杯。

在岳霆身后的桌子上，依次放着标着号的醒酒器，好趣的公子哥儿睁着惺忪的眼睛去一个个看，回忆着他们点的酒单，震惊地瞪大了双眼。

"尊尼获加，黑方。"转眼间，沈君顾就已经放下了最后一杯威士忌，他虽然连喝了十口不同品质的酒，但因为都是浅尝辄止，所以完全没有酒劲上头，连脸都没有红一下。

郑天耀第一反应就是进来这人有问题，但他从第三杯的时候开始留意观察，完全没有发现这人与包厢内任何一人有什么互动。而且这品酒的速度，只有可能是在进来之前就作了弊。

可这又怎么可能？品酒是他郑天耀临时起意的啊！

沈君顾极有自信地站在那里，想当年他混遍整个北平城品酒，赌酒没有人能赢过他的！第一笔玩古董的启动资金就是这样赚来的，可以说只要能叫得上名的酒他都能喝得出来，很快全北平就找不出来一个肯跟他赌酒的人了，他也变成了酒界之中的传说。

在座的公子哥儿多是上海的，根本不知道北平有这么个神人。而沈君顾叱咤酒界的时候，郑天耀还没回国，所以也从未见识过。

“可以告诉我程尧的下落了吧？”见无人说话，沈君顾焦急地追问道。

郑天耀也是咽不下这口气，但话说出口了，又没法收回。他一眼看到旁边刚醒着的马尔戈庄园，沉声道：“等下，最后一杯酒，你要是能猜出来，我亲自带你去找程尧！”

岳霆双目微微睁大，显然也是掩饰不住心中的震惊。

这瓶马尔戈庄园是随便谁都能喝的吗？这其中可是被他加了料，喝了就会丧命啊！

郑天耀发了话，不可能不遵从，岳霆脑海里转着各种应变措施，走过去打算给沈君顾倒酒。

“等一下，你来。”郑天耀却喝止了岳霆的行动，没让他倒酒，用雪茄点着另外一个服务生叫他过来。

岳霆眼睁睁地看着那个服务生倒了小半杯那致命的红酒，递到了沈君顾的面前。

沈君顾在众人的注视下，把面前的这杯酒轻轻地拿了起来。

他之前都是满满的一杯酒，无法如正常品酒一样观色闻香，现在忽然优雅起来，立刻让人刮目相看。

郑天耀一眨不眨地盯着沈君顾，像是想要看出他身上的破绽，却越看越觉得这样的场景有些眼熟。例如品酒时拿起红酒杯的手势，晃酒杯的频率、速度，闻酒杯时的角度……

就像……就像是方才顾渊站在这里品酒时的模样！

不往那方面想的时候完全注意不到，可一旦有了这个念头，就立刻收不住了。别人也许还不知道，但对收买了顾渊所有曾经的手下的郑天耀来说，顾渊有个失散多年的亲弟弟这条信息根本算不上秘密。而且据说最近顾渊流连江浙一带，就是为了找寻离开北平没有了消息的弟弟。

仔细看，这年轻人的眉眼和顾渊都有些相似，只是这年轻人戴着眼镜，遮住了大部分的眉眼，再加上顾渊经常阴郁着的表情，眉头微皱，就没人留意到两人的相似。

真是踏破铁鞋无觅处啊……

郑天耀再也没有被沈君顾忽然闯入的冒犯感，也没觉得他品酒厉害有什么不对劲。也许人家就是有个非常厉害的舌头呢，而且还是家族遗传！

这下好了，找到了顾渊的弟弟，不怕顾渊不投诚！

喏，不过想想之前顾渊带走了程尧，而这位年轻人口口声声也是为了程尧而来，这兄弟俩的重逢，恐怕也不是那么美好啊！

不管郑天耀又联想到什么糟糕的事情去了，在其他人眼中，沈君顾只是拿起酒杯晃了晃、闻了闻，就笃定地说道："这是马尔戈庄园，1920 年的。"

众人鼓噪。这是什么情况？之前就很夸张了，现在更不真实，连喝都没喝一口，就能猜出是什么牌子的酒，还能精确到哪一年的！

倒是早已经给沈君顾找好了解释的郑天耀，并不觉得十分奇怪，反而站起了身，以示亲近地拿起了沈君顾放在桌子上的那杯酒。

"这位小哥儿，你是怎么猜出这酒的？指点一下呗！"郑天耀一是好奇，二是觉得就这样放这人去找程尧，场面肯定十分难看，能拖延点时间就拖延点，总比兄弟一见面就大打出手的好。

沈君顾掩饰地推了推鼻梁上的眼镜。实际上，之前的那些酒确实是他真才实学品出来的，这一杯纯粹是作弊。

他在进到包厢之后，就一直留意着岳霆的动静。

没办法，谁让他只认识岳霆呢。而且还非常好奇岳霆为什么这副装扮在这里伺候着。依着他对岳霆性格的了解，这里肯定大有问题。

所以在岳霆神情微变的时候，沈君顾马上就发觉了。

肯定是这杯红酒里有问题。

至于马尔戈庄园，他还真没喝过这么贵的酒，而是他上楼的时候，隐约间听到有人在楼梯间八卦，说是有包厢叫了一瓶 1920 年的马尔戈庄园。再联系这情形，很容易猜到是这个包厢点的，而且就是这杯酒。

虽然没喝过，但论胡诌八扯，沈君顾说第二，没人敢说第一。

“很简单，这杯酒明显要比我之前所品的那些更高级。紫红色的酒液之中最有名的就是马尔戈庄园，香气很独特，也最为醇厚持久。看酒液挂壁的程度，应该是有些年头的好酒，而马尔戈庄园近期的好年份是1920年，也只有大世界游乐场这样的场所才会有这种酒。”沈君顾一本正经地说道。他从事鉴定古董行业多年，尽管年纪轻轻，但只要涉及讲述专业知识时，自有一番气派，极有说服力。

郑天耀忍不住拿起桌上的那杯酒，跟着沈君顾说的话，晃了晃酒杯，看着酒液挂壁下淌的速度，闻了下酒香，紧跟着下一个动作就是习惯性地举杯喝了一口。

马尔戈庄园果然名不虚传，郑天耀就算再不懂红酒，喝得多了，也能粗略品出个好坏来。

可能是因为醒酒没有醒够时间，红酒之中的涩味比较重，但依旧遮盖不住它别具一格的香气和味道。

郑天耀忍不住多喝了几口，之后脸色立变。坐在他身侧的陪酒女郎正好看到了郑天耀窒息的模样，无法控制地尖叫出声。

红酒杯掉在了地上，发出了清脆的声音。

沈君顾在一片混乱中，第一反应居然是可惜。啧，白瞎了一瓶好酒。

程尧和顾渊两人坐在房间里面面相觑，尖叫声和警报声之后响起的就是枪声。

顾渊这回也坐不住了，起身朝窗外看了一眼，正好看到楼下往外出逃的客人们，有两位还是刚刚在包厢里陪过酒的女郎。

“我下去看下，你……”顾渊拉开了门，停顿了一下，轻笑道，“也许你的仇，就这样被人报了也说不定。”

“什么？”程尧一时间都没敢猜测顾渊话中的深意。

“你多保重。”顾渊说完这句话，就走了出去。如果真是郑天耀出了事情，这么大的动静，他如果还在这里待着不出去，反而会惹人怀疑。反正程尧的嫌疑肯定是没有的，也不知道这小子是走了哪门子狗屎运。

程尧琢磨着顾渊说的话，一时间也不知道是留在这里好还是离开的好。

正在犹豫间，刚关上没多久的房间就被人一掌拍开，一个程尧从未想过会再相遇的人出现在他面前。

“卓远，可算找到你了，你没事吧？”沈君顾惊喜交加地喊道，没想到他趁乱只找了三个房间，就找到了程尧。还好看起来没出什么问题，衣服上连半点褶皱都没有。

卓远……这个自从爷爷去世后，就再也没有人唤过的名字，让程尧狠狠地闭了闭眼睛。

沈君顾仔细端详着大半年没见的好友，也许是因为头发蓄长了，或者是眉毛也变得不一样了，又或者是脸色也有些虚弱的苍白，整个人看起来都变憔悴了好多。身体也瘦了好多，虽然没有瘦骨嶙峋的感觉，但身上的衣袍空荡荡的，风一吹仿佛就能把他吹走。

沈君顾的脑海里忽然闪过一个不合时宜的念头，相比九爷，如果说面前的好友是女扮男装的话，说不定他还会相信。

打住，他到底在想什么？

沈君顾懊恼地敲了敲自己的头，扫了一眼屋中，看到没有其他人后，一把拽住程尧，拉着他往外跑。可是别看程尧瘦得跟纸片人一样，但沈君顾却根本拽不动。

“外面……出了什么事？”程尧其实已经有了预感，但没有确认之前还是不敢相信。

“郑天耀死了。”沈君顾压低声音道，“我们趁乱赶紧走。”

天知道他是怎么在岳霆的掩护下逃出来的，虽然担忧着殿后的岳霆，但他也知道那位爷不简单。相比之下，带着程尧先离开才是正事。

这回沈君顾再拽程尧的时候，他就没有再抵抗了。

他的仇，就这么轻易地报了？

第四十六章　庚子赔款

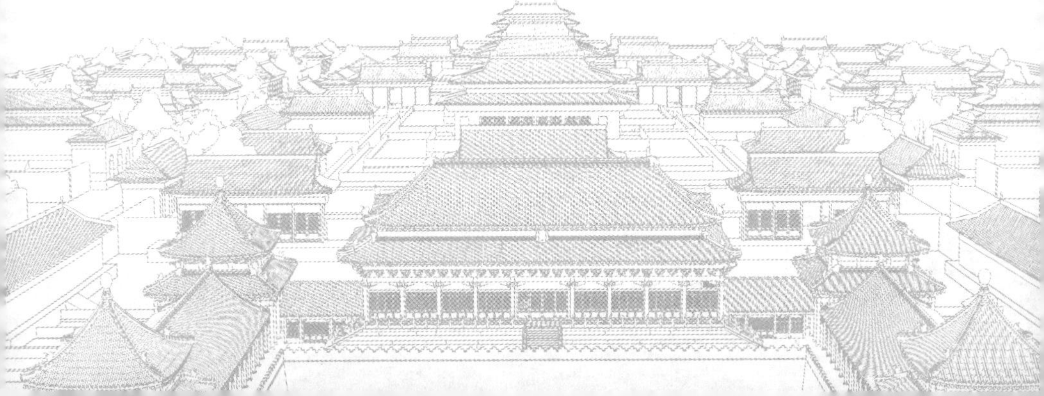

沈君顾和程尧趁现场没有被封锁，一片混乱的时候逃出了大世界游乐场，回到了小楼。唐晓听到消息之后出门，顺利地接应了岳霆。沈君顾不知道过程有多惊险，但他能看得出来岳霆对唐晓越发看重，甚至言辞之间都经常带出对九爷的赞赏，想必那一晚唐晓定是帮了他们大忙。

如此剽悍的九爷，又怎么可能是姑娘家？沈君顾再次愧疚于自己的猜测。

暂且不提沈君顾纠结的内心，郑天耀的死如岳霆所预料的那样，掀起了轩然大波。

其实在现在这种乱世，横死街头实在是再普通不过的事情。郑天耀又结仇甚多，一下子甚至有好几个势力跳出来承认是自己动的手，仿佛能杀掉郑天耀是多了不起的一个荣耀。

所以这也导致了警察的漫不经心，后来虽然分别找程尧和沈君顾去警局问了话，但前者是实在没有什么机会下手，后者在其他人的做证下也没有机会下毒。再加上穆英打点得好，两人没被问多久就被放了出来。而岳霆又在当时做了伪装，怎么查都不会查到他。

阴云散尽，冬日的阳光虽然不够炽热，但站在阳光下依旧可以感受得到温暖。

程尧站在小楼的门前，低头看着自己的双手，深深地叹了口气。

虽然不是他亲手报的仇，但仇人确实已经死了，他也没有必要再继续站戏台。而已经有过污点的他，又怎么可能跟爷爷一样走政途？再者他心思单纯，实在不适合那种尔虞我诈的地方，爷爷在世的时候都从未想过让他走那条路。所以，他可以选择另外一条路。

想到爷爷对国宝的珍爱和重视，甚至为其付出了生命，程尧摸了摸自己重新剪短的头发，郑重地推开了小楼的大门。

如果这样的话，在天上看着的爷爷，也会觉得欣慰吧……

“你回来啦？”正在小楼大厅里徘徊的沈君顾看到程尧走进来，重重地松了口气。今天早上放程尧去给穆英的戏班子送行，他简直担心得要死。生怕程尧想不开，跟着穆英回北平继续唱戏去了。

“回来了。”程尧怎么可能看不出来沈君顾在担心什么，也正是知道他担心，所以才不能让他跟着去火车站，怕他当着穆英的面说出什么失礼的话来。程尧并没有往楼上去，而是略带忧虑地问道，“君顾，傅叔能答应收留我吗？”

“当然了！他最近都在四川路那边的仓库忙碌，你的事情我都跟他说了，他欢迎你的加入！并且对程老爷子的事情表示遗憾，感谢他对故宫所付出的一切。傅叔说他一会儿就赶过来，会当面跟你说的！”沈君顾拍着程尧的肩膀安慰着。

“嗯。”仿佛放下了心中的重担，就算再提到爷爷，程尧也不会再有什么悲痛伤怀的情绪，而是充满了力量。他温暖地笑着，又十分坚定。

已经修剪成短发的程尧恢复了以前的模样，连双眉也画得如刀剑一般锐利，把他的面相都改变了许多，不复之前的柔弱，整个人像是重生了一般。

沈君顾这才松了口气，刚知道郑天耀死了的时候，程尧就像是被掏空了灵魂的人偶，失去了目标的他整天都浑浑噩噩的，什么事情都不想做。沈君顾也不放心程尧独处，索性每天就把他带到小楼的办公室，待在自己旁边安心些。而在他工作时一抬头，就看到程尧正盯着他手中正在修复的古籍，一脸专注。

邀请程尧留下，也就成了顺理成章的事情。以程老爷子的身份地位和声誉，程尧要留在小楼是够资格的，更何况他本人也在积极争取。

两人正并肩打算上楼的时候，外面传来了急匆匆的脚步声，沈君顾回过头，正好看到岳霆带着愤怒的表情疾步而入。

“岳霆，出了什么事？”沈君顾心下一惊，他从未见过岳霆如此神色，浑身散发着一股怒火，定是出了什么大事。

岳霆咬着牙关，一字一顿地狠狠道：“有人把故宫国宝的地址，也就是小楼的地址，在报纸上公布出来了！”

“什么？！”

沈君顾以为自己是幻听了。

小楼的地址被公布了？究竟是谁这么丧心病狂？！

沈君顾见岳霆手中攥着一张报纸，便立刻抢了过来。

这是一张《新新闻》报，《新新闻》在上海的影响力不小，沈君顾在看到刊头这三个字时，就已经暗叫不好。而当他细看其上的内容时，更是脸色惨白。

“本报讯，据可靠人士从沪获知，经陇海路分五批运往南方之北平故宫文物，现存于法租界天主堂街仁济医院旧址中。随行故宫巡防队和南京临时派遣军警数千人，日夜守卫。官方谢绝一切中外记者……大批文物预计明春转迁南京珍藏。”程尧也凑了过去，轻声把那上面已经被攥得皱皱巴巴的文字念了出来。

岳霆此时已经拿起前台的电话，通知守卫队加强戒备，并且召集所有故宫的高层人员开会。

“写这个报道的人实在是太阴险了……”程尧忧心忡忡地说道。从今年年初故宫南迁，再到夏天时发生的污蔑故宫监守自盗案，这整整一年之内，舆论对于故宫的关注就从未减少过。故宫国宝南迁到底存放在哪里，一直都是媒体和特务间谍们追逐的目标。而这篇报道直接曝出了小楼的地址，还义正词严地说明了有重兵把守，看上去像是欣慰国宝很安全的模样，最后却又指出国宝可能明年春天就会迁往南京珍藏，在上海的时间和机会不多了，有什么想法的，赶紧把握时机。

其用心险恶，可见一斑。

“不光《新新闻》，北平的《时事消息》、天津的《益世报》都有登载。很快全国的报纸也都会转载了。”岳霆刚给方少泽打完电话，闻言凝重地说道，“我已经尽量联系朋友，尽可能压下这篇报道，但效果并不大。”

事实上，自从知道胡以归有可能会公布小楼地址之后，岳霆就一直防备着，把有可能产生的苗头全部掐死在萌芽状态。把胡以归丢到前线之后，他也没有放松下来，甚至决定掐断整条线的源头，刺杀了郑天耀。

只是他完全没有想到，杀死郑天耀的后果比他想象的更严重。

因为郑天耀死得蹊跷，又有很多他的死敌跳出来主动为此事负责，郑天耀的日本妻子索性也都不一一辨认了，而是像疯狗一般，把手中掌握的把柄一股脑地全抛了出去，时局一时大乱。

公布小楼的地址，也是郑天耀那位日本妻子的手笔。

岳霆没想到对方居然不按常理出牌，之前准备的对策一个都没有用上，直接被打了个措手不及。

方少泽在第一时间就到了小楼，同时随行的还有几百名全副武装的士兵，把小楼里里外外围了个水泄不通。得到消息急忙赶回来的傅同礼见到这样的情况，走进会议室气急败坏地说道：“外面一下子多了这么多士兵，岂不是坐实了小楼里有国宝的消息？”

“傅老师，您先别急，坐下来喝口水。”岳霆此时已经冷静了下来，扶着满头大汗的傅同礼坐了下来。夏葵正好沏了一杯茶递到手边。

傅同礼也知道这种时候着急也没有什么用，年轻人的镇定也感染了他，一杯茶喝完之后，心急火燎的心情仿佛也被浇灭了些许。

岳霆见他情绪稳定了下来，便开口解释道：“傅老师，即便我们不调来这么多士兵，外界也一样会怀疑，到时候各种明枪暗箭都会袭来，没有人驻守反而会更加被动。”

这些道理傅同礼又怎么可能不懂，但心中依旧还存有侥幸，认为旁人不会相信报纸上的胡说八道。但实际上，不管真假，只要报道出来，就绝对会有人相信。

更何况，这还就是真的。

“你们……商量出来什么吗？接下来我们怎么办？”傅同礼本就是优柔寡断的性格，再加上他已经辞去了院长的职位，倒也知道此时该让别人做主。

“我们肯定是要转移的。”岳霆在傅同礼身旁坐下，会议桌上摊开的是一张上海市地图，他用手在小楼的位置上点了点。

“可是又转移到哪里去？我们这么多东西，现在小楼地址又被曝光，全上海的目光一定都对准了这里。我们搬到哪里去都会被人知道。再说，这么匆忙之间，我们去哪里找像小楼这样的存放地点？如果分开存放，又怎么保证守卫和安全……”傅同礼显然在来的路上就已经想了许多，一股脑地把自己的担忧都说了出来。不过最后，傅同礼还是叹了口气，无奈道，“但还是要转移啊，留在这里才是被人当作靶子。”

岳霆等人都习惯了傅同礼左右摇摆不定外加自己说服自己的技能，等他说完之后，岳霆才安抚道："傅老师，依照您的思维，会想到我们马上转移，那么所有人都会是这样的想法。”

傅同礼从他的语气之中，隐约听出来了他的决断，不由得震惊地站起身来："你们……你们打算不转移？”

“最危险的地方，就是最安全的地方。”这回说话的是坐在长桌另一端的方少泽，他穿着军装，一如之前的俊逸冷酷，也许是在兵工厂待久了，浑身的肃杀之气更甚从前。只听他用食指敲了敲桌子，淡淡道，“我们当然要转移，但这个转移只是给想看的人看。”

“没错，国宝我们依然还是放在小楼，转移出去的都是箱子和其他物件。到时候汽车同时分几路，保证把跟踪的人都绕晕。”岳霆笑得十分危险，显然他也可以借此机会把所有潜伏在暗处盯着故宫国宝的尾巴全部揪出来。

“也可以运往码头或者火车站，给人以运离上海的假象。”方少泽建议玩就玩一把更大的，反正他现在人手众多，足够调派。

“之后我们还可以在报纸上刊登各种消息，公布各种疑似存放国宝的地点，扰乱视听。”沈君顾恨恨地说道，对那些胡乱攀咬的媒体没有半点好感。

众人你一言我一语的，讨论得激烈起来。事态已经发展至此，那么在解决之余，必然也是要抓住一切机会反击，不可能坐以待毙。

傅同礼听着一句句提议，原本紧锁的眉头慢慢地舒展开来。

原本细幼的树苗已经长大成栋梁之材，他也许，真该放手了……

见众人讨论得差不多了，尚钧合上旁边助理递过来的会议记录，清了清嗓子总结了数句，最后却又重起了一个话题：“难得大家都在，还有一件事虽说还未定下来，但应该八九不离十了，我在这里也跟大家提前说一下。”

若说傅同礼是优柔寡断，那尚钧当上院长之后就变得特别啰唆，生怕有一句半句照顾不到就出什么事，宁肯多重复几遍，这样他心里也能安定许多。

大家最初也十分不习惯，但也能体会得到尚钧的良苦用心，现在也都习以为常了，学会了迅速整理他言语中的重点。

尚钧开始详细地从事情的起因发展说起，简单来讲，就是英国伦敦方面希望举办一次中国艺术国际展览会，向中国政府发出了邀请。国民政府在抗日的艰难阶段，为了扩大中国在国际上的影响力，决定参加这次在英国伦敦的展览，并且由故宫博物院全权负责挑选参展的珍品。

“具体的文书还未下达，但已经有消息先透露出来了，让我们务必配合。”尚钧看着大家神色各异的表情，知道很难让人一下子接受。事实上，他刚知道的时候，也很难接受。

去英国参展，挑什么级别的国宝首先就是个问题。挑次一点的国宝害怕不能起到宣传中华文化的作用，挑好一点的又害怕路上受什么损伤。更何况中西方文化本来就有差异，对方能否欣赏我国珍品，或者更喜欢什么类型什么朝代的珍品，都需要大量研究讨论。

再者，究竟派哪些人随队，沿途是否有军队随行，到了伦敦如何安置等等细节，只要想想都觉得头大如斗。

“为什么要去英国？”傅同礼皱了皱眉，第一反应就是抗拒。这些珍宝离开自己的眼皮子底下他都不放心，更何况是要漂洋过海去那万里之外。

“其中牵扯了很多政治问题，中英关系现今良好，英国又把大批庚款和利息返还给我们，资助我们教学，英国也有大批的留学生积极促成此事。”尚钧尽量简单地解释道。事实上，他也不想费太多言辞来说服别人同意这件事，因为他本身也是抵触的。

“庚款？”唐晓听到了不懂的名词，疑惑地问道。她现今也是有足够资格出席这种高层会议的，而且是代表安保方面。遇到不懂的地方，唐晓就会直截了当地问出来，也避免了出现更多的问题，反正沈君顾会第一时间帮她解答。

“是庚子赔款。”这次出乎她意料的，是方少泽回答了她的这个问题，“1900 年庚子年，八国联军侵华，次年签订的《解决 1900 年动乱最后议定书》，也就是《辛丑条约》中规定，清朝要赔偿各国一笔巨款，史称‘庚子赔款’。后来是美国最先返还了部分庚款，充作留美基金，扩宽了中国学生的留美渠道，这也是当年我能去美国读书的主要原因。”

方少泽的语气复杂，显然也是不屑于各国列强先侵略后示好的行径，却又不得不承认国外的先进与国内的落后。

美国率先归还了庚子赔款，也是打着用教育渗透思想的主意。吸收中国最优秀的学生赴美留学，在美国所学到的先进理念和技术，都会融入这些学生的思想之中。这一批批留学生回国之后，极大可能会成为各行各业的领头人，而且无一例外地会亲近美国。

可以说美国是用中国人的钱，来做利于美国的规划，还博了个善名。其他列强回过味来之后，也纷纷效仿，只是落后美国十余年，效果也差多了。

方少泽刚回国时还看不清楚这些，但现在已然清醒。

这片土地，才是他的家乡，才是他需要为之奋斗的故土。

且不管方少泽内心如何感慨，众人又开始激烈地讨论起赴英国伦敦展览的事情。

“若此新闻一出，肯定会有人说我们把故宫国宝转卖国外了。”

“人活一世，又怎么能为他人言论所活？”

“可是万一那英国佬们不安好心，国宝要是有损失，谁负责任？”

“但对方既然邀请，吾等若不应约，岂不是有失国威？”

争论到最后，有人已经面红耳赤，尚钧连忙制止了这样的发展，现在只是一个口头上的通知，他也是为了给大家打个预防针，重点是怎么把小楼地址被公布的危机度过。

话题又回到了之前，把每个人需要做的事情重新又确定一遍后，尚钧宣布散会。大家鱼贯而出，唐晓走在最后，发现沈君顾依然坐在椅子上一动不动，像是在思考着什么。

窗外的阳光洒在他的身上，整张俊颜都藏在了阴影之中，看不清楚神情。

心中闪过一丝不安，唐晓疑惑地停下了脚步，想要像往常一样静静地在门外等他，却被夏葵拽着去做其他事情了。

也许……是她多心了吧……

第四十七章　深夜转移

"小九，你到底知不知道君顾那小子最近打算干什么啊？"

唐晓正在清点货车上的货物，听到夏葵跑过来说的话之后，连自己数到哪里都忘记了。

"君顾他要申请去英国啊！我可是听到他跟我爹聊天了，而且我爹也觉得让他去不错。"夏葵恨铁不成钢地一跺脚，她自从知道唐晓对沈君顾的感情之后，就一直替她着急，"君顾这要是一走，至少要一两年才能回来呢！"

唐晓呆愣了片刻，旋即又继续抬起手，重新清点货物。

"唉，你怎么都没反应啊！"夏葵急得团团转，从唐晓的左边转悠到了右边。

没反应？怎么可能没反应。唐晓在心中叹了口气。

其实，她很早就发现了。

那天开完会，她就已经发现沈君顾的不对劲，只是当时还没有多想。后来就发现沈君顾在自学英语。他从方少泽那边要来了许多上面印着蝌蚪似的英语书籍，也趁着最近方少泽经常来小楼，拉着对方用英语聊天。

平时沈君顾连打个喷嚏她都能发现，更何况这样明显的改变了。所以唐晓只要稍微一想，就知道他是想去英国了。

假如伦敦之行敲定，队里就需要一个什么都懂的全才，而且沈君顾过目不忘的学习天赋，让他学起英语来比常人快上许多，实在是再合适不过的人选。

而她唐晓，又有什么资格阻拦沈君顾的意愿，她又怎么可能开得了口请求他留下？

唐晓沉默了半晌，又开始重新数车上的货物。

她虽然没有说半句话，脸上的表情也没有多少变化，可那双凤眸之中闪过的一丝黯然，夏葵看得一清二楚，她再次觉得沈君顾不值唐晓的倾心相爱。不过喜欢上了又能怎么办？这半年以来，夏葵努力让唐晓喜欢别人，但每次都铩羽而归，只得帮她想办法。

“对了，你可以跟君顾一起去伦敦啊！毕竟需要有人负责安保工作。小九你的武功那么好，一定没问题的！异国他乡……更适合增进感情……”夏葵笑盈盈地说道，顿时觉得自己这个想法特别好。

唐晓再次停下点数的手指，无奈地抿了抿唇角。

夏葵能想到的，她自然也能想到。

只是她不能这么轻易地离开。

之前救孟慎行三人欠青帮的人情还没还清呢，前一阵为了刺杀郑天耀的那件事，她又找了张悟泰帮忙抹平疏漏，否则那些陪酒女郎不可能轻易放过他们。如果没有泰爷的打点和威慑，胡乱闯入的沈君顾第一个就会被当成替罪羔羊。

欠了这么重的两个人情，就算张悟泰什么都没表示，但唐晓总不可能一走就一两年，这不合江湖上的规矩。

“我想想，多谢小葵了。”唐晓也没有多说什么，以笑容对夏葵道谢。

虽然已是夜色深沉，但在车灯的映照下，唐晓俊帅秀气的面容越发轮廓清晰，在她笑起来之后，更是如皓月当空，让人看得移不开眼。

“要叫葵姐！”天啊……为什么小九这么帅？造孽啊……夏葵止不

住地心跳加速，觉得待在唐晓身边实在是太危险了。

看着夏葵捂着胸口跑开，唐晓敛起笑容，垂下眼帘默立了半晌，终是抬起头，重新开始数货物。

今晚，就是预定的“转移”之夜。

之前报纸上的那篇报道，果然引起了许多人的注意，小楼周围总是有莫名其妙的人转悠，而且有越来越多的趋势。

所以尚钧当机立断，准备得差不多了之后，开始“转移”国宝。

因为不知道保安和士兵里面，有没有被收买的内奸，所以做戏就要做全套。即使箱子里的东西都是各种旧家具，众人也要拿出对待国宝古董的态度。想要骗过别人，就先要骗过自己。

今夜他们一共分十个小队，依次先后从小楼出发，有些车队开往上海各处事先准备好的仓库，有些则开往火车站和码头，务必扰乱监视者的视线。而就算是那些假的仓库，也会安排士兵驻守。因为人手分散，也利于岳霆迅速做套抓出内奸。

沈君顾拿着一袋子文件夹从小楼走了出来，正好看到唐晓站在货车的车厢处，便煞有介事地低声问道：“齐了吗？”

“这辆车一共二十九箱，车队一共六辆车，共一百九十八箱，都在这里了。随时可以启程。”唐晓回答得也十分认真。因为需要变装，她今天没有穿平日里适合干活的宽松保安服，而是穿上了一身干练的军服。贴身的剪裁把她修长的身材展露无遗，到腰线那里还被一根皮带收紧，勾勒出瘦劲的腰肢。再往下是一双及膝的黑皮靴，每走动一下都会现出完美的小腿曲线。

明明所有士兵穿的都是一身军服，可唐晓却偏偏能穿出与旁人完全不同的样子。

沈君顾暗中掐了一下自己的大腿，用疼痛让自己清醒一些，现在可不是发呆的时候。他一挥手，低声下令道：“好，我们出发。”

说罢就要往下一辆车走去，却不承想手臂立刻就被唐晓一手钳制住了。

“你和我一车。”唐晓坚持道，她知道沈君顾一直在避开她，这每次都让她的心刺痛一下。她见沈君顾怔怔地看着她一动也不动，便加了句，“岳霆说我们必须一车，你是重要人物，要保证你的绝对安全。”说完也不管沈君顾的反应，用力拽着他往自己负责的货车上走去。

等沈君顾回过神时，发现自己已经坐在了货车的副驾驶座上。

他怎么能说，看唐晓又看呆了？

为了防止自己做出无可挽回的错事，他已经尽量少接近唐晓了，现在即将与唐晓在这么狭小的驾驶室同处，他真是信不过自己的自制力。

唐晓爬上驾驶座的时候，正好看到沈君顾打算推开车门下去。她的脸色一沉，直接探身过去。

沈君顾被唐晓的靠近吓得目瞪口呆，眼睁睁地看着对方那张完美无瑕的脸庞瞬间逼近，大脑一片空白，反射性地闭上了双眼：“你……你要做什么？”

唐晓没有出声，而是直接用行动表达了自己的不满。

沈君顾再睁开眼睛时，发现自己被唐晓用一条连接着座椅的皮带给牢牢地捆在了座位上。他苦笑道：“这又是做什么？”

“这是安全带，防止一会儿开得太快你会受伤。”唐晓理直气壮地回答道。天知道她多想把沈君顾就这样拴根绳子直接系在身边，当然如果能这么简单就好了。

“安全带？那不是赛车手们才需要的玩意儿吗？普通车里不需要的吧？”沈君顾扯了扯皮带，发现唐晓把他绑得还挺紧的，“你也没系啊，为什么只有我系了？”

唐晓怜悯地看了他一眼，也没解释，很快就启动了货车。她闪了两下车灯告知后面的车队，便徐徐开动了起来。

已经是深夜的上海，虽然还有灯红酒绿的地方，但大街上并没有什么人。他们这个车队缓缓而行，如果有人跟踪，自有岳霆暗中安排的人解决。

虽说他们全副武装，表面上也做出了小心翼翼的紧张状态，但实际上还是比较放松的。虽是深夜，但总不可能当街出现打劫的人。

岳霆已经事先跟警局、部队和青帮的人都打过招呼了，所经过的街道都尽可能地戒严。唐晓早就去目的地踩过点，地图也背下来了，车开得有点心不在焉。

沈君顾也有些魂不守舍。

他刻意地朝车窗外看去，但一成不变的街景并没有什么吸引力，他很快就从车窗玻璃的反射中，看到了身旁唐晓的面容。

以往沈君顾都是心虚得不敢与唐晓对视，又因为其警觉性极高，沈君顾连偷看都要小心翼翼，现在仗着车窗的反射，沈君顾看得肆无忌惮。

专注于开车的唐晓眼神深邃，五官精致秀气，也许是安逸的生活过得久了，本来凌厉的眉眼都柔和了下去，如果说从前那种浑身散发着生人勿近的煞气的唐九爷像只野生的猎豹，现在的唐晓就像是慵懒的家猫，虽然时时还警惕着，但更惬意更放松，也更加吸引人。

那双凤眸闪烁着星光，竟比窗外的街灯还要璀璨。

沈君顾像是被蛊惑了一般，忍不住伸出手去，想要碰触。结果指尖感到一片冰凉，才反应过来他碰到的是车窗。

一瞬间，沈君顾尴尬得脸都红了，发现唐晓疑惑地转头看了过来，沈君顾立刻用袖口用力擦了擦玻璃，掩饰自己的失误。

简直不能更蠢啊……

如果旁边不是坐着唐晓，沈君顾几乎想给自己一拳。

不能再这样下去了，他已经坚持到了极限，说不定哪天就会露出马脚，然后连朋友都没法做了。

所以必须分开，最起码不能天天在一起。唐晓是好不容易改邪归正的，他不可能让她离开小楼，那么走的就只能是他了。

他也想过是否换到四川路新租的那个仓库去工作，但万一唐晓也申请转过去，岂不是更加尴尬。

沈君顾也不知道自己哪里来的自信，就那么笃定唐晓一定会跟他一起转，他也不敢深思。

现在这个机会很好，他一去伦敦就至少一两年，等他回来时，肯定都已经物是人非了。而且，他也不想看着唐晓娶妻生子……

沈君顾想起刚刚他要出小楼的时候，正好看到唐晓和夏葵两人站在车尾处聊天，虽然因为唐晓背对着他看不到脸上的表情，但夏葵嬉笑怒骂的神色，最后还捂着胸口羞涩地跑开，他看得一清二楚。

夏葵对待唐晓和其他人完全不一样。

沈君顾偷偷地攥紧了拳头，不承认自己心中充满了酸涩。

陷入自我厌恶中的沈君顾并没有第一时间听到唐晓与他说话的声音，迟了几秒钟才意识到，不好意思地转过头抱歉道："我刚刚走了神，小九你说了什么？"

唐晓瞥了他一眼，像是在分辨他说的是真话还是在敷衍她，随后又把目光投向了前方，淡淡道："没什么，我只是想问，为什么你们打算去英国参展？很危险，不是吗？"

沈君顾听唐晓提起了英国，心忍不住漏跳了一拍，强迫自己把视线从唐晓脸上移开，尽量轻松地笑道："我们保存国宝是为了什么？一是为了永存和研究历史，二就是要展示给大众观赏。"

"可是为什么要去国外？"唐晓握着方向盘的手紧了紧，她忍了又忍，真想对沈君顾说不要去英国了。她听说那个英国很远，也偷偷找来了世界地图看了看，那是她无法想象的远。

"因为现在国内的环境，根本无法办展览啊。"沈君顾无奈地耸耸肩，但显然这个说法根本不能说服唐晓。他收起笑容，习惯性地翻出怀里的怀表在手中把玩，"主要还是因为有这次机会，国民政府也全力支持，英国政府也会安排海军战舰运送，全程有军队护送，安全倒是不成问题。在这种条件下，才会考虑这次展览。"

这话却没有说服唐晓，因为她知道这些口头上的承诺谁都能做，时事瞬息万变，谁知道明天会发生什么。"英国之前也侵略过我们，让他们看到这些国宝，岂不是更会招来祸端？"唐晓转过头看了沈君顾一眼，危险地一笑道，"给土匪看财宝，你们的胆子可真够大的。"

被“前土匪”看了一眼就顿觉背后发凉的沈君顾，丝毫没察觉自己就是“前土匪”口中的“财宝”。他摸了摸后颈，叹了口气道：“就算不给他们看，所有人也都知道我们这片土地是一个巨大的宝藏，岳霆那日关于古董是火种的一番话，你听别人讲过吧？”

“夏葵给我讲过。”唐晓想起岳霆说这番话时，就是她刚到上海和沈君顾重逢的那天，不禁脸上露出了温柔的笑容。

沈君顾看着唐晓提起夏葵就柔和了眉眼，越发感到心中像是有如猫抓般地难受，他勉强地笑了笑。

那日岳霆在众人面前说的话，沈君顾后来也听傅同礼转述了，并且被告知是他父亲曾经说过的，这也让他深受震动。他把其他思绪排出脑海，认真严肃地说道：“这些身为火种的古董，当然不仅仅要给我国的人民看，也要给国外的人民看。中华拥有辉煌灿烂的历史，这些古董都是不可磨灭的证据，不是他们掠夺走或者摧毁掉就能消灭的。越是艰难，就越不能退缩。如果对方发出的邀请我们都不敢应约，就越是显得胆怯。”

沈君顾说到这里，推了推眼镜，转过头去笑问道：“九爷，这么说吧，就像是有人站在众人面前，挑衅你，让你出来打一架，态度虽然温和有礼但实际暗藏杀机，你会怎么做？”

唐晓已经好久没有听到九爷这个称呼了，她愣怔了一下，随后露出一抹无奈的微笑：“好吧，你说服我了。”

唐晓虽然懂了沈君顾最后说的那个比喻，明白了他们的形势，但还是持怀疑态度。她也是看到过那些被沈君顾他们珍而重之的国宝，当然有些一看就是金银玉器，但大部分完全感受不到那些东西价值在哪里。

不过，只要是他喜欢的东西，她也喜欢。

谁让她喜欢他呢？

唐九爷的逻辑思维一向直线条，就算对待感情也不例外。

再最后努力一次，唐晓这样对自己说。

她等他回来。

一旁的沈君顾偷偷失望，唐晓并没有提一起去伦敦。

所以一切都是他自作多情，想多了吗？

也许是许久未有的单独相处，也许是刚刚谈话的气氛很好，沈君顾张了张唇，想要尝试邀请唐晓一起去伦敦。

只是他刚要开口，唐晓就眸光一闪，沉声道："坐稳了！"

货车的发动机轰鸣声骤起，沈君顾只觉得像是被人往后大力地掼到了椅背上，刚飘出口的话被硬生生地吞回了喉咙里。

"砰！"

车前隐约像是撞上了什么，沈君顾扶着眼镜，勉强看到有东西从车窗外被撞飞。

居然有路障。

有人试图开车追击，枪声响成一片，但很快就被唐晓高超的车技远远地甩在了后面。

货车最终在仓库前停下来的时候，沈君顾手脚无力地瘫在椅子上。

他现在知道为什么唐晓要在他腰间绑个安全带了。

如果没系的话，他现在就不是头昏眼花，而是鼻青脸肿了……

唐晓看着他的模样，又好笑又心疼地探过身帮他把安全带解开，递了壶水过去："应该是不知道从哪里听到动静的小团伙，岳霆安排的人足够收拾他们的。对了，你刚刚想说什么来着？"

沈君顾扶着额头，茫然地眨了两下眼睛："呃……我也忘了……"

第四十八章　暗中保护

有惊无险的“转移”过后，故宫众人经过了几个月的真假消息和舆论的轰炸，终于让有心人士相信了故宫国宝已经转移，甚至还把怀疑目标从上海扩大到南京、武汉、重庆等地。

也不是没人夜探小楼，但岳霆趁着这次机会把部分古董转移到了四川路的仓库，所以空空荡荡的四楼足以骗过探察的人。

郑天耀的日本妻子最近与某个势力战得昏天黑地，根本无暇他顾。小楼也渐渐从公众的视野中淡去，过完年之后，街头巷尾的百姓们津津乐道的是，末代皇帝溥仪在长春南郊登基，改“满洲国”为“满洲帝国”、改年号为“康德”的事。

当然，在这个时代，大家看这件事就当看笑话。只有小楼里的几个老人喝了一夜的酒，唏嘘了几天。

开春之后，天主堂街上的街坊邻居们发现，仁济医院的旧址开了一家古董店。而且在开张的那天，还大张旗鼓地请了舞狮队，敲锣打鼓放鞭炮地让整条街的人都来看了热闹。有识货的人眼尖地发现这些舞狮子的人都是混青帮的，可见这家古董店不是青帮开的，也是在青帮的照拂之下的。当下，有点小心思的人立刻就收起了念头。

唐晓也不知道岳霆是怎么说服张悟泰的，她所做的只不过是介绍他们两人认识。事实表明，岳霆的说服能力堪比洗脑，两人也不知道达成了什么共识，张悟泰一派的青帮给予了他们极大的帮助。

小楼的一二楼变成了古董店，三楼以上对外说是仓库，暗地里被人误会成张悟泰的走私奢侈品和军火的存储地，实际上还是那些没有移动过的国宝。而古董店更是明目张胆地对熟客说这里卖的古董，有些就是国宝转移的时候，因为时间仓促来不及带走的。甚至还会带客人下到地下室，领他们看特意摆出来的仓库和若干个箱子。

这通忽悠下来，有人不信，但也会有人信。更有人觉得说不定这些国宝都是青帮当晚抢劫下来的赃物，毕竟那段时间上海的夜晚总是不安宁。有想象力丰富的，便觉得三楼以上不让进，说不定就封着更多的国宝，只是店家矢口否认罢了。

刚开业时熙熙攘攘来参观的人群，在两三个月后逐渐也减少了十之八九。毕竟在如此混乱的世道里，谁还能花大价钱买古董？又不能吃又不能救命还是累赘。反正有能力买的，自然会来这里，或明码标价，或仗势欺人，但还是有商量的余地，毕竟那么多双眼睛盯着，多方势力角斗着，不会让破坏平衡的事情发生。

至于真正的国宝去了哪里，各有说法，但几乎没人会想到故宫诸人居然如此胆大，大部分国宝还是安放在原处。

那古董店里卖出去的那些“国宝”呢？当然都是沈君顾做的那些足可以假乱真的赝品。岳霆之前还在愁积压的赝品太多无法顺利分销，现在直接自己开个古董店，再加上有故事可吹，反而更加方便。

古董店的掌柜由程尧来当，程大少爷虽然不是很懂古董，但以前经常陪程老爷子逛古董店，听多了那些店家的信口开河，早就知道说什么能搔到客人的痒处。再加上每个赝品沈君顾都给他准备好了剧本，是谁做的、谁用过的、经历了什么，只要声情并茂地讲出来就好了，正好是喜好唱戏、台词功底深厚的程尧的强项。

几个月下来，这古董店赚得颇多，让本没有抱太大希望的岳霆惊喜不已。

这一天，程尧送走了最后一个客人，便招呼伙计收拾一下关店。“灯下不观色”的行规，让小楼基本下午三点之后就可以随时打烊。这样反而让小楼封闭了起来，杜绝了外人的窥探。

盯着伙计们把店门和窗户都关好，程尧又不放心地确认了一遍才落了锁上了楼。他们把隔壁的楼也租了下来，打通了地下室之后，便可以从隔壁楼出入。而平时小楼还是和以前一样，进行着古物修缮和整理入册的工作。

而在开了几次会敲定了伦敦之行后，小楼的工作重点便成了挑哪些古董去伦敦。据说还要经过几轮选择，过一阵还会专门成立一个伦敦中国艺术国际展览会中国筹备委员会。

程尧走进沈君顾的办公室时，就听到沈君顾叽里呱啦地说了一堆英文，知道他正在练习口语呢。程尧之前在北平也和几个洋人吃过几次饭，听了几句之后忍不住纠正了一下沈君顾的错误：“元音字母的复数和一般复数不一样，foot 不是 foots，而是 feet。”

沈君顾叹了口气，一边把错误记在一个小本子上，一边发着牢骚道：“这英语可真不好学，花样也太多了！”

程尧闻言扑哧一声笑了出来：“得了吧，我们汉语才不好学，光形容数量的词就会把人搞疯。什么一只鸡、一头牛、一条鱼、一朵花、一匹马、一滴水、一粒米、一片草地……”

程尧本身说话声音就非常悦耳，一连串的词语被他抑扬顿挫地念出来，好听得就像是在唱戏。

沈君顾被程尧逗得哭笑不得，恨恨地拍桌道：“等以后中国强大了，一定要让那些洋人都学汉语！”

“会有那么一天的。”程尧坚定地说道。

两人沉默地畅想了一下未来，沈君顾把思维拉回现实，掸了掸桌子上的那些英语书籍叹气道：“卓远，你也有点英文基础，我本来还想带你去伦敦的。但看现在这样，你也脱不了身，古董店离了你还不行呢。”

程尧微笑着接受了沈君顾的赞赏，真是不比较看不出来，小楼里的所有人都不适合做生意。岳霆打算开古董店的时候几乎每个人都来试过了，最后还真的只有他可以。刚报完仇毫无生活目标的程尧就像忽然找到了生活重心，整个人都变得与以前不一样了。

“我也想去伦敦看看，可是现在还是古董店更重要些，以后肯定有机会的。”程尧客气地婉拒了沈君顾，老实说他晕船，连过个河都晕得要把肠子吐出来，更别说海船了，“话说你走之前也要把足够的东西做出来，否则不够我卖的可怎么办？”

“……好。”沈君顾感觉程尧现在变得比他还财迷，尽管赚的钱全部都交给了岳霆，但也甘之如饴。他享受的是赚钱的这个过程。啧，真是大公无私啊！

“你说楼下的古董店要不要改个名字啊？叫什么博古轩、揽古阁的都比现在这名字好啊！走过路过的人光看店名八成都不知道这里是卖什么的。”程尧也是积累了许久的抱怨，忍不住说了出来。

“哑舍？存放不能说话的古董的地方，这店名挺好的啊！”沈君顾还觉得挺不错的，“这是北平的一家古董店的店名，岳霆觉得不错就直接拿来用了。”

“就这样随便拿来人家的店名用，那家的老板不会生气吗？”程尧眨了眨双眼，期待可以改名。

“不会，那家的老板人很好的，还出过主意教我们怎么保存陈仓石鼓，就是现在也没机会开箱看看好不好用……”沈君顾摸了摸下巴，衡量着是否说服金石组的龚叔开箱查看一下情况。

看来劝说改名又无果了，程尧翻了个白眼。不过他都不知道陈仓石鼓是什么东西，说明需要补充的知识还有很多。

不过这些都不急。程尧在沈君顾的书架上扫了一眼，才说起他专门来这里要办的正事：“你这里有没有日文书？借我几本，我打算学学日语。”

“学日语？伊藤那个家伙不是会中文吗？”沈君顾虽然这样说着，还是站起身走到书柜前挑出了几本日文书。这是他之前去买英文书时顺便一起买回来的。而他口中的伊藤，就是那个一直对故宫国宝有超乎寻常兴趣的伊藤智久，现在也是古董店的常客。

“得了吧，那伊藤装得像是听不懂中文一样，每次来都带着个翻译，装模作样的。”程尧耸了耸肩，“而且学会了以后说不定就有用了呢。不过日语倒是很像汉语的方言，应该很好学。”

沈君顾也知道程尧还有没说出来的理由，不过他也没有细问。朋友之间不需要问得特别详细，只要在对方有需要时，伸出双手尽可能地帮忙就可以了。

可是，他对唐晓，却完全不是这样。

自从他忙于学英文之后，唐晓也每天都忙得见不着人影。尽管知道自己这种心态不对，但沈君顾还是很想知道唐晓究竟每天都在忙什么事、见了什么人，好奇得抓心挠肝。

“发什么呆呢？”程尧看沈君顾站在书柜前发呆，便懒得再等，直接走过去把他手里的书拿走，“谢啦！等我有什么问题再来问你！”

等沈君顾回过神，屋子里早就只剩下他一个人了。他下意识地走到门口看了看，走廊里并没有熟悉的身影在站岗。

沈君顾失望地垂下眼帘，强迫自己不要再胡思乱想，走回书桌前继续拿起了英文书。

在走廊尽头的阴影处，一个俏丽的身影正在努力控制着自己的呼吸。唐晓抿紧了唇，脸颊上还有因为紧张而未退的红晕，加之刻意涂抹的胭脂，越发衬得她的面容艳丽逼人。

是的，唐晓此时穿着的并不是平日里的男装，而是一袭清丽婉约的旗袍，从旗袍开衩处隐约能看到她笔直修长的大腿。留长的头发烫着时下最流行的大波浪卷，本来就精致的眉眼被刻意地修饰过，一个眼波望出去都会给人妩媚多情的感觉，让人绝对不会想到这位时尚俏丽的女子是江湖上鼎鼎有名的唐九爷。

唐晓咬了咬涂了口红而显得艳红丰盈的唇，又被油腻的触感弄得秀眉微皱。她今天这副模样是因为有个任务，否则她又怎么可能把自己化装成这副鬼样子，害她根本不敢在沈君顾面前出现。尽管这身打扮得到了岳霆的赞赏，但唐晓总觉得岳霆说的话只能听三分，说不定是在嘲讽她。

听到工作室内又恢复了安静的翻书声，唐晓白皙的手缓缓地朝自己的大腿摸去，在旗袍下面引人遐思的位置摸出了一支冰冷的手枪，稳稳地拿在了手中。

她早就察觉到有小贼不死心地盯着小楼，所以她除了外出执行任务之外都是寸步不离小楼。嗯，其实说实话是寸步不离沈君顾。

因为沈君顾在小楼的时间比其他人更长，所以遇到危险的几率就更大。唐晓不可能放任沈君顾直面危险，更何况以这沈二少对古董的执着，若是遇到了贼人，恐怕拼死也不会让对方带走任何一件东西。

而今晚唐晓接了任务，也是为了给那小贼做一个陷阱，她天天在反而让对方无法下手。

唐晓从楼梯间墙上反光的玻璃中看到了楼上的动静，眯了眯双眼，握紧了手中的枪。

“砰！”一声枪响毫无预警地在小楼中响起。

在刺耳的警报声中，沈君顾拿着防身的匕首奔向枪声响起的地方，只看到一个陌生人被绑紧扔在了楼梯间，右肩上有个枪眼，正汩汩地流着鲜血。

这个陌生人穿的是楼下古董店伙计的衣服，但并不是其中的任何一个人，想必是用这个身份混进了小楼。

马上又有其他保安和工作人员赶到了现场，剩下的事情也不需要沈君顾操心，自然有其他人来处理。沈君顾却看着绑住那个小贼的皮带，悄悄地露出了笑容。

那是唐晓的。

借着搜查贼人是否有同伙的机会，沈君顾在楼上楼下找了一遍，却并没有发现唐晓的踪迹。不过他也没有失望，虽然他看不见唐晓，但唐晓依然在身边保护着他，只是不知道为什么不想让他发现。

身穿旗袍的唐晓见沈君顾不再寻找她，松了口气，抹了一下额头的虚汗。

如果是平时也就算了，现在这副模样，定是不能让他看到的。

“谁在那儿？！”刚要推门出去的章武发现了楼道里有人，立刻惊呼出声，只是下一秒在看清楚了从阴影之中走出来的人后，整张脸控制不住震惊的表情。

“是我。”见状，唐晓的心情更加恶劣了。

看吧，她的装扮果然丑到没人能接受。

“忘记你所看到的。”唐晓冷若冰霜地从章武面前走过，以她此生最快的速度离开，差点还因为高跟鞋崴了脚。

她果然很不适合女装。

第四十九章　参展英国

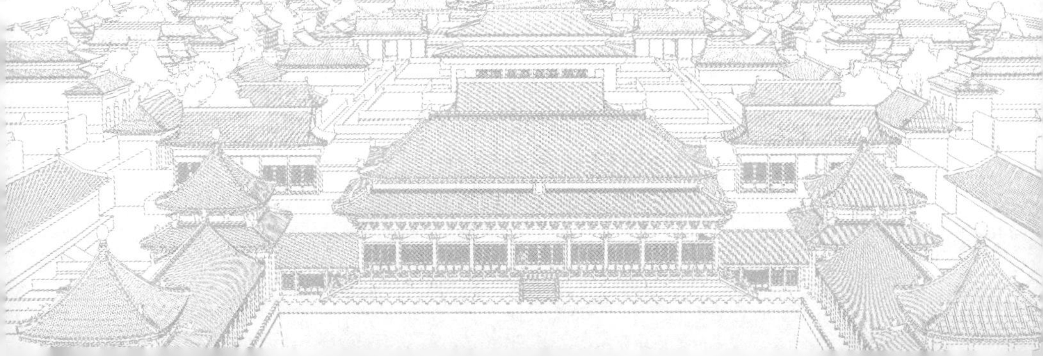

1935年6月7日 上海招商局码头

这里原来是黄浦江北岸的耶松新船坞码头，被国营招商局收购之后，整修成为上海港进出外贸杂货的码头。每天停留在这里的大大小小的货轮很多，进出的货物每日也数以千万计，只是最近一艘英国的海军巡洋舰停在这个码头已经好几天了，惹来了周围不少人的窥探。但都只以远观为主，毕竟那些全副武装的洋人谁也不敢招惹。

唐晓站在不远处，眯着眼睛盯着那些拿着步枪站岗的英国士兵，像是在衡量对方的战斗力有多强，最后还是不甚满意地皱了皱眉。

“不放心就跟着去嘛！现在跳上船也来得及哦！”站在唐晓身边的夏葵不厌其烦地撺掇着。虽然连她自己也不会相信唐晓会是这样冲动的人，但总比现在看着干着急的好啊！

她也没想到，唐晓和沈君顾的感情问题，隔了这么久还没解决，也不知道是因为两人各自都太忙碌，还是刻意地用忙碌来回避问题。

自从定下来要去伦敦之后，故宫博物院理事会就不断地开会讨论各项事宜，订下了几条章程，其间还有无数个问题要解决，再加上舆论所带来的压力，展览的级别不断提高，最终由中英两国政府联合监督举办，两国最高行政长官为名誉会长，两国朝野知名学者、社会名流和驻英等各国外交使节为名誉委员，这才平息了社会各界对于国宝外流的忧虑和担心。

一直到去年十月份，伦敦中国艺术国际展览会中国筹备委员会才正式成立，之后就是漫长的遴选工作。

哪些国宝能出国展览，逐件拍照留档备份，配齐所有搭配器物所用的坐垫和架子，制作统一的囊匣贮存，研究保管条例和沿线地图等等。再加上沈君顾还要额外学习英语，整个人忙得就像是团团转的陀螺，连停下来歇息的时间都很少。

唐晓却在这段时间之中，参加了一个特训，导师就是岳霆。不过美其名曰是特训，实际上就是岳霆带着她一个个任务地做下来。岳霆虽然身兼故宫人员的职务，但故宫国宝现今好好地放在小楼中，他与青帮等势力达成了协议，自然也是要履行责任与义务的。再加之上海滩的事情繁多，魑魅魍魉频出，岳霆便把多重任务都统筹规划，亲自带着唐晓一个个解决过去。

沈君顾和唐晓各忙各的，这一年多的时间转瞬即逝，甚至于当沈君顾在码头远远地看到了那个纤瘦挺拔的身影时，才惊觉自己居然已经有两个多月没有见过唐晓了。

等他回过神时，发现自己已经站在了唐晓面前，身体先于大脑的意识就有了自己的判断。

原来，他要比自己想象中陷得更深。

也许是因为快要离开这片土地了，不知道什么时候才能回来，又或者是否还有机会回来，沈君顾无所顾忌地用贪婪的目光盯着唐晓仔细地看。

一直没有修剪的头发已经过肩，用发圈服帖地束在了脑后，露出了唐晓那张精致的容颜。眉眼间残留的匪气已经在潜移默化中消散净尽，独留一股无人能及的英气，让人生出一种亲近之意。

已经出过许多次特工任务的唐晓，逐渐磨去了昔日的棱角，渐渐地变成了另一个更优秀的自己。她清晰地从沈君顾的双眼中看到了赞赏，不由得翘唇一笑道："辛苦了，之前的预展很不错。"

"你也去看了？怎么没来找我？"沈君顾闻言双目一亮。预展是两个月前，出国参展的国宝在上海外滩的银行对外公开的一个展览。这其实也是向公众公开他们参展的国宝，等从英国伦敦回来之后还是要再公开办一次展览，以示国宝安然无恙。

"看你太忙就没去打扰。"唐晓微笑着说道，并不解释自己去银行正好是为了追捕某个有名的大盗，根本来不及跟沈君顾打招呼，也没办法打招呼。毕竟她当时穿的是女装……

"哦……"沈君顾失望地推了推眼镜，他那天果然是眼花看错了。唐晓怎么可能穿女装呢？一定是长得差不多的女孩子。

夏葵站在旁边听着他们的对话都替他们尴尬，翻了个白眼便跑到一旁找其他人告别去了。听说那英吉利有许多古古怪怪的东西，她决定让去的人帮她多买点回来。

沈君顾见夏葵离开，不觉间松了口气，他总觉得自己对唐晓龌龊的心思对不起夏葵。

心中一痛，沈君顾勉强地扯出一个笑容，这不就是他离开的原因吗？等他再回来，一切就都会好了。

唐晓也没有多说什么，从怀里掏出来一个小布包，递给了沈君顾。

沈君顾打开一看，里面有七八盒蔡同德堂的冻疮膏。

"据说英吉利那边很冷，也是和上海差不多的天气，冬天一定要多涂冻疮膏。"唐晓郑重地叮嘱道。

"嗯，谢谢，多亏你想着。"沈君顾已经习惯了每年冬天的冻疮膏都是由唐晓提供，所以根本没准备。

唐晓看着沈君顾珍而重之地把布包收好，满意地翘起了唇角。这些药品类的东西，随行的后勤人员自然会替所有出行人员准备好的。但唐晓依旧有私心，若不是怕吓到沈君顾，她恨不得让其全身上下都打满了她的标签。

因为出国展览的国宝都在前一天运送到码头上停靠着的萨福尔克巡洋舰上了，所以今天早晨只是做个简短的告别，就要启程出发了。

沈君顾只简单地和唐晓说了两句，便被催促着登舰了。

“一路平安。”唐晓顿了顿，笑着续道，“我等你回来。”

沈君顾因为唐晓少有的真心笑容晃了下神，总觉得最后那句话之中有什么他理解不了的深意。但他还来不及细想，就被章武从唐晓身边拽走，一路拉到了巡洋舰的甲板上。

“喂，我又不会跑掉，用得着这么大力吗？”沈君顾活动着手腕，觉得时间再长一点肯定手腕都瘀血了。

“哼！唐晓那么好，你可配不上她！”章武嘟嘟囔囔地抱怨道。

沈君顾没听清章武在说什么，他靠着栏杆在找寻着码头上的唐晓，只是这回站在对方身边的不是夏葵，而是刚刚才到的岳霆。两人正说着什么，交谈得很愉快，唐晓的脸上也散发着和平时完全不同的光彩。

这样想来，唐晓和岳霆不知道什么时候走得比较近了，这两人之前不是水火不容的吗？

不知为何，沈君顾忽然想起来，当初在余家帮的寨子里，唐晓最开始挑中成亲的对象是岳霆而不是他。

心中涌起了一股难以言喻的酸涩，但旋即又被沈君顾压下。

在想什么？真是乱七八糟的。

沈君顾笑着摇了摇头，转头看向旁边的章武，随意地问道：“你刚才在说什么？我没听清。”

章武看着他轻松写意的表情就来气，闷声道：“我是说，你配不上唐晓，她那么喜欢你，你居然还像懦夫一样躲着，真辜负人家一片真心！”

沈君顾闻言整个人都呆住了，章武说的每个字他都懂，怎么组合在一起他就听不懂了呢？

这个年代都这么开放了？

此时巡洋舰的汽笛声鸣起，沈君顾看到章武的嘴一张一合，根本听不见他的声音，可是依旧用唇语读出了他说的话。

“为什么拒绝九爷？虽然姑娘家汉子了一点，但对你一片深情啊！而且如果接受不了就直接拒绝嘛！拖着人家算哪门子事？”

姑娘？

电光石火之间，沈君顾的脑海中闪过一系列之前觉得狐疑的画面。

夏葵指责他：“沈君顾，你一个大男人，非要让女孩子主动得那么明显吗？”

昏暗的灯光下，唐晓脸颊绯红地对他说：“也是，我们都拜过堂成过亲了。看了我的身体，就要彻底当我的人了。”

曾经惊鸿一瞥的女装……无数画面闪过，最终定格在唐晓在门边看着他含笑道：“我很喜欢吃肉。”

脑中如同被九天玄雷劈过，沈君顾浑浑噩噩的，简直无法相信自己错过了什么。

码头上，看着三声汽笛声响过后的巡洋舰缓缓驶离码头，唐晓意外地挑了挑眉：“君顾是出什么事了吗，怎么朝我们那么用力地招手啊？”

岳霆不甚在意地扫了一眼，轻笑着挥手致意道：“应该是舍不得离开吧。”

“呃……看他好像是要下船的样子。”唐晓依旧有些担心。

“胡闹，他不去谁能替他？没事，章武会看着他的。”看着章武轻松地“镇压”了打算翻过栏杆不管不顾跳下巡洋舰的沈君顾，岳霆再次庆幸让章武跟着是个好主意。虽然那个傻大个帮不上什么忙，但至少力气大。

“哦……”唐晓总觉得好像哪里不太对，但巡洋舰的马力十足，一转眼就已经开得很远了。

罢了，反正有英国海军跟着，不会出什么太大的问题。

看着沈君顾的身影消失在她视线内，唐晓微微地叹了口气，想到这次一别至少有一年多见不到面，心中不禁涌起了一股难以言说的失落感。

第五十章　鸿雁传书

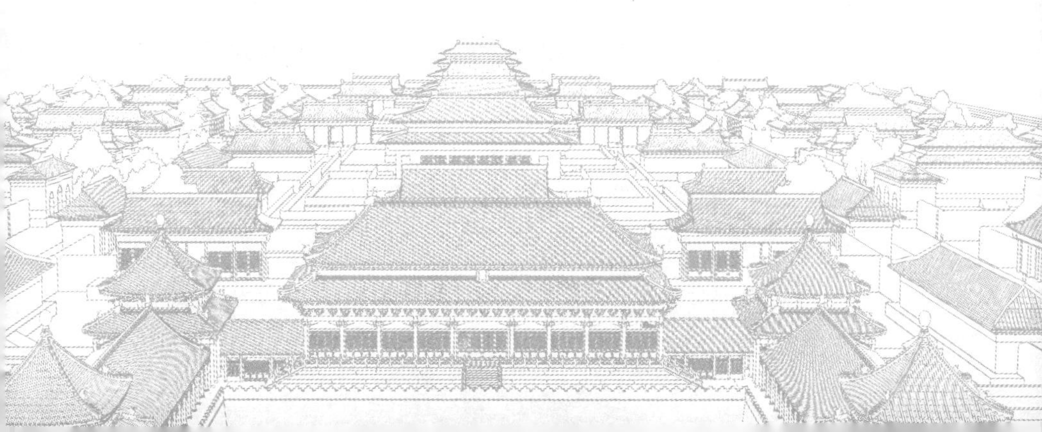

1936 年 5 月 17 日　上海

岳霆风尘仆仆地从地下室的通道走上来，顺便扫了一眼一楼伪装成古董店的店面，正好看到柜台里嗑着瓜子看书的夏葵，于是挑了挑眉道："今天怎么是你看店？"

"程尧出去见朋友了，我替他看一会儿。"夏葵看店看得有些烦躁，小楼曾经是国宝存放地的热度早就降了下去，在这种地方开一个连名字都看不出来是卖什么的古董店，生意不可能会好，几天都不一定有一个客人进店。再说相对于磨破嘴皮子招揽生意，她更喜欢在楼上修复古籍。不过程尧那家伙每次都软语相求，又会时不时地塞些精致讨人喜欢的小东西给她，让她实在是无法拒绝。

"他最近出去得是不是太频繁了？"岳霆皱了皱眉，因为局势稳定，他现在来小楼的次数都减少了许多，但好像五次里就有三次是夏葵坐在店里。

"哎呀，你是来找小九的吧？她在码头那里。"夏葵见状连忙转移话题，她只是稍微抱怨抱怨，并不想让程尧挨训啊。

岳霆似笑非笑地看了眼夏葵，早就看穿了她的小心思。不过他也没追问，只是把程尧的反常默默地记在心里，嘴上顺着夏葵的话问道：“唐晓又去码头了？”

“是啊是啊，这不按着之前从香港靠岸的时候发回来的电报，算算也就这两天到了。”夏葵说着，又开始担心岳霆对唐晓有什么非分之想。毕竟这一年来，岳霆是和唐晓走得最近的，两人经常一出门就好几天。

虽说沈君顾之前做得不那么厚道，各种躲避唐晓又视她的心意于无物，但自从离开了国内就像是开了窍一样，几乎每隔一个月左右就从英国寄信回来，而且是专门指定给唐晓看的。那文采缱绻得，让她看着都脸红。

当然不是她偷看的，而是唐晓拿给她看的。

没办法，沈君顾那小子可能一开始没想到唐晓虽然识字，但并没有念过什么书，能看懂大多数字的意思就不错了，她哪能理解什么是“关关雎鸠”，什么是“投我以木瓜”，什么是“蒹葭苍苍”。害得她红着脸还要跟唐晓解释这水鸟、木瓜、芦苇到底都代表了什么意思。

后来有可能是沈君顾意识到了这个问题，又或者是唐晓一直没有回信的缘故，那些从英国来的信中，一改最开始诉衷肠的调调，变成了讲述从离开中国到伦敦一路的风土人情，还有到伦敦之后他们遭遇的事情。唐晓在发现自己可以看得懂之后，就不再分享给夏葵看，真是让她抓心挠肝。哪有讲故事讲到一半就不继续讲的啊？

带队的古物馆馆长王延丹发回来的例行报告哪里有沈君顾讲得精彩讲得细致啊！那到伦敦之后的冷遇，他们如何费尽心思约见当地的社会名流，参加沙龙、举办演讲，又如何逆袭一般地在伦敦当地掀起了中国热潮，举办万人空巷的展览等等，王延丹的报告里就干巴巴的几行字，沈君顾可是讲了厚厚一摞纸！

哦，问夏葵为什么知道得这么清楚？因为唐晓是个体贴的人，看她总是欲言又止地围在她旁边转，便大方地拿出来给她看。当然，给她看就等于小楼的其他人都知道了，每到沈君顾差不多应该来信的时候，他们都望眼欲穿地盯着唐晓。

从伦敦远渡重洋寄过来的信，大概都有一个多月的时间差，唐晓刚拿到手的信都是两个月前的了，上面写着即将启程回国。可前几天《新新闻》上转载了一篇国外报纸的报道，法国记者拍到了国宝回程所托运的蓝普拉号邮轮在直布罗陀海峡搁浅的照片，照片上的船员还在卸载船上的货物。那法国记者随口污蔑这次中国文物在伦敦的展览是幌子，实际就是用文物做国外借款的抵押云云。这篇报道本身可能就是唯恐天下不乱来博眼球的，但传回国内之后马上就捅了马蜂窝。这报道有图有据，说得头头是道，之前担忧着国宝外运就是卖到国外的民众立刻群情鼎沸了。

故宫理事会哪里会不知道这是诬陷，但又没办法马上解释清楚，毕竟当时是什么情况他们也完全不知道。再者海上风大浪大，传说地中海到处是海盗，又有传言说日本派了轰炸机打算在东南亚地区炸毁邮轮，所以大家都担惊受怕，如坐针毡。

这条新闻把上个月南京分院保存库奠基典礼的事情都完全盖过了。还好前几天香港方面传来电报，说他们这几天就回来了。

其实夏葵也好想去码头接他们啊！不过孟慎行也去了，说如果靠岸了就奔回来通知她。

刚想到这里，就见孟慎行从地下室那边跑了上来，见店里没客人，便笑着说道："回来了回来了！远远地就看到了那邮轮，一定是君顾、小武他们回来了！"

"岳霆，交给你看店了！"夏葵把手里的瓜子和书一扔，没等岳霆回答，就兔子一般飞快地跑走了。

区别于离开时的静悄悄，赴伦敦展出的文物国宝回来的时候可谓是大张旗鼓。

在接到他们在香港靠岸后发过来的电报之后，岳霆等人便开始做准备了。反对他们的势力利用舆论，他们同样也可以。

沈君顾写给唐晓的信在经过唐晓的同意之后，挑拣能公开的部分，在上海的《新新闻》报纸上连续几天登载。那足以媲美传奇小说一般跌宕起伏的剧情，每一天连载的部分都断得恰到好处，让人抓心挠肝。其中又配上沈君顾邮回来的现场拍摄的伦敦照片，那些高鼻深目的西洋人都围着中国的文物国宝露出赞赏的眼神，证明了这些信中所说的都是事实。

这可比什么反击都有效，立刻就驱散了所有关于这次展览国宝外流的阴影。《新新闻》的销量暴涨，整个上海滩都在热议这件事。虽然还是有人在坚持说文物对外展览有风险，谁知道是不是换了一批赝品回来的反对意见，但大部分民众纷纷觉得扬眉吐气。

在民意高涨之下，上海招商局码头上翘首以盼的百姓摩肩接踵，兼任伦敦中国艺术国际展览会中国筹备委员会会长的尚钧索性直接建了个简易的台子，拉起条幅和旗帜，正式办了个欢迎回归的仪式。

所以归心似箭的沈君顾等人站在甲板上，远远地就看到了彩旗招展，一派欢腾的景象。

完全不知道发生了什么的众人一脸茫然地走下蓝普拉号邮轮，就被拉着上了台，一连串握手外加合影之后，尚钧简短地发了言，按理说便应该是王延丹上前致辞。

专注于学术的王延丹本身就不善言辞，再加上之前一点准备都没有，被数百双眼睛盯着根本说不出来什么。在国外将近一年时间里习惯当甩手掌柜的王延丹想都没想，直接就把身旁的沈君顾推了出去。

沈君顾也是习惯了，他大大方方地站在话筒前，笑着跟大家打招呼道：“大家好，我是沈君顾。”

刚报了名字，还没等沈君顾再简单地介绍下自己的身份，围观群众的欢呼声、起哄声就响彻整个码头。

什么情况？沈君顾完全搞不懂状况，下意识地看向他自从下了邮轮就偷偷瞄着的地方。

一身干练利落装扮的唐晓亭亭玉立鹤立鸡群，沈君顾在码头上一眼就看到了她。

分别快一年，但在沈君顾看来近乎度日如年。唐晓的头发又长了许多，用发圈束在背后。她今天穿着一身米白色的薄风衣，勾勒出高挑修长的身材，更衬得她肤色白皙过人。那精致的五官和秀气的眉眼，不管谁看过去，都会暗赞一声好个英气十足的女子。

沈君顾越看越想抽自己，怎么就认定唐晓是个男人？明明夏葵和周围的人都给了各种明示暗示，他却像瞎了一样视而不见，平白辜负了人家女孩子的心意。

在伦敦的这一年里，沈君顾把和唐晓相遇的点点滴滴翻来覆去地想了无数次，每次都会默默地骂自己笨蛋。

他的欺瞒，他的推诿，他的躲避……换位相处，他都受不了被人如此相待，更别说唐晓还是个姑娘家。

沈君顾越辗转反侧，就越没有自信。唐晓到底喜欢他什么？分离这么久她还喜欢他吗？他……还值得她喜欢吗？为什么一直都没有回信？是不是已经不再喜欢他了？……

心间缠绕着诸多问题，在看到唐晓朝他看来的那一刹那都化为乌有。

没关系，即使她不喜欢他了，这回换他来喜欢她。

沈君顾也不去管现场观众们的鼓噪声为何而来，脸上重新挂上自信的笑容，抬起双手往下压了压，轻易就控制住了有些失控的场面。

演讲对于沈君顾来说轻而易举，几句调侃的开场白便吸引住了众人全部的注意力，他也知道众人的关注点在哪里，随口说出的逸事见闻就让码头上的哄笑声和鼓掌声一阵高过一阵。

“赶上了赶上了！”好不容易从人群中挤进来的夏葵扒在唐晓的手臂上，气喘吁吁地说道，“我没错过什么吧？”

“没有。”唐晓连看她一眼的时间都没有，一双凤眸紧紧地盯着台上侃侃而谈的沈君顾，总觉得那个人沐浴在阳光下，浑身上下甚至连头发丝都在发光。

虽然说唐晓在之前就是只要沈君顾一出现在她眼里就没有其他人，但这种情况足足有一年没有出现过了，让夏葵还有些不太适应。

回过神来的夏葵用肩膀顶了一下唐晓，戏谑地取笑道："小九，看你眼睛都快瞪出来了，这是原谅他了？"

"原谅他什么？"唐晓疑惑地挑了挑眉。

"难道不是因为生他的气，所以才一直没有给他回信？"夏葵眨了眨眼睛，反问道。

生气？当然不是。

唐晓自然想过回信。可一开始她收到的那些信，文采斐然、辞藻华丽到她都读不通，更遑论回复了。后来沈君顾那些描写伦敦见闻的信件，她倒是想回一些，可就算她能提出什么好的意见解决当时的困境，一来一回邮到对方手中两个月都过去了。讲一下她平日里的事情？小楼的日常无聊透顶，那些古董她听不懂看不懂，自己跟着岳霆出的任务又是不能宣之于口的秘密，更别说写下来了。除此之外，她的生活中没有其他可以述说的，每次拿起笔来想写点什么，都觉得大脑一片空白。

沈君顾对她的回应来得实在是太突然，如果人在身边，她肯定是要揪着他的衣领问个清清楚楚的。可那时人在地球的另一面，对比之前与之相处模式，总觉得这一切都是她的幻觉，这些信是其他人写出来戏弄她的。

所以她不知道回什么信，也不敢回什么信。生怕自己回了信，这梦境就会碎了。

哪怕是自欺欺人也好，让她再多享受一会儿吧。

唐晓不自觉地开始摩挲腰间的子辰佩，那上面的盘长结颜色都泛白了，可见经常被拿在手中把玩。

此时沈君顾台上的演讲已经进行到了尾声，忽然一个外国人操着一口浓重口音的英语大声地质问他。唐晓攥紧了手中的玉佩，她虽然听不懂对方在说什么，但那种猖狂的语气和无礼的肢体语言，无不在显示他的敌意。

围观的群众对那人纷纷怒目而视，但却没人敢说什么，对方反而非常享受这样的对待，一脸的得意扬扬。

这就是这个时代的悲哀，落后就要挨打，在自己的土地上，反而要低人一等。

唐晓想到岳霆这一年来偶尔提点她的话，更加坚定了信念。

一个熟悉的声音却说着她不熟悉的语言打断了她的思绪，唐晓抬起了头，发现沈君顾正用比那外国人更流利的话语反击了回去。同样听不懂，但光看那外国人被说得面红耳赤，最后拨开人群掉头就走的情况，也知道是谁占了上风。

码头上响起更热烈的掌声和欢呼声，这仿佛是打开了一个开关，本来就爱看热闹的民众一个接一个地问着问题。

“那些洋人真的被我们的文物迷住了吗？”

“到伦敦远不远啊？那边吃得好不好？”

“我早就想问了，沈先生你每次都给小九写信，那个人是男是女啊？”

“应该是女孩子吧？沈先生你和小九是什么关系啊？”

……

沈君顾一开始还能挑几个问题简单回答一下，但越往下听就越汗流浃背，怎么这么多人都知道他和小九的事情？这中间发生了什么事？

尚钧见好就收，拿过话筒宣布回国的文物国宝不拆箱，直接运往南京，在南京的国民政府考试院的明志楼进行伦敦参展艺术品展览。

民众意犹未尽地三三两两散去，而沈君顾终于找到了唐晓。

“小九……”沈君顾大步走到唐晓的面前，脸上还挂着细汗。

“欢迎回来。”唐晓淡淡地笑道。

“我……嗯……我……”被唐晓带笑的眸子一扫，沈君顾一改在台上的口齿伶俐，反而期期艾艾地说不出话来。

唐晓瞥了他一眼，虽然她觉得这样着急忐忑的沈君顾也很可爱，但还是大发慈悲地笑叹道：“我现在也很喜欢吃肉，大概这辈子都不会变了。你呢？”

沈君顾双目一亮，简直如奉纶音，连忙响亮地回答道 ：“我也是！”

还没等唐晓再说些什么，走过来正好听见他们对话的尚钧，大手一挥地说道 ：“吃肉好啊！我也喜欢吃。走吧！请你们去吃街角的杨氏红烧肉，你出去的这一年，想了很久了吧，嗯？难道不是喜欢吃肉吗？干吗这样看着我？”

不远处，夏葵揪着也来看热闹的程尧止不住地激动 ：“喂喂！你看到没有，这回君顾和小九肯定会在一起了吧！看他们那气氛！唉！尚叔凑过去干吗？喂！你有没有看到？”

夏葵没有得到预期的回应，不满地抬起头，发现身边的程尧并没有看向沈君顾和唐晓那边，而是盯着围观人群中的某处发着呆。夏葵好奇地顺着他的视线看去，却没看到什么认识的人 ：“怎么了？看到什么人了吗？”

“啊，没有谁，应该是我看错了。”程尧回过神，掩饰地笑了笑。

那个顾渊怎么也来了？

不过他听完沈君顾讲话就走了，应该是来凑热闹的吧……

第五十一章　落脚南京

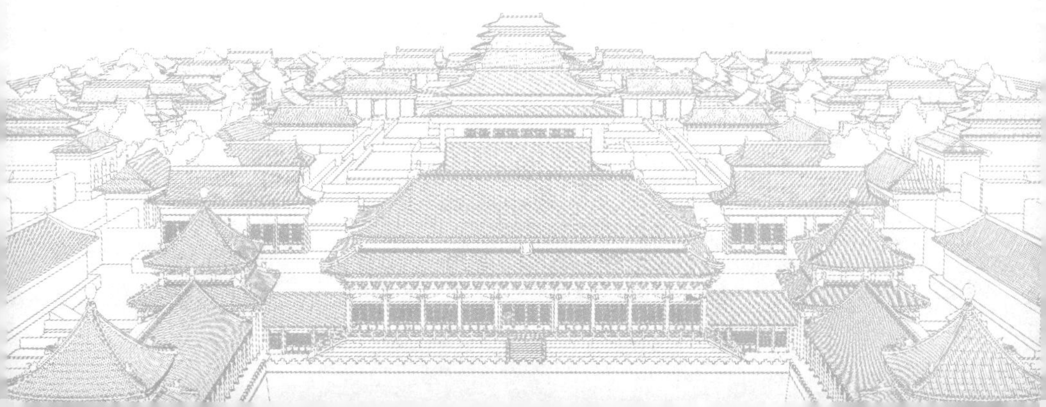

“为何不去见他？”码头附近的某个避人耳目处，岳霆正在问一名穿着黑色风衣的男子。如果此时程尧在的话，一定十分惊讶，原来他方才并不是眼花，此人正是曾经和他有一面之缘的顾渊。

岳霆在郑天耀事件之后，就联系上了顾渊。一是要感谢他对于程尧的照拂，二也是想要借此机会拉拢他。至于和沈君顾的兄弟相认？

别开玩笑了，当年“监察院之狼”在北平时一手遮天横行无忌，顾渊如果想与沈君顾相认，哪里还要等到现在？

所以岳霆识趣地不提此事，直到前不久顾渊看到报纸上登载沈君顾的“寻人启事”，岳霆才发现顾渊竟然一直不知道沈君顾的下落。

啧，这对兄弟到底在闹什么别扭啊？生逢乱世，能安稳地活着已经是老天爷眷顾了，居然还在玩什么默默守护的情怀，浪费时间和生命啊！

不过岳霆腹诽归腹诽，他也没做多余的事情。毕竟他正在努力争取发展顾渊成为他的同事，怕不小心触到了他的逆鳞，反而办砸了正事。

要知道，顾渊虽然已经离开了北平监察院，但在郑天耀出事后不久，又在南京国民政府的行政院任了要职，现在的职位虽然表面上看起来并不算高，但可以直接接触到政府机密，实在是一个不可或缺的关键人物。

“我要走了,你找我有什么事？”顾渊很自然地把岳霆的问题忽略了，他现在可是很忙的，尤其为了找个正当的借口从南京来一趟上海，真的是很不容易。不过亲眼看到神采飞扬的弟弟，还是很值得的。

顾渊暗叹，他实在是没想到，小时候那么软糯一团、连不小心摔一跤都要哭好久的弟弟，现今都可以远渡重洋跑到地球另外一边了。

也是时候该放手了，弟弟已经长大成人，不需要他的庇护了。顾渊的内心既欣慰又空虚。

“好不容易来一趟上海滩啊顾长官，难道不多待两天？”岳霆掏出一盒哈德门香烟，抽出一根递了过去。

顾渊很给面子地叼在唇边，借着岳霆凑过来的打火机点了烟，深深地吸了一口，再说话时语气就已经缓和了许多：“定了晚上八点的火车回去，有事吗？”

“晚上八点？那可巧了，说不定是和我们一趟火车。”岳霆自己也抽了一根，靠在墙边放松地吞云吐雾。

凑巧？顾渊都被他气乐了，信他就有鬼了！顾渊叹了口气，想到那个在台上意气风发的弟弟，认命道：“说吧，又想要我做什么？”

岳霆志得意满地抿起了唇角，安抚地笑道：“举手之劳，这些刚回国的文物国宝会直接运到南京参加展览，说不定正好一趟火车，还需顾长官多多照拂啊！”

什么叫说不定正好一趟火车？这是怕他听不明白说了两遍，还刻意在“说不定”三个字上加重了音量？根本就是指望他来安排吧!

而且顾渊知道岳霆表面上说的是安排火车，实际上所暗示的更多。

不过，这不也是他决定好的事情吗？

只要弟弟平安归来，他别无所求。

顾渊沉默着把这根烟抽完，扔在地上踩熄，淡淡道：“八点，不要迟到。”

“多谢顾长官。”岳霆微笑着道谢，觉得当初自己把沈君顾拉进故宫实在是再正确不过的安排了。

南京是一座与上海截然不同的城市，街道两边都栽种着巨大的法国梧桐，此时正值春暖花开、繁花似锦的季节，街上的行人也都悠闲自在，很少有上海街上那种行人步履匆匆的情景。

方少泽却十分不适应这种环境，也许是城市如此，连南京国民政府的办事效率也都慢吞吞的，令人着急。再加上现下正是梧桐飘絮的季节，满城如飘雪一般，他的鼻子敏感，就算是戴了口罩也难受得紧。

“故宫文物即将存放在朝天宫，也就是曾经的孔庙学府。东边明伦堂背后一带地势广阔，已经改建成为库房，全部都是钢筋水泥结构，有安全保障。西边地势狭长，划为了办公区域。而中轴线的崇圣殿、大成殿等等都保存完好，便做了故宫南京分院的展览室。”带着方少泽参观朝天宫的是沈君顾，实际上他更愿意在工作间里整理文物。只是这任务不知道为什么就落在了他头上，想推还推不掉。

“我想知道岳霆在哪里。”方少泽真不关心故宫的文物放在哪里，又或者怎么存放，有什么安全保障，反正总不会丢掉或者损毁就是了。他关心的是他好好地在上海办他的兵工厂，为什么忽然下文件把他调回了南京？故宫文物南迁不是早就结束了吗？他又不是和故宫绑定了，没道理故宫文物迁到了南京，他也要随着迁回来啊！

不用想，肯定是那个姓岳的搞的鬼。

自己不敢出来见他，就派个挡箭牌来，真是个懦夫。

沈君顾能感受到方少泽身周的低气压越来越重，默默地远离了一步，小心地套近乎道：“听说方长官是南京人，应该对南京很熟吧？”

“不熟，我十三岁就离开中国了。”方少泽冷冷地回道，却因为口罩的缘故显得声音闷闷的，更像是在赌气。

“哦。上海的文物也是分了五批转运过来，现在最后一批已经抵达，等整理好了便重新开始对民众开放展览。”沈君顾不再多说废话，继续尽职尽责地介绍故宫南京分院的现状，虽然他也知道方少泽根本不想听，并且也不关心此事。

方少泽紧锁着浓眉，按捺着想要掉头就走的欲望，跟着沈君顾走进一间展厅参观，却在经过的一个展柜前停下了脚步。

“这些都是清宫后妃的首饰，中间那个最大的是点翠凤吹牡丹纹头面，左边这对是翡翠镂空灵芝纹簪，上面的是一对金镶四龙戏珠镯，旁边的那串是伽南香嵌金长圆寿字纹十八子手串……那边还有扁方、如意、钿花、朝珠、耳环等等。因为展柜有限，所以只能先展出这么多。”沈君顾见方少泽感兴趣，便挨个介绍了过去。不过这方长官别看冷冷淡淡的样子，居然还会留意女人的首饰，不用想也是为了女朋友吧？

喏，其实算起来，他自己也算是有女朋友的人了。可是唐晓那个性格，好像也不像是喜欢首饰的样子啊！

方少泽却是因为这些珠光宝气的首饰，想到了曾经暗示过他想要染指这些首饰的杨竹秋。在上海的四年里，母亲也不是没有催过他。但天高皇帝远，母亲也管不了那么多。现在回了南京，方少泽才从母亲口中得知杨竹秋居然也一直未嫁，而且还进了行政院，现在已经做到了副院长的机要秘书一职。算算时间，应该正是两人决裂之后，杨竹秋便去行政院入了职。

方少泽对杨竹秋绝没有任何想法，纯粹是看到这些首饰才想起她的。那杨小姐看似菟丝花一般娇弱柔美，但实际上骨子里倔强刚毅，认准的目标很难改变。方少泽不敢确定杨竹秋入职行政院是不是为了赌一口气，可就算不是，日后碰到与故宫相关的事情，难保不顺手为难一下。

所以，这也是岳霆设法把他调回南京的意图之一？顺便用他牵制一下杨竹秋？反正只要有他在，杨竹秋的火力保准第一个对准他。

这个岳霆，真是策无遗算，也不知道他哪里来的那么硬的门路，居然还能把被国民政府遗忘的他，从上海的旮旯里拎回来。

还好上海的军工厂运转已经上了正轨，他就算离开也没有太大影响。

方少泽心不在焉地跟着沈君顾虚晃了一圈，随即就被尚钧叫去开会。

看着方少泽冷着一张俊脸无奈地跟人离开，沈君顾重重地松了口气。再继续和这位冷面阎罗待下去，他恐怕就要窒息了。

环顾了一圈大殿，确认了所有展品都安然无恙之后，沈君顾便打算去库房继续整理文物入册。南京的春天阳光明媚，即使才是春季，天气就已经开始闷热。出了清凉的大殿，沈君顾没走两步就已经出了汗。再过一阵就要到梅雨天气了，南方的梅雨天气至少要持续三周，需要准备的东西还挺多的。

故宫南京分院成立之后，原来驻守在北平故宫的工作人员也都一批批地南下。但徐姨的脾气也一天天地暴涨，因为崖山叔迟迟不来，每次都有各种各样的理由来搪塞，就是不肯离开故宫。

沈君顾不知道如何劝慰，只能帮徐姨多做些事情，除此之外也束手无策。

总之，除了一小块阴霾之外，整个朝天宫的气氛都很祥和，总算安定下来了。虽然他们在上海只待了四年，但离开的时候没有人舍不得走。小楼看起来隐蔽安全，但实际上不堪一击，每个人的神经时时刻刻都是绷紧的。长期下来，有点风吹草动就惶惶不安，就像一群惊弓之鸟。

喏，这回地方大了许多，还是要跟尚大叔多申请一间屋子做工作室，最好还是朝南的。如果能答应，就算再领着那个难伺候的方长官转悠三天他也愿意。

不过……这朝天宫比起故宫也差得太远了，估计没有那么多房间……

朝天宫的春天非常漂亮，虽然已经过了桃李争妍的季节，但海棠花正在盛开，一批批飞来飞去的鸟雀在枝头叽叽喳喳，活力十足。宫墙边上攀爬着茂盛的凌霄花，仿佛一夜之间就多了无数个含苞欲放的花骨朵，有几朵迫不及待地已经绽放了开来，就像是点缀在天空的星辰。

沈君顾不由自主地放慢了脚步，开始懂得为何南京百姓的生活都是慢节奏的了。

这样的美景，这样的氛围，让人忍不住就会放慢步伐，想要再沉醉一些。

沈君顾沿着宫墙慢悠悠地往前走着，忽然发现在凌霄花的下面，正有人倚着宫墙朝他微笑。唐晓一身军绿色的衣袍，如果不细看，几乎与宫墙上的凌霄花融为一体。她已经留长的秀发高高地在头顶上梳了个马尾辫，显得她更加英姿飒爽，眉目如画。

沈君顾瞬间加深了脸上的笑容，加快脚步跑了过去。

“阿九，你回来啦？”沈君顾奔到唐晓面前，用鉴定文物的目光上上下下地打量着她。

“放心，我没受伤。”唐晓知道沈君顾担心她出任务的时候受伤不说，这种矜持的关心让她很是受用。她大大方方地张开双臂，朝沈君顾挤了挤眼睛戏谑道，“欢迎来上手检查。”

沈君顾被唐晓闹了个大红脸，手足无措。

自从互相表白之后，两人相处的时间其实并不多。赴英国展览的文物一到上海当天就直接运到了南京，准备公开展览。忙完一个多月的展览之后，他们又把这批文物运回上海。改建朝天宫之后，整个冬天都在忙着从上海转运文物到南京。整理之后准备重新开始对公众展览，手忙脚乱地迎接了 1937 年的到来，好不容易在开春时稍微轻松了一些。

唐晓在这期间也没闲着，经常被岳霆派去执行任务。沈君顾发现她还被岳霆拐去做那些危险的事情时，第一反应就是阻止。但他也知道唐晓并不适合留在这里当保安，就像是生活在丛林中的猛兽，如果硬要关在笼子里，也不会快活。

所以他只能担惊受怕地一次次等着她回来，生怕每次离别就是永别。

见唐晓一副任他宰割的模样，沈君顾心中一跳，轻咳了一声，压制住了蠢蠢欲动的手：“回来就好，没事就好，先跟我回办公室歇会儿？我新分到的办公室，你还没去过吧？”

“嗯。”唐晓微笑地应道。实际上她如果想知道他的办公室在哪里，不过是跟别人打听一句话的事情。她特意来这里等他，就是为了早几分钟看到他。

沈君顾走快半步带路，忽然感觉手心一热，左手被一只略带薄趼的手牢牢地握住。反应过来是怎么回事，正在下台阶的沈君顾差点被绊了一跤，适时又被那只有力的手扶住，免去脸着地的窘境。

“我……我打算在附近租个房子，这几天都去看了几家了。离这里有两个街区的一户还不错，带个小花园，两间南面的屋子……”沈君顾偷偷地反握了回去，一紧张就喜欢唠叨，把他最近的打算都絮絮叨叨地说了出来。

“最好先别租。”唐晓不解风情地打断了他的话。

“啊？”沈君顾停下脚步，随即窘迫地抿了抿唇道，“这……这确实是太仓促了是吧？我应该正式一点才对。只是我们双方父母都已经过世……”

唐晓愣愣地听着沈君顾磕磕绊绊的解释，这才迟钝地发觉对方其实是在隐晦地向她求婚。

他在规划着他们之后的生活，可她又怎么跟他开口说，从最近的形势来判断，和平是短暂的错觉，战火也许很快就要重燃。

沈君顾一边绞尽脑汁地解释，一边暗自在心底骂自己唐突。唐晓每次都来去匆匆，他有许多话想要对她说，此时不自觉地就把最想要说出口的话先说了。

忽然感觉握住他的手一紧，沈君顾下意识地抬起了头，正对上唐晓玩味的目光。

“容我提醒，我们都已经拜过堂成过亲了。”唐晓笑得意味深长。

沈君顾的脸跟被火烧了一样烫，但他总不能在这种事上输给妹子，嘴硬道：“也是，那我赶紧置备一个新家，请同事们来喝个酒，当时我们成亲的时候他们也都没在场。”

唐晓暗叹了一声，目光黯淡了下去：“等梅雨季节过去吧，房子也等那时候再租。”

沈君顾双目一亮："好！正好梅雨过后还能看看哪处的房子不潮湿，还是阿九你想得仔细。"他的语气中，全部都是对新生活的憧憬和期望。

唐晓勉强抿唇笑了笑。

如果事情有这么简单，就好了。

第五十二章　北平沦陷

1937 年 7 月 15 日

北平的天空乌云密布，就像是战争的阴云一般，厚厚密密地遮盖住了整个北平城。

城外围攻的日军如同悬在他们头顶上的利剑，就像这乌云，不知什么时候就落下雨来。

不时还有轰鸣声在不同的地方响起，但宛如惊弓之鸟的百姓，早已经分不清这些闷响到底是雷声还是炮火声。

一个礼拜之前的卢沟桥事变，打碎了表面上虚假的和平。北平城人心惶惶，许多百姓都已经南下出逃，街巷内十室九空，就算不离开的也都紧闭着门户，整个城市都蔓延着令人窒息的恐慌。

在改成修缮室的故宫西三所内，张崖山站在屋檐下，紧锁着眉头仰头望着天空。在他的脚下，那只本来由夏葵喂养的黑猫围着他转悠着，时不时用尾巴敲打两下空空如也的食盆。

这只黑猫比起当年夏葵离开的时候，已经长大了好几圈，身体矫健，皮毛油亮，显然是喂养得很好。

枝头的乌鸦凄厉地叫着，像是在预示着什么不祥。一阵狂风刮过，直接把地上的猫食盆吹翻了，倒扣在地上。

黑猫吓了一跳，“喵呜”了一声，随后用爪子去推自己的食盆。

张崖山弯下腰，把食盆翻了过来，又进屋把放在火盆上温好的猫饭盛了点出来，递到了黑猫面前，温声叹道：“多吃点吧，也不知道以后还能不能吃到了。”

黑猫“喵呜”了几声，蹭了蹭张崖山沾满木屑的裤腿以示感谢，这才走到猫食盆前大口大口地吃了起来。

张崖山扯了张板凳坐在旁边，盯着黑猫大快朵颐，眼看着猫食盆里的猫饭一点点消失，竟没有任何的不耐烦。

也许在这种乱世，能安静地填饱肚子，就已经是一种慰藉人心的幸福了。

黑猫把食盆的底部舔得干干净净，心满意足地舔着爪子洗了洗脸，然后跳上了张崖山的膝头，用两只前爪踩了踩，盘了一个圈，安稳地趴了下来，幸福地打着小呼噜睡着了。

张崖山有一下没一下地顺着黑猫油亮厚实的皮毛，看着天边愈发黑沉的阴云神色凝重。

一阵急促的脚步声从回廊远处响起，张崖山转头看去，看到一个穿着白衬衫的年轻男子正疾步朝他走来。

在故宫国宝开始南迁的这几年里，在故宫工作的大部分年轻人都去了南方，留在宫中的几乎都是年纪大的。这帮老人多是因为年纪大了不愿意挪动地方，又或是不忍心离开这座古老的宫殿，又或是像张崖山这样还有事情必须做的。

是啊，如果不是有事情要去做，他也不会硬着心肠与妻子分离。在这战乱的年代，每一次分开，也许就是永别。

“姐夫，最后一批离开的要走了，有多余的火车票，你真的不走吗？”年轻男子走到张崖山身边，没抱太大希望地问着。因为他知道张崖山的回答一定是不走。

这位年轻男子名叫罗景明，年纪和沈君顾等人差不多，辈分却跟他们差了一辈。他是孟袁兴和徐慧的小师弟，是书画界泰斗梁济山的关门弟子。他之前一直跟着师傅梁济山闭门学习，直到三年前被傅同礼的一封信给召回了故宫。

黑猫因为罗景明的到来掀了掀眼帘，发现是熟人、没有任何危险之后又放心地闭上了眼睛。张崖山抚摸黑猫的动作依旧不紧不慢，叹了口气道："景明，你走吧。"

"姐夫，你也知道我走不开。"罗景明笑了笑，一屁股坐在了石阶上，扶着脖颈慢慢左右活动着。没日没夜的伏案工作，让他的颈椎变得越来越僵硬，"《云山墨戏图》刚临摹完，师傅又让我继续临《天池石壁图》。米友仁和黄公望的风格迥异，由米家山水转为南宗山水，我这两天怎么都觉得别扭。"

"小米的山水氤氲，老黄的山水刚硬，确实是很不一样。"张崖山虽然不太懂书画，但因为妻子徐慧是书画组的，这么多年的耳濡目染，也知道一些。米友仁是米芾的长子，深得米芾真传，被人称之为小米。而黄公望是元代四大家之冠，其代表作是大名鼎鼎的《富春山居图》。

"我就跟师傅抱怨了一下，结果师傅说好，这幅《天池石壁图》临摹好了，就让我继续临摹《富春山居图》……天要亡我啊！"罗景明夸张地哀号着，他长得文质彬彬，又因为长时间待在室内不见阳光，本来就白皙的面容更透着一股毫无血色的苍白。此时因为激动而微微脸红，比起平日来倒是多了些生动之气。

"嘘，小点声，别吵着大黑。"张崖山却嫌弃他声音太大，"不过，《富春山居图》不是早就南迁了吗？"

"古物陈列所那里还有五幅摹本呢，我挑一幅像的临摹起来，足够骗骗那些日本人了。"罗景明胸有成竹地说道。

古物陈列所是第一座国家博物馆，位于故宫前朝的文华殿，比故宫博物院还早十几年成立，但与故宫博物院之间纠葛矛盾不断。在故宫工作年头长的人都知道，这两院虽毗邻而居，鸡犬相闻，却老死不相往来。古物陈列所的职员多是清朝的遗老遗少，思想顽固腐朽。而故宫博物院从上至下大多是北大的教授和学生，思想先进。而且故宫博物院成立后直接隶属于行政院，属于部级单位，而古物陈列所为内务部下属单位，级别比较低。虽然成立时间早，但故宫博物院根本不承认古物陈列所的存在，认为其应该隶属于故宫博物院。而古物陈列所则轻蔑地称故宫博物院为“后宫”，也不承认故宫博物院的领导。在文物南迁时，曾经强烈反对，不愿合作。虽然后来协调成功，从第二批南迁文物开始一同南迁，但依旧有大批的珍贵古画留存在古物陈列所。

也许是沈君顾制作的赝品给了傅同礼灵感，为了防止日本人染指古画，傅同礼请出了梁济山，成立一个国画研究馆。生源由中国国画研究会或湖社画会的老师推荐。这个国画研究馆表面上是教授国画，实际上有一整套课程体系与专门临摹的制度。所有学员分成山水、花卉、人物、篆刻、书法等等组别，分组合作，互相配合临摹古画。一旦北平不幸沦陷，日本人掠夺文物时，可以用这些摹本来应付，趁机将真本转移保存。这也被他们戏称为“故宫古物陈列所的地下反日活动”。

罗景明倒是不用和其他学生一起配合，他一个人就可以当一组人用。而且自小看过、接触过的古画颇多，就算是真迹不在身边，也可以背摹，反正还有梁济山帮他改笔，往往让人真假难辨。

“辛苦你们了。”张崖山见罗景明一直捂着颈椎不松手，知道这孩子一定是长年累月地低头，小小年纪就患上了颈椎病。

“不辛苦。”罗景明摇了摇头，眼眸中露出不符合他年纪的忧虑和沧桑，“再辛苦一点也没事，哪怕我们做的这些事情是无用功也没事，起码说明事态没有严重到需要以假替真的程度。”

两人都陷入了沉默，心里都清楚罗景明所指的严重事态其实已经迫在眉睫了。

天边的闷响忽然密集了起来，这时无论再如何自欺欺人，也必须承认这种密集的程度，根本不可能是雷声。

张崖山看了看天色，起身把膝头的黑猫抱到了罗景明怀里："帮我抱会儿，你要是想走随时都可以走，大黑它自己也可以找地方睡。"

"其实它也可以自己找吃的呢！姐夫你没必要每天定点过来喂它。"罗景明嘴上虽然抱怨着，但身体还是诚实地接过了黑猫，小心翼翼地顺着它的毛。

张崖山也没回话，带上放在廊下的斗笠，便离开了冷冷清清的修缮室。

留守故宫的工作人员，都肩负着重任。早在南迁刚刚开始时，张崖山便接了一个比修复古董更重要的任务——修复故宫古建筑和测绘古建筑。

因为故宫的建筑大部分都是木结构，对雷击、火灾的抵抗力几乎为零。再说连圆明园那种石结构的建筑都抵挡不住八国联军的劫掠，变成一片废墟，更别说故宫了。所以在故宫文物南迁的同时，故宫便联合中国营造学社的成员一边修复年久失修的古建筑，一边进行古建筑的测绘工作。

历朝历代的宫室仿佛都难逃五百年一次的大灾之劫，而从永乐十八年故宫建成直到现在，正好有五百余年。

这片宏伟壮丽的宫室，如果真的难逃此劫，也务必留下图纸和影像，以期后人可以按图重建。

张崖山和中国营造学社的成员们还有天津工程学院建筑系和土木工程系的学生们，已经在这几年中，先后测绘了故宫中轴线以及外围的太庙、天坛、先农坛、社稷坛、钟楼、鼓楼等古建筑。北起钟鼓楼，南到永定门之内的古建筑均在测绘范围内。测绘的图纸除了单体建筑有精密的平面、立面、剖面和大样图外，各宫院还有汇总的图纸。每座单体建筑对屋面以及内外梁架的彩画、室内外铺地、阶条石、槛墙砖缝、门窗纹样、吻兽纹样等等细节都进行了详细的测绘。

故宫很大，但张崖山已经用脚一步步地把故宫每个角落都走遍了。

即使他闭上双眼，也可以在这里如履平地。

再走三步，就过了启祥门；再往前走两步，右前方有块青砖缺了一角，容易被绊倒……再往前就是嘉祉门，再过去的纯佑门一直是锁着的，想要去中轴线的大殿必须绕行……

这几年来测绘的图纸和拍摄的照片已经摞满了两间房。

可是，还不够……

还有好多好多地方没有记录下来，还有好多好多细节没有描绘出来……

张崖山的脚步一下比一下更沉重，慢慢地，不知从什么时候起，他脚边的青石板上有水滴落下的痕迹，并且越来越密集。

他把手中的斗笠戴在了头上。

天上酝酿多时的阴雨，终于细细密密地落了下来。

第五十三章　我的宝藏

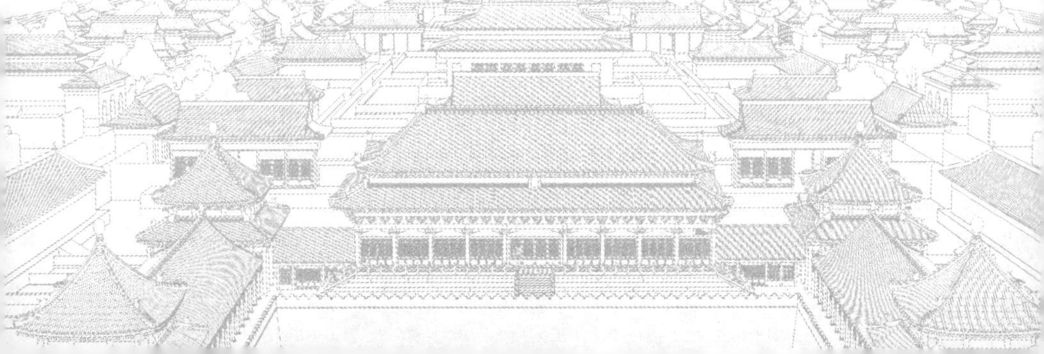

相对于北平的阴云密布，南京的天气阳光灿烂。

只是，众人的心，却如坠冰窖。

南京已经不安全了，这是众人不愿意承认，却又不得不承认的一个事实。

日本人围攻着平津地区，还有余力派空军骚扰江浙一带，最近几日经常有轰炸机从南京上空飞过，虽然频率不高，投下来的炸弹也不多，但这就像是悬在头顶的利剑，随时会落下，让人惶惶不可终日。

程尧从那个日本人伊藤智久那里听到消息，日本很快就会入侵上海。由于程尧的日语学得马马虎虎，岳霆还专门再三确认。程尧也是厉害，直接把伊藤智久和其他人聊天的对话都一字不漏地背了下来，岳霆找来翻译一听，便知道日本在一个月之内将对上海发动进攻。

故宫的文物何去何从，所有人都无比迷茫。

方少泽带来了消息，说是南京国民政府要西迁重庆，故宫文物也毫无选择，只能仓皇跟从。

只是西去重庆，可完全没有当初南迁时只需要搭火车这么轻松了。

中国西南一带地形复杂，不似东南、华南一带那么容易修建铁路。这么多文物，如何运送，都成了巨大的难题。

可就算是再困难，也必须西迁。

坚守着鸡蛋不能放在同一个篮子里的传统，故宫高层定下还是分三批走不同路线西迁的计划，而且考虑到文物重新打包和运送的困难，三批文物不是同时西迁。

每批随行人员都跟所属的每批运送文物一起行动，现在他们面临的难题，就是究竟跟哪批走。

这回跟上次南迁完全不一样，并不是越早走越好。这次西迁就算是第一批走，也不一定是好事。第一批虽然是轮船运输，看起来安全平稳，但谁知道运送的途中站点有没有危险，暂定的中转站武汉会不会在到站的时候已经被日军占领。第二批是火车运输，虽然看起来和南迁时毫无二致，但这一路是需要往北折返，开到郑州一带再转汽车翻越秦岭转往西安的。这一路途中不仅会再次经过余家帮的盘踞之地，沿途还会有日军飞机轰炸的危险，再想想之后翻越秦岭的艰辛，简直让人不可想象。

而留到最后也不代表会最舒服地离开南京，最后一批文物西迁肯定是量最大最危险的，因为他们拟定的是轮船运输，必须找到排水量足够大的轮船才可以成行，一旦把握不好时间，就很容易陷在南京，再也出不来了。

除了最珍贵的文物需要第一批西迁外，其余组别按照运输的方式简单归类了一下，例如古籍和字画怕水，又比较不怕磕碰，便归入第二批运输。而有自由选择余地的组别人员，在组内讨论过后，由组长选定跟随哪一批西迁。

这样自由的选择制度，实际上也是傅同礼和尚钧等高层无奈的决定。在这么短的时间内，他们需要准备的事情实在是太多了。不同于之前南迁时有长达两三年的时间，可以让他们早早把南迁的各种路线研究透彻，这次西迁简直是急行军，毫无准备时间。连路线都是方少泽找来的军官匆忙制订的，并且给他们讲解路上可能会遇到的诸多问题，让人越听就越是觉得前途黑暗。他们根本无法制订详细的路线规划，只能走一步算一步，凭直觉前进。

三批西迁路线，没有一个人能保证其中哪条路线是百分之百的安全。所以只能把三条路线的优缺点全部摊开来，让工作人员自己选择自己负责的文物走哪条路，但要保证一个组别的完整性。

西迁的命令正式下达之后，本来以为可以在南京安定下来的众人又惶恐不安起来。只是时事如此，他们又怎么可能改变，只好在短暂的慌乱之后，强迫自己镇定下来，咬着牙全身心地投入到了忙碌之中。

不过好在文物打包不是第一次了，至少可以在这一点做到轻车熟路，但其实并没有人希望熟练这样的技能。因为谁也不想让这些留存于世已经数百年甚至上千年的珍宝，继续颠沛流离了。

“阿九，你是不是早就知道会这样，所以才劝我不要着急租房子？”沈君顾一边对着册子写竹签，一边问坐在对面，帮他打磨竹签的唐晓。

“早有预兆，但实在是不知道该怎么对你说。”唐晓轻叹了口气，当时沈君顾对未来在南京的生活充满了希望，她又怎么可能说得出口。这种短暂的幸福，就像是寒风中乍然绽放的花朵，她只能竭力去保护，怎么忍心去摧毁？

沈君顾锁紧了眉，一言不发地重新低下头，默默地提笔写着竹签。

这次西迁，他们多了一个对签子的程序。因为有可能随时被各种突发事件冲散，所以一个竹签就代表着一箱文物，每个负责人手中持有对应着箱子的竹签，当文物从一地运往另一地时，交付了竹签，就代表着一箱文物安全送达。

因为沈君顾并不属于任何一个组别，不用忙着文物装箱，所以写竹签的任务就交给了他。沈君顾每一笔写得都极其认真，过目不忘的他每当写下一根竹签，都会在脑海中想起对应的箱子里装着的是什么文物，越写手中的笔就越沉重。

不光文物，连朝夕相处的那些同事朋友，离开南京之后，都不知道还会不会有再次相见之日。

唐晓看得出来沈君顾的心情十分低落，她无法也不知该如何安慰他，只能默默地陪伴，尽可能地把每一根递过去的竹签，都打磨得光滑圆润，没有倒刺。

沈君顾调整了一下情绪，开始尝试面对这个现实："阿九，你觉得我跟哪一批走比较好？"他没有归属于任何一个组别，所以可以随意挑选。

"第一批就走吧，我跟你一起走。"唐晓毫不迟疑地说道。

沈君顾手中的笔一滞，愕然抬头道："南京的局势已经紧张到如此地步了吗？北平不还没沦陷吗？……不是……政府不是已经在报纸上喊出口号，说是什么'不屈服、不扩大、不求战、必抗战'的吗？"

"如果不出意外的话，北平沦陷也就在这几天。口号，也不过是喊喊，如果真能抵抗得住，东北也就不会那么轻易就丢了。"唐晓冷静地说着残酷的话语，她不想让沈君顾产生侥幸心理。事实上，时局如此之乱，她更想劝沈君顾跟她一走了之。哪怕躲在深山老林，她也有信心护他周全。

只是她即使不开口，也知道沈君顾的回答一定是拒绝。

沈君顾攥紧了毛笔，半晌之后才艰难地开口道："我最后一批再走。"

唐晓沉默了一会儿，点了点头道："也好，你先留在南京。"

两人这一人一句，说得虽极其简单，却极为郑重。他们都清楚，这样的选择，究竟意味着什么。

沈君顾轻舒了一口气，刚要继续往下写竹签，脑海里却忽然闪过唐晓话音刚落的上句话，猛然抬头追问道："什么叫我先留在南京？你打算去哪里？"

唐晓不紧不慢地打磨着手中的竹签，轻描淡写地回答道："知道你不放心，我替你去。"

沈君顾怔然，一时不知该如何是好。

他理智上知道唐晓的身手对于文物西迁有重大帮助，但情感上却也知道就是因为她过于厉害，才会导致最危险的事情都由她来承担。

唐晓看着沈君顾脸上挣扎的表情，心下熨帖。

她不会问她和文物孰轻孰重的问题，只要他有这样的迟疑就已经很满足了。

“你……不跟我一起吗？”沈君顾纠结了半天,终于忍不住问出了口。

唐晓脸上的笑容越发温柔了起来：“我只是随队押运，一旦安定下来就回南京，来得及的。”

沈君顾想了想，叮嘱道：“那就第一批吧，第二批怕来不及回来。”沈君顾是真的怕唐晓跟第二批文物西迁，因为第二批文物的路线会经过余家帮，他担心唐晓会出事。

即使他没说出口，唐晓也感应到了他的忧虑。虽然她对是否会遇到余家帮毫不在意，但如果随着第二批离开，确实来不及回到南京跟沈君顾运送的第三批一起走。

“好的，就这么说定了。”

“……嗯。”

事态的发展比所有人想象的速度还要快。

7 月 29 日，北平沦陷。

8 月 13 日，八一三事变，日军登陆上海。

故宫第一批国宝西迁在日军登陆上海的第二天就出发了。

因为事态紧急，第一批走的国宝并不多，只有八十箱。其中包括参加伦敦中国艺术国际展览会的八十箱文物，未参展的以及在南京保存没有送去的文物，重新整合出来八十个大铁皮箱。

沈君顾知道唐晓说的代替他去，是认真的。他去伦敦近一年，对这些文物感情颇深，若不是条件不允许，他一定会随行的。

这批文物由南京码头装船，沿着长江逆流而上，到汉口码头之后再去对岸的武昌，然后转火车运到湖南长沙，打算存入湖南大学的图书馆。

因着这批国宝有探路的作用，看湖南是否可以作为短期中转站或者长期贮藏场所，所以除了唐晓之外，岳霆负责带队，还有几人也同去。

14 号晚上走得匆忙，需要唐晓盯着的事情太多，沈君顾竟是跟着去了码头，在快要启程前才得空抓住她说两句告别的话。

“放心吧，我过一阵就回来。”唐晓笑笑道，伸手抚平了沈君顾眉间担忧的皱褶。

“一定要回来。”沈君顾攥紧了唐晓的手腕。掌间的触感纤细柔软，让人忍不住想要永远攥在掌心，再也不放开。

“放心。”唐晓安抚地拍了拍沈君顾的手，转移话题道，“其实说起来，我们每次分开和重逢，都是在码头呢。”

沈君顾一怔，想了想也是。从南京码头的分开，到上海码头的重逢，再到他离开上海远去伦敦，以及从伦敦归来……

“所以，我回来也会是乘船，回来之前会给你电话，记得要来接我。”唐晓也是想起了过去，笑容明艳动人。

“嗯，就这样说定了。”沈君顾认真地点了点头。他并没有松开抓着唐晓手腕的手，而是用另一只手从裤兜里掏出一个东西，放在了她的掌心。

唐晓低头一看，发现是一个崭新的盘长结，感到意外，轻笑道：“你居然还记得。”

盘长结是他们定情的信物，在他们互表心意之后，去年唐晓生日的时候，沈君顾就又为她亲手做了一个盘长结，系到她随身携带的子辰佩上。唐晓的生日就在明天，她还以为最近兵荒马乱的，沈君顾忙得肯定忘记了。

“怎么可能会忘。”沈君顾伸手把唐晓腰间的子辰佩摘了下来，把新的盘长结系了上去。

唐晓屏住呼吸，任凭沈君顾灵巧的双手在她腰间动作，耳尖飞红。

“生日快乐。”沈君顾低声缓缓道，“真可惜不能给你庆生了，本来我还在福庆楼订了一桌。等你回来补上吧。”如果那时候，福庆楼还开着的话……

“嗯，一言为定。”唐晓点头应道。

沈君顾真想时间过得再慢一点，但码头上货船的马达声已经响起，马上就要启程了。

“换下来的那条盘长结也给我。”唐晓见沈君顾要拿走旧的那条，立刻伸手抢了回来。

“都有新的了，旧的还留着干吗？”沈君顾疑惑，去年唐晓也把旧的盘长结留了下来。

“管那么多干吗？反正是你送我的，就属于我了。”唐晓把手里的盘长结攥得紧紧的，狡黠一笑。

两人站得极近，沈君顾看到唐晓眼中像是承载着璀璨的星辰，令人着迷得连呼吸都要忘记。他本想伸出去的双手一滞，克制地握紧了双拳，艰难地叮嘱道：“记得回来，我在这里等着你。”

唐晓看着他微微一笑，拽着他的衣襟，把他拉向自己，柔软的唇一触即分。

沈君顾面红耳赤地站在码头上，江面的货船已经鸣着汽笛缓缓离开，但他的耳边依旧回响着唐晓临走时在他耳边所说的话。

“当然，我会回来的。

“你们是守藏吏，我也是。

“只是，我的宝藏，只有你一个。”

第五十四章　尔虞我诈

日军登陆上海，咫尺之遥的南京就如同一个月之前的北平一般，整座城市人心惶惶。

北平不到一个月就沦陷了，上海说不定也会在眨眼之间被侵占，从北平逃难到南京的民众都绝望了。逃到重庆？可是若连重庆也被日军占领了呢？这偌大的中国，难道就没有容身之地吗？

有门路、有实力想出国的人，因为上海周围的海域被日军舰队包围，只能继续南下从香港出国。街上几乎都是大包小包推着车打算逃难离开的百姓，每个人的神经都绷得死紧。上海前线的战报成了整座城市最关心的话题，有点风吹草动都会让人惊慌不已。

伊藤智久在茶馆的三楼凭窗而立，颇有兴味地看着大街上惊慌失措的中国人。其实他更希望自己此时在上海，能亲眼看到大日本帝国的强大。

不过，他还有更重要的事情要去做。

伊藤智久转过身，对坐在桌前正局促不安的程尧用日语温声说道：“程君，已经又过了五日了，是否有那批文物的消息了？”

尽管程尧能听懂他在讲什么，但还是一脸茫然地看向身边坐着的翻译。

他和伊藤智久的“交情”，始于上海。这日本鬼子装着不会中文，带着翻译特别牛气地来古董店买古董，他就用三寸不烂之舌推销那些赝品。其实他也没骗对方，只是恰到好处地说这些应该都是赝品，否则故宫那些人转移的时候不可能丢在这里。

以伊藤智久的眼力，自然是越看这些赝品越像真品，他的联想能力超群，硬是觉得这是给他的暗示，砍了砍价就喜滋滋地买下抱回去了。如此常来常往，这伊藤智久可算是古董店的大客户，慢慢地两人也就熟了起来。

程尧为了稳住这个大客户，也十分注意，从不与故宫的员工们在公共场合一起出现，一直都是独来独往。而随着时间的流逝，程尧从伊藤智久的只言片语中判断出来，这个日本鬼子恐怕早就从各种渠道知道了国宝压根儿就没转移。但他一个日本人在法租界也做不出什么过分的举动，只能以他为突破口，慢慢渗透。

程尧的背景，伊藤智久只要在北平费点心思都能查得到。原本是四九城的大少爷，家道中落，又有赌瘾，败光了家产之后沦为戏子，后来遭故友相助才脱离了苦海，成了一个古董店老板。伊藤智久略略调查了一番，就专门为程尧设了一个局，意欲重新勾起他的赌瘾。

程尧也顺着他的意思，从挣扎到动摇，再到刻意入局被他抓住“把柄”，再到“被迫”同伙，最后同流合污。这个过程拿捏得极好，一环扣一环，让伊藤智久极有成就感。

不过程尧给伊藤智久的解释是，小楼一层的这家古董店，表面上是想要掩盖故宫的行踪，实际上是为了内部销赃方便。里面有真品也有赝品，但他也教伊藤智久如何辨认。

当然，这些所谓的真品和赝品，也就是沈君顾所制造的赝品和其他学徒制造的。要有对比才能看得出区别，才能让买家更安心。

果然，通过这样的“交心”，伊藤智久更加信任程尧，大笔大笔的钱掏出来，而程尧也大笔大笔地往赌场输。

当然伊藤智久也不是没想过和赌场串通，这样还能节省一大部分资金。但程尧还是很有原则的，每次都在大世界游乐场的赌场里玩，美其名曰是相信荣记的信誉，实际上却是他们和青帮的张悟泰早就打好了招呼，钱从他们这里过一道手之后再到岳霆那边。当然还是要留一笔恰当的过路费给张悟泰，双方瓜分日本人的钱。

这样一个良好的循环，断断续续地骗了伊藤智久三年多，程尧也过足了戏瘾，还时不时能从伊藤智久口中探出点有用的日军消息，经常拿着钱去赌场挥霍去戏园子听戏，日子过得惊险刺激。就算一年前从上海转移到了南京，同样是青帮的地盘，赌场可以照常去。就是没有了古董店做依托，程尧借口往外拿东西困难，每一件都要到了天价。

那伊藤智久虽然觉得不爽，但程尧给出的理由合情合理，毕竟南京和上海的环境与情况完全不同，朝天宫要比小楼森严得多。如果他还能和之前一样轻松，恐怕伊藤智久反而还要怀疑呢！

一切都是那么完美，谁能想到这局势说变就变呢？

"程尧，又五天了，那批文物的消息你到底打听到了没有啊？"翻译忠实地把伊藤智久的问题用汉语说了一遍，只是语气非常不客气。

程尧知道他们问的是第一批西迁国宝的下落，这个他怎么可能告诉他们！他脸上做出为难的神色，搓着手赔笑道："伊藤先生，您看我只是个小虾米，又怎么可能知道得那么清楚？之前的消息，也是我辗转听来的，后来也许是上面起了疑心，什么都打听不到了。"

程尧说完伊藤智久就听懂了他的话，但依旧保持着高深莫测的表情，等翻译跟他说完才挑了挑眉道："小虾米？程君真是小看了自己，小虾米能从故宫里顺出这么多宝贝吗？"

程尧听了翻译说完连忙谦虚客气，两人隔着翻译虚与委蛇。

没过多久，房间门被敲响，侍者送进来泡好的茶水。

为了做戏做得逼真，程尧每次交易都会和伊藤智久约不同的地方接头，而这次是伊藤智久选的地方，这个茶馆他还是头一次来。

程尧冷眼旁观，这侍者的举止动作，都是低眉顺目的克制，明显就是个装成中国人的日本人。而在这个战火逼近的时候，街上的店铺个个都是铁将军把门，这个茶馆还有心情开店，应该是有日本或者其他国家背景才会如此肆无忌惮。

心中产生了几分警惕，等侍者离开后，程尧只是把面前翻译给他倒好茶水的茶杯拿在手里把玩，并没有喝下去，面上状似疑惑地问道："伊藤先生，您是不是也派人跟踪了那批文物？"

听了翻译之后，程尧看着伊藤智久点了点头，心中暗骂果然如此。岳霆和唐晓带队去长沙都已经一个多月了，按照计划早就应该回返的，结果发现了有日本间谍尾随，几次辗转换存放地点。果然是这个伊藤智久派去的。不过最近一次更换地点传回来的消息，好像是甩掉了尾巴。怪不得这伊藤智久按捺不住，想要从他这里突破。

心内的思绪闪电般划过，程尧却不露声色地继续说道："前几次还都有消息，但最近一段时间，就没有任何消息了，我们领导还挺担心的，说是要再派人去长沙找呢。"

程尧知道伊藤智久能听懂他在讲什么，所以他在说的时候，特意在说到关键词语的时候，用上略微古怪的语气。他之前唱过戏，擅长说话的艺术，知道即使同样的一句话，用不同的语气说出来，不同的人听在耳内是会有不同的解读的。

例如在这句话中，伊藤智久所解读出来的暗示，就是这批文物实际上是程尧话语中的那个领导给贪污了。毕竟已经走了一个多月，下一批文物至今还未打算启程。

伊藤智久早就算过程尧从他这里用文物换走的金钱，远远高于他在赌场输掉的。而这姓程的赌瘾这么大，不可能手里还能剩下钱来。所以一定是他上面还有人，这笔钱是属于那个人的。同时也解释了为何这中途加入故宫委员会的人居然能拿得出来那么多文物古董，也正是因为这个关系，便于行动。

伊藤智久也曾经挖空心思想要从程尧那里套出那位故宫的高层是谁，只是程尧嘴严得很，无论他怎么套话都不为所动。不过这也很合理，如果他知道那人是谁，那程尧的作用也就不存在了，事关身家性命，程尧怎么可能不谨慎？

而今次这遭，是那人直接把那批文物都吞了，这也太夸张了吧？

“你是说……”伊藤智久顿了顿，稳了稳心神，总觉得这猜测不太对头，但又觉得世道已经乱成现在这副模样，对方铤而走险也不是不可能。伊藤智久摸着唇上的胡须，冷哼一声道，“怪不得你不能告诉我确切的地址。”

“我可什么都没说啊，是您自己猜的。”程尧听完翻译说的话，连忙摆手道。他知道有时候最好的方法是让对方自己放飞想象力，在双方的合作没有在信任的基础上进行时，相对于从别人嘴里知道的情报，显然是更相信自己所分析猜测的。

伊藤智久倚着窗框陷入了沉思，半晌都没有再说话。

程尧见他把话听进了心里，便轻松了几分。收到的钱和赌场输掉的钱不一致也是岳霆计划中的一部分，甚至他每次卖给伊藤智久的文物，每件都会有一个编得天衣无缝的偷盗过程，所有利益链条都安排得妥妥当当，根本不怕伊藤智久顺藤摸瓜地去查。当然，伊藤智久也不可能有那么大的本事，只是岳霆做事一贯稳妥缜密，这也是以防万一。

这次见面应该就到这里了吧，估计伊藤智久接下来就会要求他继续探察那批文物的下落，也有可能还会要求他下次再带件文物出来，毕竟已经有一段时间没有做交易了。但他不会轻易答应，可以推说文物要西迁，正在装箱检查中，也许之前交易的文物都有可能会被查出来，他每天在朝天宫都过着惶恐不安的日子什么的。嗯，这个情绪可不好拿捏，既不能太窝囊也不能太硬气，一会儿要小心不能演过了，否则太假。

感觉到伊藤智久终于离开了窗边，走到桌前坐下，程尧抬起头抿起了唇角，打算再接再厉。

但伊藤智久却先于他开口，状似漫不经心地笑问道：“程君，卖赝品给我，是不是好开心，嗯？”

程尧的表情直接当场僵硬，在他反应过来有问题的时候，都来不及掩饰。

伊藤智久浑身的气势大盛，暴怒地一拍桌子喝道：“你果然能听懂我说的话！”

程尧连忙用日语磕磕绊绊地辩解道：“伊藤桑，我也只会一点点日语，刚才您说什么？”程尧的日语基本属于能大概听得懂，但根本没什么机会说，所以说得断断续续，语调奇怪，倒也能取信于人。

伊藤智久倒是压抑住了滔天的怒火，击了两下掌，门外的侍者便捧进来一个三尺有余的锦盒。

“这尊佛像，程君应该记得吧？”伊藤智久示意侍者把锦盒打开，里面躺着一尊佛像，是红色大理石雕刻的罗汉，光头大耳，高额圆脸，面露慈祥的微笑，令人一见就心中熨帖，平静宁和。

程尧见了却心中一紧，沈君顾去伦敦期间，正好伊藤智久强烈需要一尊佛像，他几经推托不过，只好从别的渠道弄来一尊仿北宋的罗汉石像。程尧装作不解地眨了眨眼睛，疑惑地问道：“伊藤桑，这佛像怎么了？”

伊藤智久又拍了两下掌，那侍者便拿出一碗碱水，用毛笔在石像的一角涂刷起来。

程尧见状捏紧了茶杯，这石像的作假方法有数种，但最快的方法就是把雕刻好的石像放进放了藤黄和白矾的水中煮，几天之后便会形成和真正古石像上的铁屑锈一模一样的颜色。但真正的铁屑锈是从石头内部生成的，用任何方法检验都不会脱落，假的用碱水一刷就会脱落。

果然，没过多久，石像一角的铁屑锈就开始剥落，露出了里面簇新的石头表面。

程尧还想舌灿莲花地辩解几句，但从外面进来的两名侍者已经按住了他的肩膀，强迫着他跪在了地上。

伊藤智久拿起已经凉了的盖碗茶，慢条斯理地喝了一口，他刚发现的时候愤怒到了极点，差点把这尊佛像直接摔碎。现在已经克制许多了，才能这样心平气和地和这个罪魁祸首讲话：“其实我一开始只是怀疑，你怎么就这么手眼通天，能从戒备森严的故宫委员会里拿东西出来。”

“其实故宫里假的东西也很多，伊藤桑不能以偏概全啊！有些是皇帝自己眼拙，有些是地方官员糊弄上面的官员以次充好，还有些是宦官用赝品替了真品换钱。”程尧咬紧牙关，偏偏不认罪。因为太过于复杂，他直接说的是中文，反正他知道伊藤智久听得懂。

他不信伊藤智久能不计代价地检验所有卖给他的文物，毕竟有些检验方法是对古物有损的，伊藤智久也经受不起这种损失。不过怪不得佛像这种赝品沈君顾从来不做，恐怕也是因为检验方法实在是太简单了。

伊藤智久收起了笑容，他产生怀疑是因为半年前在街上看到程尧与沈君顾两人一起并肩而行，而且有说有笑，根本不是普通的同事关系。

再联想到之前在北平，被沈君顾恶整过的那段历史，伊藤智久不禁心中产生了不祥的预感。他的直觉救过他许多次，伊藤智久挑了几个自己喜欢的没有运回日本的文物托人鉴定，掌眼的大师说其中有些是真品，有些是赝品。

不过是真是假，其实对于伊藤智久也没有什么可追究的必要了。

毕竟是他自己的错，又怎么可能跟上司和日本政府说他花了冤枉钱？再说经过他手流到日本的那些古董，有一些是卖给了日本政府的高层，难道要跟他们说，那些都是赝品？卖掉的钱都被中国人拿去买枪炮对准日本人了？

但凡有半点风声传出去，他都是要切腹自尽的！

而且连大师都看不出来的赝品，那某种程度也可以算得上是真品了。

想到这里，伊藤智久露出一个残忍的微笑，一开口就是字正腔圆的北京腔：“之前我只是随便地说了点什么，你就乖乖地按照我想的去做了。故宫的东西转移，啧，可惜，我低估了押运者的能力，竟然躲到了我找不到的地方。不过没关系，我手里的那些东西是假的还是真的也已经不重要了，反正早晚，整个中国都会是我们大日本帝国的。故宫里的东西，也一样。”

程尧急促地倒抽了一口凉气，想要说点什么反驳，但嗓子眼里发涩，一个字都吐不出来。

伊藤智久再也不想与程尧废话，多看这人一眼，都会提醒他以前有多愚蠢。他挥了挥手，打算让手下把他带走处理掉。

在这个混乱的世道里，让一个人消失实在是再简单不过的一件事了。

程尧从伊藤智久看死人般的眼神中，猜到了自己的命运。

他不怕死，但就怕死得没有价值。都是他的错，他贸然地把伊藤智久的假情报告诉了岳霆，导致第一批国宝仓促出行，随队的岳霆和唐晓一定遭遇了难以想象的危险，怪不得至今还没有回返。

不行，他还不能死……

就在此时，包厢门外响起了一个有些熟悉的声音，冷哼一声道："中国的未来是怎样的我不知道，但你的未来我却是知道的。"

话音未落，包厢门被一脚踹开，身穿军装的顾渊叼着一根雪茄，满脸讽刺地站在门口。在他身后，数个士兵端着枪对准了房内。

"给我把这些日本间谍都抓起来，一个都不能让他跑了。"

第五十五章　宁为玉碎

被士兵从地上拽起来的时候，程尧还浑浑噩噩的。

直到顾渊把他按在椅子里，重新倒了杯滚烫的热茶塞在他手里，热度从他的手心迅速蔓延到四肢百骸，让他本来恐惧到冰冷的身体回暖了过来，重新恢复了神志。

伊藤智久被士兵们押解下去，他并没有辩解什么，而是带着高人一等的冷笑，显然并不信这些人敢把他怎么样。他临走之前冷冷地看了程尧一眼，像是在警告他什么。

“他有什么把柄在你手里吗？”顾渊自然也没有错过这一幕，示意手下赶紧把一干人等带走。他确实拿伊藤智久没办法，就算是定他间谍罪，依照现在的局势，也不可能做什么，顶多让他在监狱里吃点苦头，没什么实质性的惩罚。最后肯定是日方派人来强硬交涉，上面迫于压力，把他交还给日本方面。

“嗯，那可是一个很大的把柄呢……”程尧眯了眯双目，翘起唇角意味深长地笑了笑。伊藤智久担心的，自然是那些卖到日本的假古董，如果把这件事捅出来，哪怕他平安回到日本，也会有他受的。那些买家，可不会信他的一面之词，定会认为这只是他骗钱的手段罢了。

“哦？那看在我又救了你一次的情分上，能换来这个很大的把柄吗？”顾渊坐在程尧对面，阴郁地挑了挑眉。最近的局势，实在不会让人心情变好。顾渊虽然越来越被上峰看重，手握的权柄越来越大，却日益有种难以维系的无力感。

程尧现在已经冷静了下来，只要看顾渊带着的那些全副武装的士兵，就知道查封这个茶馆绝不是临时起意的行动。螳螂捕蝉黄雀在后。恐怕这人早就控制了这个茶馆，一直站在外面听他的笑话呢。

不过，这又有什么呢？对方救了他的性命也是真的，再说伊藤智久的把柄，在顾渊手里肯定能得到更好的利用。

程尧捧着手心里的茶，把他们卖赝品给日本人的过程从头到尾慢慢地都说了一遍。

尽管顾渊心情压抑，但听着听着也不禁舒展了紧锁的眉头。他那个弟弟，还真是厉害，当初那张《祭侄文稿》不也把他耍得团团转吗。

程尧见顾渊的表情轻松了几分，连忙说道：“顾长官，之前那伊藤故意给我听了假情报，就是想让文物提前转移，好让间谍尾随伺机夺取国宝。第一批国宝仓促出行，会不会有什么不妥？”

“不妥，确实不妥。”顾渊点头道，“剩下的国宝为何还不走？还在等什么？”

“啊？”程尧瞪大双眼，以为自己听错了。

“回去赶紧准备转移吧，越快越好。”顾渊心想，最好现在就走，这样他弟弟就能立刻离开这座危如累卵的城市。

“情况……已经差到这种地步了吗？”程尧还抱着残存的希望。上海那边陆续传来的战报称，我军粉碎了日本号称三个月就要灭亡整个中国的计划，表明了军方在很认真地抵抗。

“这家茶馆，我们两年前就知道是日方的间谍站。”顾渊也没解释太多，淡淡道。程尧咬了咬指甲，之前早就知道，但以前都没敢动。现在却动了，这意味着什么？应该是不留余地地撕破脸。

顾渊见程尧变了脸色，知道他听懂了。跟聪明人聊天就是好，顾渊忍不住多抱怨了两句："哼，早就是不死不休的局面，偏生还有人心存幻想。"

"东三省、北平、华北、东南……再退……再退就退无可退了！"

顾渊越说，隐忍的怒火就越是燃烧得旺盛，说到最后怒火积压到了顶点，一只茶杯直接被他在手里捏碎，碎瓷片扎破了他的手，可他却像没有痛觉一样，淡定地接过了下属递过来的手帕，熟练地单手包扎。

"记着，赶紧转移。"他的语气又恢复了最开始的淡然，就像刚才气得几乎要掀翻屋顶的那个人从来没存在过一样。

程尧盯着他看了半晌，直到顾渊起身打算带队离开的时候，终于忍不住开口问道："你……你就是沈君顾一直找的那个哥哥，对吗？你也知道沈君顾的存在对吗？为什么不去和他相认？他一直都在找你……"

程尧的话戛然而止，因为顾渊停下脚步转过身，看向他的那道目光如同利刃一般凌空刺了过来，让他立刻背脊发凉。

"嘘——不要说。"顾渊竖起了食指，做出噤声的姿势，他眼中的威胁就要溢了出来，"今天见到我的事情也不要跟沈君顾讲。否则，我也不知道会做出什么事来哦。"

他的语气很轻松，但其中蕴含的警告却让人不容忽视。

见程尧一副如临大敌的模样，顾渊忽然对他笑了一下，自嘲道："他和父亲一样，和我不一样。本来我以为，他和我是一样的。"

如果是换了另外一个人，可能根本听不懂顾渊在说什么。但程尧跟沈君顾认识了好多年了，知道顾渊其实是在说沈君顾和他们的父亲沈聪一样，视文物为生命。

"母亲很爱他，从来没有怨恨过他。"顾渊根本不想称那个人为父亲，只用"他"来代替，"可他还是失去了母亲。"

"这是沈家人的诅咒，总会为了这些东西，失去世上最爱自己的人。"

"还好，我现在已经不姓沈了。"

顾渊收起笑容，重新恢复冷漠。

"哦，对了，谢谢你的'把柄'，我会好好利用的。"

程尧还想再说些什么，可顾渊却根本没给他机会，推门而出，带着队雷厉风行地离开了。

唐晓至今未归，又杳无音信，沈君顾内心焦灼得几乎夜夜难眠。

他每晚都会被噩梦惊醒，每次闭上眼睛都会梦见唐晓在长沙遇到各种危机。因为想象力丰富，反而每晚都把他自己吓得够呛。

他无数次地后悔，为何当初没有跟着唐晓一起走，就算是危险重重，也好过在这里一个人担惊受怕，又无能为力。

还好文物的装箱工作已经进行得差不多了，本来他们在朝天宫落脚之后，拆开的箱笼就不多。沈君顾的心情没影响他的工作，大部分工作人员都是和他一样六神无主，完全不知道该做什么，或者做什么能有帮助。

上海方面传来的战报一次次地令人揪心，政府自身难保，根本没有部门肯担上他们这个沉重的包袱。方少泽的兵工厂在上海，无暇他顾。岳霆还陷在长沙，光靠傅同礼、尚钧等人奔走，就算有点帮助也是微小的。

进入十月之后，日本海军和空军协同地面部队发起新的攻击，局势再度告急。等到了中旬之后，傅同礼等人却发现政府的办事效率开始提高。

不能说所有要求都能被各部门答应，但负责人的语气都变得客气了许多，能帮忙的都尽量帮忙，就算做不到的也主动去努力。

差不多同一时间，长沙那边也传来了消息，说终于安定了下来。第一批文物藏在湖南大学的图书馆之中，以后可以在湖南大学的后山爱晚亭附近挖一条防空洞来贮藏文物。

只是，长沙也不一定安全，岳霆觉得要做两手准备，万一有什么异动就必须继续往重庆方向转移。

虽然大局势恶劣，但对于故宫委员会来说，仿佛突然之间一切都顺利了起来。众人都不知道为何会有这样的转变，但因为是好的变化，便也没有深究。

程尧却隐约知道是怎么回事，几乎所有好消息都是从茶馆见过顾渊之后传来的，这里面肯定有顾渊的帮忙。程尧几次都想对一无所知的沈君顾明言，但最后顾渊警告的话语就像是紧箍咒一般，让他的话到了嘴边，都无法说出口。

在他又一次欲言又止的时候，沈君顾终于忍不住开口问道："卓远，你到底想要说什么？"

正在喝水的程尧差点呛到，一边咳嗽一边连连摆手道："没事没事，你想多了。"

此时沈君顾正在整理竹签，之前开会的时候定的剩下的分两批西迁，每一批的文物每箱都要有相应的竹签。用火车运离南京的那批基本上都是馆藏书画和玉器，而更沉重的青铜器、容易破损的瓷器等等，都是走不大会剧烈颠簸的水路离开南京。

因为竹签上只写着箱笼的编号，具体是什么内容没有写，这个分拣工作也只能由过目不忘的沈君顾来完成。沈君顾为了防止有疏漏，一边分还要一边拿着册子核对。到时候他的同事们就需要用竹签去仓库提货，万一有分错的，就有可能因为路上的疏于照顾，导致文物受到不必要的损坏。毕竟搬运青铜器和瓷器的费心程度完全不一样。

沈君顾把手中的竹签放下，反手把册子扣在桌子上，认真地看向程尧，缓缓说道："卓远，如果你想先离开南京，不要紧的，跟大家告个别就行。如果觉得磨不开面，我去替你跟大家说。"

程尧一听，先是蒙了几秒钟，之后瞬间涨红了脸，气得一时说不出话来。

因为战局的紧张，有人不想跟文物西迁，也是正常的。本来文物保护工作就十分清苦，赚不到什么钱不说，这往西的一路上肯定多的是艰难险阻。如果有门路出国或者可以去更安全的地方，想要离开也是人之常情。这些日子里，偶尔会有工作人员或默默地或打了声招呼后离去，所以程尧的欲言又止，让沈君顾以为他也是想要离开。

况且程尧是在上海才加入他们的，对古董也不是十分热爱，又不是签了卖身契，自然是去留自由。程老爷子虽然已经去世，但还留着足够的人脉，保全程尧一个人应该是不成问题。

沈君顾在心里这样替好友解释着，却有些微微的痛楚。其实算起来，唐晓也是中途加入，而且对文物更是不屑一顾，如果有一天，她跟他提出要离开，他一定不知道该怎么办。

脑海中闪过唐晓去长沙之前说的话，沈君顾忽然有所明悟。

“你们是守藏吏，我也是。

“只是，我的宝藏，只有你一个。”

原来唐晓不是不想离开，而是为了他而不离开。

可是这样下去，他的境遇会越来越危险，唐晓也同样如此。若是有一天……其结局又和父亲有什么区别呢？

沈君顾的心中一会儿甜蜜一会儿痛楚，这是他一直想回避的问题，他恨不得把自己撕成两半，一半可以陪着唐晓浪迹天涯，一半可以守在国宝身边。

他心神不宁，自然是没有听清程尧在说什么，回过神之后连忙追问道：“卓远，你刚才说什么了吗？”

程尧用一种他看不懂的复杂目光看着他，半晌之后摇了摇头：“算了，没听到也是命。”

“没听到什么？卓远你刚才说了什么？”沈君顾眨了眨眼睛，不懂程尧怎么忽然就闹起脾气来了。

“没什么，我是又想了想，觉得还是跟你们一起去重庆比较好。”程尧释然地笑了笑，像是想清楚了什么难题，“你看，现在军方又松口了，说派兵护送。走水路的货船也安排好了，各地都有人接应，自然是跟你们走比较安全。”

才不是。

派兵护送也不能保证可以扛过日军的轰炸。调派的货船根本就不够用，这也是他们迟迟不离开的原因。跟他们一起走，反而更危险。现在比起从北平南迁时，更为危险。时局一片混乱，他们护送着国宝西迁，就如同怀揣重金过闹市的小儿，会令很多人忍不住心生歹念。

感觉程尧之前想说的绝对是别的事情，但沈君顾也没有追问。

作为朋友，沈君顾知道程尧表面上看起来良善可欺，但实际上对认定的事情极为坚持，他人无论如何劝阻都没用。有几个富家公子能做到散尽家财、抛弃自尊给爷爷报仇？

沈君顾笑了笑："那还在我这里浪费什么时间，去尚叔那里看看有什么能帮得上忙的吧。"

程尧站起身呆立了片刻，像是求得什么保证一样，严肃地问道："君顾，我们都会好好地活着吧？"

沈君顾一怔，下意识地点头道："嗯，会的。"

"很好，你一定要给我好好地活着。"程尧丢下这句话，便转头推门而出。

一定要好好地活着，因为你还有家人和心爱的人在这个世界上。

沈君顾透过没有关紧的门缝，看着程尧消失在回廊的身影，无奈地摇了摇头。这小子，一定是忽然想到了什么。

沈君顾早就习惯了程尧时不时蹦出奇怪的话，他清空脑海中的杂念，反手拿起扣在桌上的册子，继续埋头分竹签。

方守抬手看了看手表，时针已经又转了五格，离最后撤退的时间没剩多少了。

一向很遵守时间的方少泽，依然站在兵工厂的主楼前，背脊挺直，一动不动，神情晦暗不明。

陈家港这一片近几年发展得极其迅速，自从兵工厂重新启用翻新，大烟囱如雨后春笋般一个个矗立起来，日日夜夜冒出滚滚浓烟。

而现在，烟囱虽然已经不再冒烟，但四周战火的硝烟却开始昼夜不停。

上海守不住了，纵使提前就做出了判断，但日军依旧比他们预料中的来得还要早，还要凶猛。

六年前，辽宁奉天兵工厂因为东北三省沦陷而落入日军手中，反而生产用于侵华战争的武器装备。有此前车之鉴，上海兵工厂迅速做出转移，重庆方面也积极予以配合。

在短短的时日内，这片厂区已经部分清空转移，但仍有极其可观的机床等设备没办法带走。

这也是方少泽一直站在这里久久不语的原因。

方守再次抬手看了下手表，终于忍不住走到方少泽背后，轻声催促道："少爷，时间不早了。"

方少泽应了一声，却依旧一动不动，没有一丝想要离开的迹象。

方守知道方少泽舍不得，别说少爷了，就连他都舍不得离开这里。这片厂区的一砖一瓦几乎都是他们重建的，凝聚了他们这几年的心血。

方少泽凝视着不远处四起的硝烟和战火，微微出神。

他其实倒不是舍不得这兵工厂，他既然能一手把这片兵工厂建起来，自然也能再建下一片。只是这种被迫离开，被人侵略的滋味，他还真是头一次体会到。

之前从北平南迁的时候，他对这片土地没有任何的归属感。现在，他终于有了。

方少泽狠狠地闭了闭双眼，等他再睁开时，眼眸中又重新恢复了往日的冷静自持。他一边转身往外走，一边问着方守："剩余库存的枪械和弹药呢？"

"已经按照少爷您的吩咐，交给了驻扎在附近的67师黄师长手中。黄师长很感激，也帮了我们不少忙。"

"能带走的机床等设备，转运去往重庆的火车和汽车都安排好了吗？"

"已经安排好了。从京沪铁路先转往南京，经津浦铁路到徐州，再走陇海线，到了西安再转汽车进川。"方守跟在方少泽身边汇报着。

仓促之下，能转移的都是精密的小部件，大型的机床根本来不及起运。再者上海现在所有的港口和码头，几乎都被日本军舰控制，根本走不了。

只是，方守还是有些不甘心，顿了顿之后，开口道："少爷，重庆方面拨给我们的火车皮本来就有限，为何还要分给故宫方面？都来装我们的设备不好吗？"

此时两人已经走出了兵工厂的厂区范围，外面驻守的士兵们见两人出来，便朝他们敬礼。

方少泽站定，郑重地回礼，之后朝对方点了点头。

方守攥了攥拳，终是叹了口气，什么都没说。

他们脚下的地面颤抖了几下，震耳欲聋的爆炸声此起彼伏，火光冲天，浓烟弥漫。

方少泽的声音，在不绝于耳的轰鸣声中，断断续续又坚定有力地传来。

"国土被占领，我们还可以重新打回来。

"城市被毁灭了，我们还可以在废墟上重建。

"有些人死去，但我们还有其他人。

"但有些东西，一旦被破坏，就再也没有了。"

方守诧异地睁大双眼，以为自己是因为爆炸声而产生了幻觉。

这种话，真的不像是他的少爷能说出来的。

方少泽没有回头看，而是坚定地向前迈出了脚步。只是他的手，不由自主地攥紧了胸前挂着的吊坠。

那是他重建的兵工厂，成功自主制造的第一枚子弹。

第五十六章　不为瓦全

今年北平的冬天比往年来得要早，十一月初天空就已经飘下稀稀疏疏的雪花，虽然落地就化为雪水，但也带来了丝丝寒意。

已经被日本军占领的北平看上去要比往日冷清了不少，家家户户都紧闭门窗，街上多是扛着大枪说着叽里呱啦日语的日本军人，趾高气扬地四处肆虐着，偶尔还能听得到几声零星的枪响。

罗景明从神武门走出来，往对面的景山走去。

在景山的门口，有施工队在干着活，修缮着景山门口的礓䃰。

礓䃰就是用砖石砌成的一种锯齿形斜面的坡道，断面像是锯子的锯齿，防止人和马车走在坡道上打滑。景山门口的礓䃰早就在这么多年的风吹日晒和炮火中，变得破碎不堪，有时走上去还能踩到碎石。不过在偌大的故宫区域里，亟待修缮的工作多如牛毛，景山的礓䃰不值得一提。北上门西连房南北卡墙都断了，养性斋漏雨的房间有十一间，永寿宫前后殿都被破坏得很严重，景仁宫、漱芳斋、永和宫、景阳宫等处的上顶都需要修补……

之前进行测绘故宫工作的时候，张崖山等人顺便把故宫待修缮的地方也整理了出来。罗景明前不久刚翻着看了一遍那个写得密密麻麻的册子，越看越觉得缺钱。

这么多要修缮的地方，哪里不是要花钱的？

罗景明只要一想起这事就头大如斗，不过日本军已经占领了北平，此时修缮故宫也不是头等大事了。而且就算修，也轮不到修景山门口的礓磋啊！

抱着一肚子的疑问，罗景明溜达到了热火朝天的施工现场，果然看到监工的是张崖山，而且还不是坐在旁边监督，而是挥舞着铲子也在帮忙。

“景明，你怎么来了？快一边去，别沾手，你那手可金贵着呢。要是有个好歹，你师傅不活剥了我！”张崖山抹掉脑门上的汗，劈手夺回罗景明刚拿起来的锄头。这写字画画的手，怎么能干粗活？张崖山在家都不肯让自己媳妇也就是罗景明的师姐徐慧做家务，连做饭洗碗都是他一手包办的。当然，等他儿子张卓够得到锅台了之后就是儿子的活计了。

罗景明遗憾地搓了搓手，见张崖山拎着铲子走到旁边喝水休息，便凑过去低声问道：“姐夫，怎么就想着修礓磋了啊？”

张崖山瞥了他一眼，知道不说点什么，这好奇宝宝肯定没完没了。他抬了抬下颏，朝周围点了点：“你自己看，干活的都是什么人。”

罗景明定睛一看，发现干活的年轻人虽然都穿着工作服，但腰背挺直，动作利落，做事一板一眼，尽管极力掩饰，但也能看得出这些是军人乔装的。罗景明再仔细看两眼，发现几个眼熟的小伙子：“这是……这是故宫守卫队？”

自从1912年溥仪退位后，故宫的守卫就几次易主，最后由内务部警卫队掺和部分古物陈列所的警卫队合组而成的守卫队负责。后来北平市警察局也参与了进来，再加上内六区警察分局的长警，所有负责故宫守卫或消防的士兵、警察，都统称为故宫守卫队。他们有一部分在景山驻扎，一部分在宫内各处轮流值班站岗，昼夜巡逻。因着都是年轻人，罗景明虽然极少出屋，但也认识了几个。

“日本鬼子在打景山的主意，我们务必要守住了。”张崖山拿起水壶喝了口水，冷笑道。景山是俯瞰监视整个北京城的最高地，又怎么可能轻易让给对方？

罗景明一阵无语，再看那些故宫守卫队的工作，顿时发现这礓礤哪里是在修啊，分明是在拆！反正就是不让日本鬼子上景山：“这能管用吗？万一起了反效果……”

“老齐已经四处去找关系托人了，据说日本人认为故宫乃是囊中之物，所以对故宫有企图的要先在日本拼个高低上下，并不着急接管。这小日本，居然还挺冷静的。不过这样也好，我们可要守住了，不能放任何一个日本顾问进来。”张崖山咬着烟嘴冷哼道。他做的木匠活不能抽烟，在故宫里也禁烟，所以很年轻的时候就把烟给戒了。但最近几个月真是太难挨了，忍不住又把烟嘴翻了出来，烦躁的时候用牙咬咬，好缓解一下焦躁的心情。

张崖山说得简单，但罗景明也是瞬间就懂了。这故宫，不光对于中国人来说很重要，对日本人同样也很看重。就如同他们之前从北平南迁时，特意找了各个势力的平衡点，巧妙地让谁都不敢先伸手的计策，放在日本人身上使用一样也很管用。

这还是在战争进行中，日本政府的野心是占领整个中国，肯定不可能现在就分赃。消磨士兵意志不说，但凡有点分赃不均，引起某个势力的不满，都会影响之后的战局。还不如把故宫就妥妥善善地放在这里，反正这宫殿也不会长了腿跑掉，还能像一块肥肉一般，吊在那里，诱使狼群战斗。

但这样也极其危险，指不定什么时候就有人眼馋这块肥肉，忍不住下口了。所以南迁那些文物珍宝，也是极其必要的，分散风险，减少损失。

“真是辛苦齐大哥了。”罗景明感慨道。他口中的齐大哥是现在故宫总务处的处长齐史，本来是个管理故宫上上下下各种杂事的大管家，现在却因为比他资历深、官阶大的前辈们都随着文物南迁了，暂代院长职责，什么事情都要他来管，什么决定都要他来做，生生把一个有啤酒肚的胖子累瘦了三十斤。其实按照年龄来算，罗景明应该称他为齐叔，但因为罗景明的辈分大，所以不能叫叔只能叫哥。

"没办法，谁都靠不住，只能靠自己了。"张崖山把嘴里的烟嘴咬得嘎吱嘎吱响，心情颇为不爽。

罗景明知道姐夫指的是什么。北平沦陷初期，齐史曾代表故宫留守人员向国民政府行政院汇报现状，寻求保护支持。行政院的训令回复是，让他们继续留守，在可能范围内尽力维持。这种政令有也等于没有，可不还是要靠他们自己硬扛吗。

见气氛压抑，罗景明笑着道："我觉得修礓磋恐怕还没齐大哥散布传言来得管用。"

听罗景明提起这话茬儿，张崖山也忍不住笑了。齐史也是鬼主意多，在日本军顾问打算要驻扎景山的时候，他说这景山不吉利，曾经吊死过一个皇帝，观妙亭下面那棵歪脖子树还长在那里呢！那日本军的顾问居然还真的挺迷信，把指挥所和兵营改在了景山西边的大高殿，比起居高临下的景山，军事价值差了好多。

"以防万一嘛！我们这里修上个把月，这景山上的北大墙要修，北面修完了还有西南北三面界墙，还有观德殿啊什么的建筑要修，总不会让鬼子占了去。"张崖山叼着烟嘴，慢悠悠地说道。他的语气淡然，已经置生死于度外。

只是他的目光，却不由自主地往南方的天空看去。

罗景明抿了抿唇，知道张崖山担心着妻儿。此时他无论再说什么，都显得苍白无力。

在这乱世只要分开，就不知道这辈子还能不能有再见之日。

"娘，小心。"张卓扶住差点因为路人冲撞而跌倒的徐慧。他本想拽住那个冒失的路人理论一番，但手一动就被徐慧拉住了袖子。

"算了。"徐慧拍了拍儿子的手，叹了口气。这街上到处都是逃难的难民，除生死外无大事，还能理论出什么来呢？

自从前些日子上海沦陷以来，逃到南京的难民不计其数，也带来了无尽的恐慌和绝望。

谁也不会天真地认为，贪婪残忍的日本人会止步于苏州河畔，而日军在上海鏖战三个多月之后，急需杀戮来平息怒火，据说上海现在已经变成了人间地狱。

张卓扶着母亲起身，细心地检查了她的腰和腿，确认没有被撞伤。父亲不在身边，他有责任照顾好母亲。

儿子的关心实在是很熨帖，但徐慧更希望他听话些："卓儿，听娘的话，现在就去浦口码头，跟尚叔叔他们一起走。"

"不。"张卓弯腰拍了拍母亲裤腿上的灰土，执拗地扶着她朝码头另一侧的火车站走去。他的脚步坚定，比徐慧快走了半步，巧妙地护在她身前，防止有人再撞到。

"你这小子！铁路有多危险你也不是不知道，走水路多好啊！"徐慧拽着儿子的手臂恨声道。她这个笨儿子怎么跟他爹一样顽固，就像块木头疙瘩一样怎么都说不动！

从北平南迁国宝文物的时候，战火没有波及铁路沿线，火车在中原行驶还比较安全。可是这次不同，就连现在，头顶上都经常呼啸着日本战机，炸弹随时都有可能掉落，而铁道线更是战机徘徊的重点范围。那炸弹掉下来的时候，在平地里连躲都没地方躲。走水路若是有个万一，跳到长江里或许还能捡回条命。

张卓停下脚步，低头认真地看向娘亲，一字一顿地说道："娘走水路，我也走水路。"

"你！"徐慧推了一下张卓，可这臭小子也不知道是吃什么长大的，还不算厚实的胸膛坚硬如石，怎么推都推不动。她要是能走水路，还跟这臭小子吵什么！文物里的字画因为件小比较轻，走的都是铁路，她身为字画组的副组长，怎么可能离得开？

推了半天，徐慧终于颓然放弃："早知道，就生两个了。"

她师兄孟袁兴也走，跟着火车走，两个儿子就扔硬币决定谁跟老爹走，另一个就走水路。万一有个好歹，起码还能留下条根。

不过，攥着自己手腕的手掌，虽然还不够有力，但依旧能给予她继续前行的力量。

徐慧怅然一笑。也罢，在这样的乱世，在一起也好。

要生一起生，要死一起死。

张卓见母亲情绪稳定了下来，便带着她继续往浦口火车站前行。

浦口的码头和火车站已经挤满了难民，车票和船票都一票难求。有车票的人行色匆匆，没车票的人四处张望着寻找机会。

今天从铁路和水路运走的文物，是这大半个月来，每天一点点地从下关码头陆续运到了浦口。今天两批文物同时从浦口的码头和火车站离开。虽然已经尽了最大的努力，但还是有一些文物留在朝天宫里没法带走，也有一些同事坚持再留几天，看是否还能找到机会把那些文物运走。

能早点走，实在是太好了。

虽然这样想，对不起留下来的那些同事，但张卓已经隐约感觉到局势的不妙。还好母亲要跟着字画离开，没有要求留下来，否则他就是把母亲打晕也要把她带走。

至于陆路还是水路，张卓并不觉得有太多的区别。在这个乱世，谁能猜得到下一秒会发生什么？全凭运气吧。

张卓带着母亲，走过堵得水泄不通的火车站门口，从偏门绕了进去。还好当年文物南迁时，在浦口一带住了大半个月，他对火车站熟到不能再熟了。

专列早就已经准备好了，还在等大家集合。张卓在登记的本子上签上自己的名字，便率先上了火车。

“徐姨，我们可能要提前出发，迟则生变。”沈君顾拿着本子，尽量让自己显得轻松。但他那怎么都舒展不开的眉头，实在是没什么说服力。

徐慧看了眼递过来的本子，又看了眼说什么都不下火车的儿子，叹了口气，提笔签上了自己的名字。

顾渊坐在码头附近的一家茶馆里，望着江面上停着的两艘货轮缓缓起航，长长地出了口气。

因为上海战区的失利，在10月底的时候，国民政府其实就已经开始西迁重庆。大部分政府官员都在第一时间携家带口地逃往内地，但凡眼睛不瞎的，都能看得出来南京守不住了，沦陷只是时间的问题。

顾渊自然也看得出来，可是他却不能一走了之。因为他的那个笨蛋弟弟，居然还在南京，说什么都不走。他即使利用职权给他们大开方便之门，也无法凑到足够的货轮把那些文物一批就运走。而那些死脑筋的老古董，居然谁也不肯先离开。

幸好方少泽弄来了火车的配额，虽然还有一些文物留在南京，但也在他们可以承受的损失范围内，而且政府留守的部门也会积极调派货轮配合西迁。

"长官！这是今天的报纸。"跑下去买报纸的下属一身汗，军装都被人拽松了两颗扣子，可见浦口现在有多乱。

顾渊接过几张薄薄的报纸，随意翻看了一下。

在今天，国民政府才正式宣告移都重庆，其实该走的早就走光了。政府宣称已经设立了南京卫戍区司令长官，统帅文武机关及全市民众做守土自卫的打算。所有报纸都写着要坚守南京抗战到底的言论，但实际上，所有政府机关都忙于迁到重庆，根本没人对如何驻守南京有过多的关注。

由于这些虚假的言论和宣传，现在一些市民还抱有不切实际的幻想，以为南京能守得住。可实际情况，相当残酷。

顾渊身处高层，能从各方得到情报。据他判断，这样人心涣散的军队，日本军兵临城下时，南京能守住半个月就算不错了。所以他才不能像其他官员一样离开，尽自己最大的可能去保证弟弟能及时离开险地。而他不用问都知道沈君顾是和文物绑定在一起的，不是一张简单的船票就能解决问题的。

他这样自告奋勇地留守南京，反而赢得了上峰的高度赞扬。当然，估计是高层领导也舍不得他这样的人才陷在南京，曾经多次暗示他差不多就可以离开了。

现在弟弟走了，他也是时候出发了。

顾渊把报纸扔在了桌子上，长身而起。他正打算离开茶馆，乘下一班客轮去往内地，就发现有两人骑着马，一前一后地沿着火车轨道前行着。因为聚集的人流较多，两人根本骑不快，这样的速度足以让居高临下的顾渊看清楚那马上的人是谁。

岳霆和唐九？这两人不是在长沙吗？怎么追着铁轨前行？

顾渊愣了愣神，脑海中闪过唐九与沈君顾的关系，忽然想到了某种可能，令他站立不稳地晃了晃。

难不成自己那傻弟弟，没有走安稳的水路，而是走了危险重重的铁路？

第五十七章　空中轰炸

沈君顾神色凝重地看着车窗外，感觉到火车在慢慢减速，最终停靠在了郑州火车站。

车身还没停稳，沈君顾就一手拉开了车厢门，跳了下去，飞快地在月台上奔跑，挨个车厢地检查封条。因为分批西迁，他们人手极度不足，只能一个人当成几个人用。

程尧从另一列火车上跳下来，检查完封条后，跑过来气喘吁吁地说道："已经是半夜了，我们是歇一晚还是加了水和煤马上就走？"

沈君顾接过程尧递过来的水壶喝了一口，看了看没有半点星光的夜空，难以抉择地扶了扶眼镜。

他负责的这批文物，需要走津浦铁路到郑州，再走陇海线向宝鸡，最后要改汽车货运翻越秦岭往南入川。因为路途遥远，奔波坎坷，所以都没让年纪大的前辈们跟这一路。而这一路之中辈分高的，例如孟袁兴或者徐慧等人，都是负责自己组别的文物，没有人肯花心思担责任地负责总指挥。最后推来推去，这个重担落到了沈君顾的头上。

沈君顾纠结了许久，实在是推不掉了，只能硬着头皮扛上。他又不能所有决定都依靠方少泽，毕竟后者算是个外人，而且对方为了避嫌，把这一路的决定权都交到他们手中了。

沈君顾越是前行，就越是压力巨大，因为前途一片黑暗，后面还有虎狼追击，不能后退，只能向前。而且在黑暗中迈出的每一步，都要慎之又慎。说不定迈出去的这一步，就会成为最后一步。

阴沉的夜空中隐隐传来发动机的轰鸣声，自南京出发之后，日本战机的轰炸几乎没有停歇过，像是特意追着他们轰炸一样。

其实故宫委员会内部也不是铁板一块，早在他之前从北平拿回《四库全书》丢失的那一册时，就发觉内部有人已经腐化。后来在回故宫之后，曾经跟傅同礼提起过此事，之后故宫悄无声息地辞退了几个人，并没有激起太大的浪花。而几经考验，留到现在的同事，哪一个不是把文物看得比生命还重要！但凡有点迟疑的，早就已经离开了。

排除是内部泄露消息的可能，沈君顾怀疑他们早就被日本间谍盯上了，毕竟从朝天宫运出文物也不是什么隐秘的事情。但这些日本人跟唐晓在长沙遇到的不太一样，并不是想要把文物占为己有，而是更想一举摧毁。

这不太合理啊！

正常情况，应该是跟在他们后面，打探好他们把东西藏在哪里，等侵略到当地的时候收入囊中。北平故宫的情况就说明了日军的野心。

沈君顾摘下眼镜，从怀里掏出麂皮眼镜布，仔细地擦起眼镜片。这是他思考问题时的一个习惯性动作，当眼前看不清楚的时候，更能专注地思考。

“日本人应该是以为这几列火车运载的都是军火，这倒是我的失误了。”方少泽的声音从身侧响起，带着寒冬的冷冽，也有着难以掩饰的疲惫。运载兵工厂枪械的火车在上海全面沦陷的前一刻，他们从上海火车站杀出一条血路，到了南京之后马不停蹄地搬运文物，自浦口火车站出来之后又日夜不停地赶路，途经徐州时怕土匪抢劫不敢合眼，好在两列火车上士兵和军火都充足，大多不成规模的土匪一照面就被吓走了。

原来如此。

沈君顾擦着眼镜的手一顿，平静地说道：“托方长官您的福，我们才能有车皮运出文物，还有士兵护送和足够的武力保护。既然享受了这样的便利，自然也要承受相应的风险，这没有什么失误不失误的。”

方少泽紧抿的嘴角稍稍放松了些许。还好这沈君顾是个能沟通的，否则做了好事又被人埋怨的滋味，他可丝毫不想品尝。他看了看刚停靠下来的列车情况，粗略地判断了一下，便道：“这四列火车如果依次加满水和煤，至少要四十五分钟。我可以先让载着军火的列车前行，好引开日本飞机。”

沈君顾慢条斯理地把擦好的眼镜重新戴上，摇了摇头道：“不行，太危险，我们还是等着加满水和煤，一起上路。”

在暗夜的山林中，有一群马在静夜中疾驰。这山路沿着铁路蜿蜒而成，透过密密麻麻的树枝间隙，能影影绰绰地看得到不远处的火车站灯火通明，应该是机车在整备。

余猛一边熟练地操控着缰绳，一边抬起头来看向那不远处的亮光，心绪波荡起伏。自从四年前父亲意外死去，他的世界就天翻地覆了。一直庇护着他的大树轰然倒塌，他才知道这世界的风雨有多猛烈。胡四爷虽然为他的父亲偿了命，但帮内很快就分成了两派。一派认定父死子继，余家帮就应该他余猛继承；而另一派则被曹三爷笼络，主张能者居之，拥护曹三爷上位。

余猛完全不知道该如何当一个帮派的老大，父亲也没有教导过他，全程都像是一个提线木偶，被人推着去争斗。曹三爷在帮内的威信很高，人缘又好，比起他这样一个毛头小子，当然是选择曹三爷的人更多，情况从一开始就呈一面倒的态势。

本来对那个位置就没有太多野心，余猛其实早就想退让。但他后来发现，曹三爷虽然表面上如弥勒佛一般笑眯眯的，但实际上是不可能让他活着离开的。他的境遇曾经一度极为艰难，甚至几经生死。

转机就从两年前开始，原本在余家帮中立的一拨人，在某一日开始态度或明或暗地站在了余猛这一边。他已经不是之前什么都不懂的小白花了，知道这天上没有白掉的馅饼。再三打听之下，才知道这些人不是之前唐九爷的手下，就是看在唐九爷的面上才帮他的。

他的九哥……就算是离开了，也在帮着他吗？

余猛握紧了缰绳，当年羸弱的少年已经长成了英俊结实的青年，眉眼之间还能看得出其父余威年轻时的威严，而且已有了些许煞气。

他现在已经是余家帮的帮主了，自从一年前熊七爷暗中支持他之后，曹三爷立刻倒台，并且被他以前的仇人暗杀在余府。余猛并不觉得曹三爷的死有什么不妥，但后者在死之前让人带话给他，说他父亲之死唐九也要负责任。

余猛知道自己不应该相信曹三爷的话，但……万一是真的呢？这个念头就像是毒蛇一般，一直在他心中盘踞不去。

九哥这么帮他，是看在昔日的情分上，还是因为……因为愧疚？所以，一有唐晓的消息，他就立刻追来了。他是想要当面跟她道谢，也想要再见见她。

已经四年了，余猛已不再是当年那个什么都不懂的青葱少年，也知道当年对唐九的感情应该是崇拜大过于倾慕。他就是想要成为像唐九一样的人，现在也一直朝着这个方向努力着，所以就格外无法忍受偶像有一点点瑕疵。

“确定九哥是要来这里吗？”余猛一边赶路，一边问着身后的浩子。

“确定。九哥要追的就是这趟列车，从南京起就发了消息，沿路让兄弟们替她准备马匹换马。”浩子拍马快了几步，与余猛平齐。

“每个驿站准备了几匹马？”余猛咬着牙问道。

“两匹，同行的那人很眼熟，就是……呃，就是曾经被九哥俘虏过的那个人。当年九哥还选了那人成亲，只是不知道为什么最后拜堂的并不是那个人。”浩子已经回答过这些问题无数遍了，所以知道余猛接下来要问什么，索性一口气都说完了。

余猛一边听，一边恨恨地眯了眯双眼。

浩子也没敢再继续说什么。余猛对他们九哥的倾慕之情，整个余家帮都知道。但就算余猛现在当了帮主，也比从前那弱鸡样强了一些，在他们这些兄弟的眼中，余猛还是配不上九哥。

至于九哥喜欢谁，那是九哥的选择，对方配不配得上也是九哥自己说了算，旁人也没有置喙的权利。

浩子不以为然地撇撇嘴，见余猛没有什么想要问的了，便放松了缰绳，让马匹落后半步，恢复行进队列。

他身后的狸仔策马凑了过来，小声嘀咕道："我们这是要去哪儿啊，是劫火车还是去见九哥啊？也不给个准信儿！"

浩子用眼神制止了他的抱怨。出发前余猛也没说这一趟是做什么的，不过他猜测，虽然追的是火车，但还是为了见九哥的可能性大些。毕竟在茫茫山林里找两个人实在是太困难了，但只要找到了载国宝的火车，早晚都能见到九哥。

狸仔不甘心地嘟囔道："这是去郑州站吗？路没错吗？总感觉方向有点不对。"

浩子闻言皱了皱眉，狸仔在他们队伍里是辨识方向的一把好手，只要走过一次的路，不管白天还是夜里都能记得清清楚楚，从未失误过。

他正要说些什么，就听到天边隐隐地传来了飞机马达的轰鸣声，而且越来越响，明显就是朝他们这个方向来的。

"不好！"余猛夹紧马腹，抽着马匹往前狂奔，却依旧快不过飞机的速度。

感觉就像是一瞬间，几架日本军机就从他们头顶上呼啸而过，炸弹如同下饺子一般，精准地朝不远处那亮起灯光的地方轰去。

震耳欲聋的轰鸣声过后，前方一片火光，把半边天都映得血红。他们胯下的马匹受到了惊吓，纷纷人立而起，有几个兄弟在震惊之下都没拽住缰绳，被掀翻在地。

日本军机像是炫耀一般，在天空盘旋了几圈，检查了一下轰炸后的残骸，才施施然离去。

余猛安抚好受惊的马匹，神色凝重地看着浓烟和火光四起的地方。

“算算时间，九哥还来不及到郑州火车站，应该没事。”浩子抹了把额头上渗出的冷汗，如果他们再快上几分钟，说不定现在就已经见阎王爷去了。

余猛抿紧了嘴，一言不发，拍马继续前行。

浩子等人赶紧跟上，日本军已经成功炸了火车站，现在那里反而是最安全的地方了。

现场一片火光，完全不能继续靠近，而且也根本不可能有人幸存下来。

余猛叹了口气，下了马安排兄弟们暂时休息一阵。算算时间，他的九哥应该也快到了。要怎么跟她解释眼前这一切呢?

果然没过多久，一阵疾驰的马蹄声从暗夜中传来，飞快地由远及近。接着就响起了马嘶声，畏惧火光的马不肯再前行，一道人影直接飞身下马，闪电般地冲入了火场之中。

余猛想拦都没有拦住，下意识地想要追着对方进去，却被身后的浩子一把拉住。

“你放开！那是九哥！”余猛捶着浩子的手臂怒吼道。虽然只是惊鸿一瞥，暗夜之中又看得不甚清晰，但余猛又怎么可能错认他的九哥?

“余少你冷静点，就因为是九哥才会没事。”浩子边解释边偷偷地翻了个白眼，这场火虽然看起来凶猛，但因为火车站本身的建筑就不多，轰炸完更是没剩下什么可以烧的了。九哥冲进去，估计是想要看看具体情况，或者有没有幸存者。

余猛正要不顾一切地挣开浩子冲进去时，又一匹快马疾驰而到，这次是位劲装男子，他也不下马，而是一勒缰绳让马停下，居高临下地看着他们。

余猛觉得危机感扑面而来，连忙站直身体，拍了拍身上被浩子弄皱的衣服。好歹输人不输阵！哦，不对，他带了这么多人呢！对方就一个人，怎么可能敌得过他们？

“你们是什么人？在这里做什么？”来人一开口就是杀气十足的问话，感觉下一秒就能从腰间掏出手枪。

余猛积攒起来的勇气当场就泄了大半。他这几年虽然成长了许多，但终究与真正身经百战的老炮儿差得太远，被来人刻意外放的气势一激，立刻矮了半截，要不是身边有浩子扶着，说不定都要后退一步。

倒是浩子朝前一步，与来人搭讪道：“兄弟，是和九哥一道儿的吗？我们是余家帮的，之前就是一直跟着九哥的，这不听说九哥要来这附近，就特意来见她的。”他话说得极有技巧，这人是跟九哥一起来的，只要听了他这解释，就不会对他们产生什么敌意。

来人听了这话，果然收了浑身的气势下了马，朝浩子伸出手来道：“原来是自己人。我叫岳霆，你们来这里多久了？有没有看到当时被炸的有几列火车停靠在这里？”

浩子愣了片刻，才伸出手来跟他握了握。这种见面握手的礼仪是从西洋那边传来的，浩子也是偶尔见过其他人用，自己遇到这还是头一次。对方的手掌长满了薄趼，一下子就能辨别出这是一双经常拿枪的手。握手的力度极大，令浩子忍不住有种自己手骨快要被对方捏断的错觉。好在对方一触即分，像是压抑住了内心的焦灼。

看着这一片燃烧着的火车站废墟，岳霆自焚的心思都有了。费了这么多年的力气，难道结果要毁于一旦吗？

自从知道南京这边的国宝要再西迁，他和唐晓安排好了长沙的事情，留下章武等人负责看守，立刻从长沙赶了回来。路上一刻都没耽误，却依旧晚了一步。当他们到浦口的时候，火车和轮船刚刚开走。

水路他们没办法追了，只能赶陆路。唐晓知道沈君顾跟的是火车，自然想要跟对方会合。而且岳霆也收到了情报，日本军机跟上了他们这几趟列车，便快马加鞭地一路追了过来。前面的专列没停，他们也没敢停。本来都算好了加水加煤的时间，正好可以在郑州站追上，结果眼睁睁地看着那军机扔下了炸弹，火车站变成了一片火海。

岳霆双眼紧盯着浩子，希望能从他口中得到自己想要的好消息，哪怕是一丁点儿也好。

浩子被他看得直发毛，抓了抓头发讪讪道："我们也是刚到，之前是眼瞅着那些军机飞过来的。"

岳霆闭了闭双眼，深深地吸了口气。他终究是经历过大风大浪的人，知道在最终结果确定之前，想什么都是多余的，便强迫自己冷静下来。

这时，火场里冲出来一个人。岳霆定睛一看，发现是已经浑身沾满了黑灰的唐晓，连忙抢上前追问道："怎样？"

"是有几列火车的残骸……"唐晓的眼中闪过一丝脆弱和无助，"我不敢确认……"

这个时间，只有押运国宝的那几列火车在这条路线上停靠郑州火车站。

岳霆张了张唇，只觉得喉咙嘶哑，什么话都说不出来。唐晓的眼眶好像是被烟火熏得发红，随时都能在下一秒流下泪来。

这时，他们身旁传来了窃窃私语声。

"奇怪，这里感觉有点不对劲啊。"

"哪里不对了？"

"这里我记得没有这么冷清的吧？"

"郑州的火车站本来就是为了运输军资而修建的，周围没有什么民居。"

"可是这也太冷清了？我记得……现在的郑州站虽然是这几年新建的，但发展得很迅速，也没冷清到这里被轰炸了还没人出现吧？这周围的民房也像是没人住的。"

"那你是说这里不是火车站？可是九哥进去看到了火车残骸啊！"

"这有可能……"

唐晓早就不耐烦浩子和狸仔之间磨磨唧唧的对话，直接走过去一把拽住狸仔的衣领，揪着他问道：“你到底想说什么？这里是不是郑州火车站？”

“九哥九哥你别激动，我觉得……我觉得这里是郑州火车站，只不过是几年前旧的那个，早就废弃了！”狸仔已经许久没有被人这样拎着了，激灵了一下，连忙回答道。

唐晓闻言双目一亮，刚想继续追问，就听到身后有个熟悉的声音响起。

“咦？阿九，你怎么来了？”

第五十八章　久别重逢

火车是快不过飞机的，即使不是在这里被炸，他们过了郑州火车站，继续前往洛阳的路途上也会有极大的可能被轰炸。所以沈君顾想了个办法，彻底地解决这个问题。

当年从北平南迁经过郑州火车站的时候，沈君顾就听当时的车站员工聊天抱怨说快要搬迁到新的火车站了。再加上这次他们停靠的郑州火车站与他当年来的时候完全不一样，可见附近应该有个废弃的旧火车站。

沈君顾询问了车站员工，问清楚了旧火车站的方向和地址，便让整个火车站灭了电灯，全程摸黑给火车加水加煤。这样虽然暗一些，但至少安全。

而他则拜托车站员工指路，寻到旧火车站，开启旧火车站的所有电灯。本来车站的员工还不肯带路，但沈君顾跟对方讲了火车站会有被轰炸的危险后，对方便毫不犹豫地领他到了这里。毕竟废弃的车站被炸也总比现在的火车站被炸强，更别提现在的火车站周围还有许多居民区。

被废弃的火车站中也有报废的火车，沈君顾带着一队士兵，用最快的速度把这里布置得像是正在运营中的火车站一般。此外，还搬来了附近农田的几个稻草人套上衣服摆在那里，远远地看上去像是有人一般。

这如果是在白天，就很难骗过日本军机，幸好是夜里，两个火车站离得又不是太远。一边黑灯瞎火，一边灯火通明，军机很容易就被旧的火车站那边所吸引。

还好这片区域被废弃之后，周边的居民也纷纷随之迁走了，并不会有人因此受到波及。

其实沈君顾等人还在布置安排的时候，就远远地听到了天边传来飞机马达轰鸣的声音，便立刻逃到了安全的地方。轰炸结束后，他本来是要离开的，但听到了马蹄声，不放心地过来瞄了一眼，就正好看到了自己心心念念的人。

拿下眼镜擦了又擦，沈君顾才确认这并不是自己因为思念唐晓而产生的幻觉。而回应他的，则是唐晓一个热情而又克制的拥抱。

沈君顾知道身边有好多陌生人，但还是忍不住伸出手臂，把多日不见的恋人紧紧拥入怀中。

余猛震惊地看着这一幕，心中所受到的冲击不逊于被数十枚炸弹轰炸。方才他看到唐九的时候就没敢认，他的九哥已经留起了一头长发，梳起了马尾辫。虽然依旧英气十足，但谁也不会再错认她的性别。就像是一朵素白的茶花忽然染上了色彩，变得艳丽妩媚。再加上她的背后燃烧着的废墟，就像是开在地狱火焰之中的彼岸花，令人移不开眼。

如果说当年的唐九是余猛的偶像，是他想要努力成为的目标，那么在这一瞬间的惊鸿一瞥，就令余猛彻底沦陷。

这是他的九哥？

余猛的心狂乱地跳动着，想要上前搭话，又不知道第一句说什么好。正在纠结间，就看到不知道哪里来的野男人，居然抱住了他的九哥？！

余猛直接忽略了是唐九主动抱住对方的事实，他火冒三丈地走过去想要分开那两人，却又被眼尖的浩子一把拽住。

浩子的心好累，但他眼神好使啊！自然一眼就能看得出那个后出现的男人就是当年九哥娶的那位……哦，不，嫁的那位。可之前同行的那位叫岳霆的又是怎么回事？所以九哥实际上是左拥右抱，两个人全收了？不愧是九哥！不过摆平后宫不是那么容易的吧？再加一个余猛恐怕会更困难，浩子决定要为九哥的幸福做出贡献，拽紧了余猛说什么都不松手。

这两人一阵拉扯，倒是惊动了唐晓。她是早就发现余猛等人了，自从到了徐州境内，开始动用帮内的势力之后，她就知道早晚会与兄弟们见面，所以倒是不怎么在意。

她松开手，上上下下地打量着沈君顾，确认他没什么问题之后，才长长地舒了口气。

沈君顾却是抓着唐晓的手腕不松手，他已经注意到唐晓的眼眶微红，应该是误会他遭受了意外才如此，心下更是感动不已，当下便柔声解释道："这里是旧的废弃的火车站，我点亮了这里的电灯，让日军飞机误会这里就是郑州火车站。"

"嗯。"

"不是我不在南京等你，而是时局变化太快，能走就必须早走。"

"嗯。"

"我们停靠的车站离这里不远，一会儿他们就该把水和煤都加好了，你会跟我们一起走吧？"

"嗯。"

"我一直在想你，你也想我吗？"

"嗯。"

唐晓当然是听清楚了沈君顾的最后一个问题，并不是习惯性地回答，而是毫不犹豫地点头。她的脸颊在火光的映照下艳如桃李，眼眸中波光粼粼，看向沈君顾的目光专注而又深情。

沈君顾也没有丝毫多余的心神分给其他人，他知道岳霆也在场，但却连打招呼的心思都没有，眼神烁烁地看着唐晓，拉着她便要往国宝列车停靠的地方走去。

唐晓却拽住了他，指了指一旁的马匹，两人便一前一后地上了同一匹马。他们甚至在上马的这个过程中，都没有松开手，这恩爱秀得旁人都要闪瞎眼了。

余猛在他们要拍马离开的时候，终于忍不住向前走了几步，想要喊唐晓留下。只是看着她那头长发和玲珑有致的身材，那声“九哥”是怎么都喊不出来了。

倒是唐晓勒着缰绳，绕到余猛面前停下，浅笑道：“猛弟，很高兴还能再见到你。不过若是想打国宝的主意，我奉劝你们还是回去吧。”

谁想要那些破烂玩意儿啊！

余猛心中夹杂着嫉妒的怒火腾然而起，他目送着唐晓策马离开的背影，脸上的表情阴沉得可怕。

唐晓和沈君顾多日未见，有许多话想要互相倾诉，真的是一刻也不想分开。但现在的情况不允许他们儿女情长。

沈君顾带着唐晓和岳霆回到现用的郑州火车站时，因为没有点灯，全程摸黑干活，因此还有一趟列车没有加满水和煤。

在路上的时候，沈君顾稍微跟岳霆讲了一下现在的情况，后者也飞快地问了几个关键性的问题。在他们到达月台的时候，岳霆就已经掌握了大部分的情况，迅速地投入了工作。

沈君顾长长地呼出一口气，他本来就不适合当领导者，现在岳霆回来了，自然把领队的任务丢给他去做。再加上同行的还有方少泽的军火，岳霆肯定会善加利用。

当然，领队的重任卸下后，沈君顾也不可能闲着，总是会有各种各样的事情。见沈君顾一副想要离开又舍不得离开她的表情，唐晓笑着捏了捏他的手臂。

“先去忙，等火车开了有的是时间聊。”唐晓说罢，目光看向车站之外的某处，眉梢微挑，“我先去把跟在后面的小尾巴都解决了。”

沈君顾也知道唐晓以前的手下和兄弟们跟了上来，当下更是忧心忡忡地抓紧了唐晓的手腕：“阿九，你可不要回余家帮去啊！”

这人的第一反应不是担心国宝被觊觎，而是在担心她的去留，唐晓内心一阵熨帖，笑着安慰他道："放心，不要吃醋，我只做你一个人的守藏吏。"

看着沈君顾满脸通红地狼狈而逃，唐晓意犹未尽地舔了舔唇。嫁的相公太害羞了，虽然进展缓慢，但也别有情趣。

"九……九哥？"余猛的声音带着犹豫，显然不敢相信这种调戏良家"妇男"的女子是他从小一起长大的青梅竹马。

唐晓转过身，打量着许久不见的余猛。记忆中可爱白皙的少年，已经长成了小麦色皮肤的糙汉，连身高都抽了条，比她还高了一头。只能从他的眉宇之间，依稀找出和当年些许的相似。但那时的怯懦，却早已被戾气所取代。

"九哥，我不是为了这什么国宝来的。"余猛干巴巴地解释道，说着说着还有点委屈，"九哥，虽然我现在是余家帮的帮主，可我根本不能服众。能听我命令的，也就浩子他们这些从前跟着你的兄弟。"

那是当然，偌大的余家帮基本上都被熊七那个卧底给笼络去了。那熊七可是玩得一手好策略，辅佐曹三爷上位之后，发现此人贪生怕死不堪重用，居然还有投降日本人的心思，便果断地换了计划。余家帮现在几乎处于分崩离析的边缘，熊七聚集起来的大股势力，已经慢慢地转变成了游击队，对抗入侵的日本人了。

"九哥，你回来帮帮我好吗？我真的扛不住了。"余猛垂下头，像是不堪重负一般。他用的语气还是和小时候一样，每当他有什么做不到的事情时，都会这样求助他的九哥。而他的九哥也总是像英雄一样，轻轻松松地帮他将难处解决掉。

只是，小时候的余猛这样撒娇，唐晓还挺受用的，完全抵抗不住可爱少年的要求，现在一个大老爷们儿再这样，就很伤眼睛了。

"抬起头，挺起胸。"唐晓恨铁不成钢地呵斥道，"瞧瞧你这副样子，能服众就怪了！还让我回去帮你，你就不怕我直接篡权？"

"不怕！"余猛抬起头，目光灼灼地盯着唐晓。若是她想要，余家帮给了她又何妨？

唐晓从余猛的目光中看出了些许其他企图，神色一肃，沉声道："你应该听说过，你父亲的死，我有逃脱不掉的责任。"

"都是别人胡说，来龙去脉我都调查清楚了，我爹的死和九哥你无关。"余猛立刻就回答道，生怕唐晓多说半句。事实也确实如此，可以说唐晓是想做什么，却还没来得及做的时候，余威就被胡四意外弄死了。

唐晓勾了勾唇，黑暗中看不太清楚她脸上的表情，但声音依旧平静："你既然调查了，应该也调查清楚了我父亲的事情。也罢，此等乱世，人不为己天诛地灭。上一辈的事情，就到此为止吧。"

"九哥！"余猛还真不怕唐晓跟他算账，毕竟有恩怨纠葛就代表着她会留下。而这样淡然处之，显然就是想要一走了之，再也不回来了。

唐晓伸出手制止了他继续往下说，淡淡道："虽然我在余家帮长大，但那里并不是我的家。

"虽然我并不知道自己以后的家在何方，但有句话说得很好，我很喜欢。

"此心安处是吾乡。

"余猛，保重。"

火车的汽笛声响起，几列火车从火车站依次开出，很快就消失在黑沉的暗夜之中。

余猛定定地看着火车离开的方向，许久都没有动过一下。浩子等人也体贴地没去催促他，都分散在火车站里三三两两地休息着。

又过了一阵，树林里有火光快速地连闪了三下，但因为那光芒实在是太过于微弱，并没有什么人注意到。

而一直盯着那个方向的余猛，却缓缓地露出了笑容。

火车一直开到了洛阳，唐晓才发现沈君顾失踪了。

从郑州火车站开出来的时候，因为余猛拖着她说话，唐晓没来得及找沈君顾在哪里，找到一列停靠在月台旁的火车就跳了上去。

又因为火车都加满了水和煤，所以中间就都没有停靠过。唐晓在这一列火车上没有找到沈君顾，就以为他在另外一列火车上，结果到了洛阳一下车，才发现人不见了。

“这怎么可能啊？君顾向来不会出这种岔子的，签到本上有他的名字吗？”程尧着急地到处乱转，“不对，我都急糊涂了，签到本一直都在君顾手里，他人不在，本子怎么可能在呢？”

“签到本在我手里。”岳霆从怀里掏出来一个册子，哗啦啦地翻了起来，“君顾说他不负责了，就把本子丢给了我。我看看……呃……这上面根本没有君顾名字的签到栏。”

“这……应该是因为之前签到本就在君顾手里面，所以就没有画他自己签到的表格。”程尧也是被这情况惊呆了，“这可好，东西没丢，人倒是丢了！”

岳霆也是紧锁眉头，这是等还是不等呢？国宝转移的时间每一秒都是宝贵的，更别说接下来他们将要从火车改乘汽车，横穿秦岭走蜀道等险恶地带。现在还没下雪，如果再等到山里下了雪，山路湿滑，更是寸步难行。

但若是不等，这于情于理也说不过去，也许再等一会儿对方就搭下一班火车赶来了呢？这等乱世，一分开就说不定是永别了。

唐晓却柳眉一竖，冷若冰霜地擦着手中的手枪，淡淡道：“你们按照原计划路线走，我回去找君顾。”

“你知道出了什么事？”岳霆反问道，其实他也看出来情况肯定不是那么简单。怎么就那么巧，余猛等人出现，沈君顾就失踪了。再者沈君顾不是那么无组织无纪律的人，四列火车是依次离的站，就算反应再慢也够他爬上一列的。

“猜出来了。”唐晓把子弹一粒粒地装进弹匣中，俏脸上满是杀气。

事不宜迟，几人简单地互相嘱咐了两句，便与唐晓告别。因为即使唐晓找到了沈君顾，也不可能追得上他们的行程，所以运气好的话，只能四川再见了。

唐晓随身的物品本来就不多，所以背上就打算出发了。从郑州到洛阳已经过去五个小时了，什么事情都可能发生，唐晓一刻都耽误不得。

只是，正当她打算去牵马的时候，发现程尧正看着她欲言又止。

“有什么事吗？”唐晓牵着马，走到程尧面前，疑惑地问道。

程尧咬了咬牙，还是决定说出口。

“如果你们回到南京，我是说如果哈，也许你们运气不会那么糟糕呢。如果你们回到南京，遇到什么不能解决的事情时，也许可以去找一个人，他叫顾渊……”

沈君顾醒过来的时候，后脑剧痛。他抱着头呻吟了半晌，才渐渐恢复了神志。

是了，就要开车了，他本来要赶去跟唐晓会合，再一起上车的。但就在他转身的那一刻，遭人从后面袭击，眼前一黑就什么都不知道了。

沈君顾感觉躺着的地方在有规律地一下下晃动着，听着外面“咣当咣当”的声音，判断自己应该是在火车上。

当然，他不会傻到以为自己还在文物西迁的火车上，他的同事们可不会费这么大劲来劫持他。

郑州火车站是陇海铁路和京汉铁路的交会点，不会往西去的话，那么这趟火车的目的地就有可能是北平、汉口或者……回到南京。

鉴于对他动手的应该就是余家帮的人，所以坐返程火车回到徐州的可能性更大。

沈君顾这么肯定自己的猜测，是因为他已经看到，他身边坐着的那个人，正是那个叫浩子的。以前也听唐晓提起过几次，算是她之前的忠心属下。

只是，现在这个忠心，恐怕要打个引号了。

“醒了吧？快点起来，马上就要下车了。”沈君顾的呼吸声一变，浩子就察觉到了。

沈君顾见装不下去了，才慢慢悠悠地撑着身体坐起来。他发现自己是在火车上的软卧车厢内，车厢里并没有其他人。沈君顾看了看没有束缚住的手脚，全身上下除了后脑痛，并没有其他伤痕。对一个人质这么优待，他们究竟是不是专业的土匪啊？

也许是沈君顾眼中的质疑太过于明显，浩子苦笑了两声，无奈道："沈先生，其实这一切都是误会。"

"误会？我不这么认为。"沈君顾双手环胸，讽刺地笑了笑。

浩子叹了口气，一时也不知道怎么解释。

余猛可能知道他们不会同意绑架沈君顾，所以干脆都没告诉他们这件事，用自己的心腹不声不响地就做下了这个绑架。要不是他发觉余猛有异样，到现在还被蒙在鼓里。

他知道余猛喜欢九哥，但怎么也没想到余猛会做出这样的事。所以熊七说得没错，余猛就算改变再大，骨子里还是没长大的孩子，面对不喜欢的人就只会简单粗暴地消灭对方。这也是余大帅的作风，余猛虽然长得不太像余大帅，但这臭脾气倒是学了个十成十。

追随这样的人，迟早会被带入泥潭。

浩子本来被熊七拉拢过就不怎么坚定的心，狠狠地动摇了几下。

"那么，现在是想要抓我去余家帮？"沈君顾见浩子不说话，便冷哼了一声问道。这些人打着什么主意，他知道得一清二楚。肯定是绑他要挟唐晓，想让他家阿九重回余家帮，继续落草为寇。简直是异想天开！可怜他刚和阿九见上面，话还没说两句呢，就又分开了。

"不，所以我说一切都是误会。"浩子搓了搓手，打了个冷战。他又不想被九哥砍了，怎么敢带沈君顾去余家帮？余猛那边他勉强能安抚住，可以在火车上动点手脚，若是去了余家帮，余猛在自己的地盘上想做点什么，他肯定拦不住。浩子一边斟酌着词语，一边把事情的起因都说了出来。

沈君顾听完神情十分微妙，原来余猛是出于嫉妒才绑架他的！

他想起来了，当年在余府，跟唐晓主动告白的那个少年，就是这个余猛。沈君顾推了推鼻梁上的眼镜，神情极为严肃地问道："你九哥之前跟那个余猛，关系好吗？”

喂！重点不是这个吧？浩子无语地翻了翻白眼，却不得不在沈君顾的追问下，一五一十地把余猛的事情交代清楚。说完之后，没好气地续道：“余猛肯定要带你小子去余家帮，不想死的话，一会儿就别下火车。”

“不下火车？”沈君顾一怔。

“没错，这趟火车是从北平紧急调来，直接开往南京接人的。我们趁他们在郑州加水加煤的时候偷偷上来的，晚上到了徐州也会停一下，我们就打算那时候下车。你就别下去了，我想办法让余猛想不起你。”浩子说到这里的时候顿了顿，有些迟疑地续道，“但这趟车的终点站是南京，南京的局势现在很危险，你就躲在哪里别下车，反正火车肯定会再次离开南京的。”

“南京……”沈君顾的表情恍惚了一下。陆路已经有岳霆领队了，没什么要操心的了。水路他现在也不可能追得上。那么，南京还有文物和没有放弃的同事在……上天让他这样回到南京，是不是在暗示他什么？

“喂！书生仔，听懂了没有啊？”浩子有点不耐烦，心想自己无所不能的九哥，怎么就喜欢这样一个弱不禁风的男人啊？不过他又转念一想，诸位兄长的家里人，也都柔柔弱弱的，于是也就释然了。

“听懂了。”沈君顾深吸了一口气，挤出勉强的笑容，“多谢这位小哥儿费心，还要麻烦您帮我带信给唐九，重庆……再见。”

浩子觉得沈君顾的表情有点古怪，但又和他不太熟，自然也没多说什么，点了点头应允了。

沈君顾不放心地叮嘱他道：“一定要跟你九哥说，我自己会去重庆的，不用来找我，否则走岔了可怎么办？”

“啰嗦！老子知道了！”浩子不耐烦地挥了挥手。既然事情都交代清楚了，浩子也不好再在这里耽误时间，万一余猛那边狸仔安抚不了，发现了问题，可就难收场了。

沈君顾一个人待在狭小的车厢里，一会儿纠结地擦着眼镜，一会儿坐立难安地踱步。也不知道时间过去了多久，天色慢慢地暗了下来，火车也停止了前行。

听着车窗外的呼喝声，沈君顾抿紧了唇，警惕着下一秒就会有人踹开车门，揪着他下火车。

还好在火车再次启程前，都没有人来，应该是浩子努力的结果。

火车再次咣当咣当地转动起来，沈君顾长舒了一口气，在软铺上躺了下来。长路漫漫，到了南京还有一场硬仗要打，他要保存体力。

在不远处的林子里，浩子目送着那辆火车慢慢开走，挥手叫来了狸仔。

“狸仔，想办法通知九哥，把这一路的情况都好好交代清楚，她问什么就说什么，别隐瞒。”浩子叹了口气，答应那书生仔的根本不作数，九哥那边才真的是要坦白从宽。

希望九哥不要太生气，手下留情啊！

火车驶入浦口火车站之前，速度就已经降到了极限，几乎是蹭着铁轨前行的。嘈杂的人声透过车窗传来，夹杂着令人绝望的呼喊声与尖叫声。

车窗上时不时会有人的手掌扒上来，又随着火车的前行而被迫松开。有些人也许是之前就受过伤，一个个血手印留在车窗上，在下午的阳光下历历在目，让人看了毛骨悚然。也有身手好的，听声音像是跳上了火车车顶，但因为软卧车厢左右两边都锁得严实，尝试了几下无果后便往其他车厢去了。

沈君顾坐在卧铺上，偶尔从窗帘的缝隙中看到窗外次第增加的一两个血手印，脸色惨白。南京已经是个人人想要逃离的地狱，而他确定要回到这里吗？

如果下了车，也许，就再也上不来了。

也许过了很久，也许也就过了几分钟，火车终于一声长鸣，停靠在了月台前。沈君顾像是被惊醒了一般，站起身扶了扶眼镜。火车站外的情况非常糟糕，但站内的秩序还算不错，毕竟都是有车票的才会被放入站内。

沈君顾深吸了一口气，打开与月台相反的车窗跳了下去。

也许是机缘巧合，又或是命中注定，他既然又回到了南京，如果什么都不做地就离去，恐怕余生都不得安宁。

下关往浦口的轮渡挤得比肩接踵，而从浦口去下关的轮渡几乎是空的。沈君顾逆着众人而行，反而速度更快。

沈君顾之前离开南京的时候，整个城市都被混乱所覆盖，街道上都是各种装满了箱子和行李的汽车，交通堵塞，整个城市就像瘫痪了一般。而现在走过的所有街道都空空荡荡，甚至连人力车和公共汽车都消失了，寂静得让人心底生寒。

是啊，连政府官员都跑了，能走的人肯定也都走了。只剩下毫无门路或者仅存一丝侥幸心理的老百姓，不肯离开家园。也许南京的遭遇会和北平一样，沦陷后也不会受到太大影响。

其实在故宫文物准备西迁离开南京前，也曾经开会讨论过这个问题。鉴于北平故宫暂时保全的事实，是不是也可以考虑在南京的文物部分转移，尤其是在他们初期交通工具完全不够的情况下。但岳霆在某次通电话中，竭力反对这种选择。他分析南京的情况和北平完全不同，淞沪会战的艰难，日本军队的损失远远高于预期，很容易失去平常心。历史上的扬州十日、嘉定三屠，先期情况和现今的局势有着惊人的相似，所以岳霆强烈建议能带走多少文物就带走多少，要赶紧离开南京。

岳霆未尽之语，所有人都心知肚明。但终究还是有人留下没走，为剩下的文物寻找一线生机。

因为找不到任何汽车或者人力车代步，沈君顾便从下关码头，一路沿着秦淮河走。往日繁华的秦淮河两岸已是满目疮痍，沈君顾时不时还要躲避空中的轰炸袭击，直到天都黑透了，才走到了朝天宫。

在侧门用特殊的三长两短的叩门手法敲了敲门，沈君顾没等太久，侧门就开了一条小缝。门内的王景初发现是他之后，立刻开门把他拽了进来。

“小沈子你怎么回来了？出什么事了？”王景初忙不迭地连连追问道。原本有些富态的王景初，在短短的半年之内就瘦了下来，满脸都是焦灼之色，嘴唇周围起了一连串的燎泡，不用问都知道为剩下的文物找出路的事情丝毫没有起色。

“没事，别瞎想，一会儿人全了一起给你们说。”沈君顾想到要跟人解释自己被情敌绑走的事实，不禁有些窘迫。

王景初察言观色，知道要真是文物出了事，沈君顾不可能是这种表情，便稍稍放了些心，带着他往会议室去了。

因着形势的急剧恶化，留守人员也都无心休息，即使很晚了也聚在一起开会探讨。沈君顾的出现让他们悚然一惊，幸好沈君顾立刻解释了来龙去脉，告知陆路西迁的国宝文物有惊无险，已经按照计划前行了。

“唉，那小沈你还回来干吗？”看上去已经老了十岁的王延丹叹了口气，显然觉得沈君顾回来也是多此一举，“我们已经决定再守三日，如果实在毫无进展，就把文物锁进仓库，再用混凝土把门封上。”

这也是无可奈何之举，挡不住日军的劫掠，更挡不住炸弹的侵袭。“

好，我们再努力三日。”沈君顾咬了咬牙道。

众人一夜辗转难眠，天刚蒙蒙亮，沈君顾就和王景初两人赶到了下关码头。码头上人头攒动，但江面上却只有寥寥几艘渡江的轮渡，根本没有客船和货船。

“我就知道又是白来！连续好几天都这样了，能走的都早就走了。原本还有上海那边逃来的货船，现今上海沦陷，早就没有船能开过来了。”王景初因为鼻子特别敏感，更受不了硝烟味和血腥味，所以出门都戴着口罩。他的抱怨从口罩背后传出来，瓮声瓮气，听起来有些滑稽。

沈君顾知道王景初说的都是实话，虚心请教道：“那我们该怎么办？每天在码头蹲守也不是个办法。”

“我……我也不知道……”王景初泄了气，颓然地嘟囔道。他本就是非常胆小的人，但剩下的文物多是带不走的古籍和档案，他又舍不得抛弃这些古籍，所以咬着牙留了下来。但这已经是用尽了他最后的勇气，至于怎么把这些古籍带走，他真的是两眼一抹黑。

沈君顾虽然不知此时该如何是好，但却知道在码头傻等是效率最低的。一番思量之后，沈君顾决定让王景初继续在这里观望，自己则转去总统府一带，期望可以碰到几个还没来得及转移的政府官员，即使只能说上几句话，说不定能有意外之喜。

总统府一带早就不像以往那样戒备森严，而是人去楼空一片残垣断壁的景象。

沈君顾在附近徘徊了两天，才知道自己之前的想法有多么天真。此时都是自身难保的时候，有能力走的人早就走了，没能力的就更没有可能帮他们。

沈君顾不想轻易放弃，但看起来命运并没有特别眷顾他。

日军在步步紧逼，局势越来越严峻。国际友人仿造上海安全区，开始在南京也建立安全区，成立了一个叫南京安全区国际委员会的机构。以美国驻华大使馆和金陵大学等机构为中心，划出一片安全区，用于收容难民。王延丹等人决定形势如果没有转机的话，就带着没转移的文物迁往这片安全区。

当然，为了这批文物，他们也会留下几个人来看守。

沈君顾觉得即使有安全区，也难以保证文物的万无一失。他依旧奔波于总统府一带，只要见到衣着光鲜的人就会凑上去询问，然而得到的回应不仅是拒绝，有时候还会被暴躁的人施以拳脚。

当躺在残破的巷子里，仰望着被硝烟反衬得蓝得可怕的天空时，沈君顾总有一股不真实的错觉。这一切说不定都是一场可怕的梦魇。

可身体上的疼痛却无时无刻地提醒着他，这是再残酷无比的现实。

沈君顾倒抽着气撑起身体，他的眼镜被人一拳打飞在地，他记得听到了镜片破碎的声音，应该就在右手边。希望不要碎得太厉害，这时候他上哪里去找眼镜店配眼镜啊。

视野里一片模糊，沈君顾只能俯下身用手去摸索，残破的瓦砾划破了他的手心，沈君顾也浑不在意，直到有双纤细却又有力的手牢牢地握住了他。

“阿九？”沈君顾一惊，他果然是在做梦吧？否则唐晓怎么会出现在这里？可是这双手的触感……食指、虎口和掌心都有薄薄的一层趼子……

眼镜递到了他的手里，沈君顾立刻戴上。虽然左边的眼镜片已经掉了，右边的眼镜片也裂开，但依然能看清面前的唐晓冷着一张俏脸，眼神如冰般盯着他上下打量着。

沈君顾被她的气势所震慑，不自觉地瑟缩了一下，但旋即觉得这件事也不能怪他，他是无辜受害人啊！

唐晓气得都说不出话来，直接伸手去检查沈君顾身上的伤。

沈君顾却被她摸得有些不自在，因为对方的强势却又无处可躲，只能手足无措地任唐晓为所欲为。

唐晓确认他身上都是皮外伤后稍微松了口气，一抬头就看到沈君顾低垂眉眼，长长的眼睫毛因为紧张而胡乱地颤抖着，白皙的俊颜一片通红，上面还沾染着一两处灰尘。唐晓像是被蛊惑了一般，抬手把那两处灰尘用指腹抹去，声音低哑地叹道：“果然该随身把你揣着，半刻都不能离身。”

“那就别放手。”沈君顾下意识地冲口而出。可在下一秒又意识到自己说了什么，便紧紧地闭上了嘴。

他虽然没有继续说什么，但神态表情早已说明了一切。想起之前这人还叮嘱浩子不许把自己的行踪告诉她，新仇旧恨一起涌上心头，气得唐晓热血上涌，直接把沈君顾按在了后面的墙上，扑上去就狠狠地咬住了他的唇。

沈君顾唇上一痛，立时就尝到了血腥味，他知道唐晓心中有气，便丝毫没有反抗地任她为所欲为。只是慢慢地，他感觉到唇上的动作变得轻柔起来，这个惩罚性的吻立刻就变了味道。

唐晓的怒火在柔情中被逐渐安抚，动作也轻柔了起来。她泄恨似的又咬了咬沈君顾的喉咙，但却并没有太用力。

沈君顾发出一声意味不明的闷哼，双手紧紧地把唐晓抱在了怀里，苦笑道："阿九，我已经变成和我父亲一样的人了。"

没错，明知道危险还要唐晓留在身边的他，和对母亲的病视而不见的父亲，并没有什么区别。

唐晓却在他怀里露出一个明媚至极的笑容："傻子，难道我一个人走就安全吗？这世道，没有一个地方是百分之百安全的。"

"可是……"沈君顾还想劝说，他又何尝看不出来唐晓在偷换概念。以唐晓的身手，一个人行走这个乱世绰绰有余。

"没有可是。"唐晓用手指按住了沈君顾的唇，堵住了他还要说出口的话。

"我选择了你。

"而你选择了眼前的路。

"所以我们一起面对，就是这么简单。

"别忘了，我是你的守藏吏，你是我的宝藏。"

唐晓每说一句，都会亲吻一下沈君顾的唇，最后的尾音隐没在两人交接的唇齿间。

沈君顾不知道自己这样沦陷对不对，可他只知道现在的自己，无法也无力推开怀中的人。

恨不得这一刻，天长地久。

第五十九章　绝处逢生

沈君顾的眼镜碎了，用一边碎裂的眼镜片看东西，没多久就觉得头晕眼花。

唐晓把他先送回了朝天宫，给他上了伤药，便一个人出去了。天黑前回来时，她带回了一副眼镜。

也不知道这种情况下，她是从哪里找到的眼镜。又被照顾了的沈君顾内心叹息，戴上眼镜看了眼唐晓，浑身上下并没有受伤的痕迹，便只能继续接受媳妇比自己厉害的事实。

虽然这副眼镜的度数比他原来的那副低了一些，但总比没有的好。沈君顾摘下眼镜，细细地用怀里的麂皮绒布擦着上面的灰尘。

“开会有什么进展吗？”唐晓注意到她回来时沈君顾等人刚开完会，便顺嘴问了一句。

“还能有什么进展？时间紧迫，只能决定去新建成的国际安全区避难。明后天要去找南京安全区国际委员会的负责人沟通下文物在安全区存放的地点，然后就找几辆车搬过去了。”沈君顾擦眼镜的手一顿，但还是低着头咬着牙说道，“阿九，我决定留下，你……你还是走吧。”

唐晓却出乎他的意料，没有生气，而是沉默了半晌，淡淡道："明天再去总统府那边等等看吧。"

"啊？"沈君顾讶然抬头，却因为没有戴眼镜，看不清唐晓此时脸上的表情是恼火还是赌气。

"放心，今天找你麻烦的那伙人，我已经教训过他们了，不会再对你出手了。"唐晓说得轻描淡写。

这不是重点吧？沈君顾手忙脚乱地把眼镜戴好，而唐晓却已经起身出门去值夜班巡逻了。

果然……是生气了吧……

沈君顾一夜辗转难眠，天不亮就起身打算找唐晓问问清楚，但在朝天宫里却找不到她的身影。

昨天才说好了要随身带着他的呢，怎么转眼就没人了？

沈君顾生着闷气，想要留下来跟王景初他们搬运文物准备迁往鼓楼那边的国际安全区。但想到了唐晓昨晚的叮嘱，鬼使神差地出了门，又去了总统府一带。

此时已经是隆冬时节，南京冬天蚀骨的寒冷就像是无处不在的蚁虫，不管穿多厚的衣服，都抵挡不住。沈君顾倒是熬了好几天，再多一天也不算什么。

况且，当他摸到外衣兜里那管不知道什么时候被唐晓悄悄放的冻疮膏时，心里如火炉般温暖，迅速熨烫蔓延至四肢百骸。

既然媳妇说要他在这里等一天，那他就等呗。

也许是媳妇生气了，惩罚他的。

沈君顾索性也不四处走动试探寻人了，直接站在了背风处，等着天黑就回朝天宫见唐晓。

就在他靠着墙昏昏欲睡的时候，有个惊讶的声音在他面前响起："哎哟！这不是沈老弟吗？"

沈君顾定睛一看，稍微一回忆，就想起了来人的姓名："张德胜张老哥？"

张德胜显然没想到沈君顾竟然还记得他，脸上的笑容更热络了一些。

沈君顾在心中微微一叹，他就算记忆力很差，也不会忘记张德胜的。当年沈君顾误会唐晓动机不纯，害得她差点命断南京码头，而他当时就在张德胜的船上。

这么多年以来，他知道唐晓并不需要也不在乎他的道歉，但他的愧疚一直在。

张德胜的相貌改变了很多，也许是江上来去辛苦，整个人看上去老了许多，头上都有了白发。只听他关切地问道："沈老弟为何还在南京啊？可是差一张船票？"

沈君顾闻言一愣，随即狂喜。

他怎么忘了张德胜是做什么营生的呢？当初他们把一部分首批南迁的国宝从南京运到上海，用的就是张德胜的船！

沈君顾来不及细想为何这么巧就遇上了张德胜，连忙拉着他把现今故宫委员会的情况说了下。

张德胜越听脸色就越凝重，等沈君顾讲完，皱眉踌躇了半晌，才摇头叹气道："沈老弟，实不相瞒。现今出南京城的船票千金难求。看在昔日的情面上，给沈老弟匀几张船票，甚至十几张船票，我张德胜咬咬牙也是能出得起的。但这运出文物……"

沈君顾也知道自己是强人所难，可他蹲了这么多天，才看到这一丝希望，就像是溺水的人抓住最后一根稻草一样，各种好话一箩筐地倒出来。

张德胜被沈君顾缠得实在没办法，才苦笑道："沈老弟，我张某实在是有心无力。但我有个消息，可能会给你指条明路。"

"张大哥您说！"沈君顾紧张地屏住了呼吸。

"南京告急，那些洋人老爷也着急走。他们并不信任那什么所谓的国际安全区，觉得丧心病狂的日本人肯定不会遵守国际惯例。所以英国人从马六甲海峡调来一艘货轮，从上海方向过来，经停南京，沿着长江往西行驶去重庆。"张德胜斟酌着词语，一字一字慢慢地说着，"这艘货轮是海上开过来的，排水量恐怕要达到九百余吨。接的不光是英国人，还包括各国的外交使节和商人，如果有门路也可以带货物。这艘货轮停靠的码头比较隐蔽，时间也未知，我也是听说过这消息，你们要是觉得可行，我可以带你去和接洽人联系。”

沈君顾一听就喜上眉梢，有机会走，当然比留在南京强。他连忙求张德胜帮忙。

鼻梁上的眼镜度数不太够，沈君顾看不太清楚张德胜脸上的神情，隐约觉得有些古怪，但却也没有多想。

反正，也不会有更坏的结果了。

不过，还是唐九，说让他再等一天，事情就有了转机！

沈君顾虽然觉得也太过于凑巧了，但时间紧急，也不容他多想。抓紧时间带着张德胜回朝天宫与王延丹等人说明情况，接下来就是跑英国的大使馆，试图与船长取得联系。

也许是他们之前实在是太曲折坎坷，老天爷都看不下去了。接下来的所有事情都顺利得不可思议。

往日眼高于顶的洋人们，对他们大开方便之门，没有任何刁难就让他们打电话联系到了玛格丽特货轮的船长。在沈君顾用流利的英语解释了他们的情况后，船长表示了极大的友善。对方表示他曾经看过故宫文物在伦敦的展出，对中国文物赞叹不已，不忍心其毁于战火。

不过也不能因为自己的私人原因就免费让他们上船，必须收取租用船舱的费用。

这已经让沈君顾等人喜出望外了，如果对方说免费他们反而还会考虑考虑。

沈君顾连声感谢张德胜，虽然觉得对方帮他这么大个忙有些奇怪，当年的人情也不足以谢今日之恩。但他们滞留南京的那些文物，都是些古籍，即使对方有所图谋，损失也在可接受范围内。更何况这已经是最后的机会了，留下来就是灰飞烟灭，上船还有一线生机，谁都知道怎么选。

因为玛格丽特号停靠的码头比较隐蔽，没有存放货物的仓库，所以他们必须在货轮到达的当天把文物运送过去。并且因为战事紧张，玛格丽特号在南京停靠的时间比较短暂，时间一到就要离港，不会为任何人多停留一秒钟。

这些注意事项沈君顾等人都铭记在心，开始四处寻找可用的货车。朝天宫一片绝处逢生的喜意，连一直愁得吃不下饭的王景初都胃口大开，几天就又胖了两斤。

1937 年 12 月 9 日，玛格丽特号到达南京的日子。

南京的战局越来越危急了。来自空中的轰炸简直就是无差别级，密集的炸弹伴随着战斗机的轰鸣声如下饺子般掉落。

在昨日，日军已经全面占领了南京外围的一线防御阵地，开始向外廓阵地进攻。

南京城一片恐慌，为了防止逃兵，司令部下令把下关至浦口的渡轮都撤掉了。南京城被日军围得水泄不通，已经成为一座孤城。

沈君顾等人好不容易凑齐了五辆货车，战战兢兢地从朝天宫出发。途中一旦听到轰炸机的轰鸣声，就飞快地散开找掩体。五辆货车很快就在一次次躲避中分开，从不同路线前往码头。毕竟一起行动实在是太过于惹眼。

因为人手不足，王景初、沈君顾和唐晓开一辆货车。王景初和沈君顾两人互相换着开，而唐晓时不时跳下货车去清理前方路段上出现的碎石和障碍。

三人磕磕绊绊地前行着，可算知道为何他们天不亮就要出发，开车实在是比走路都要费时间。更别说他们还要提前到达，毕竟搬文物上船也是需要时间的。

越往下关方向行驶，人流量就越大。尽管他们找了一条隐蔽的小路，但也架不住他们这辆货车实在太过于惹眼。如果没有十足的把握，谁会开货车去码头？

已经有人在后面悄悄地跟着他们，毕竟他们的车开不快。到后来，甚至都已经跟了几十号人。有的是逃难的难民，有的虽然脱了军装，但依旧能看得出来是逃兵。

“你说，那帮士兵有枪有炮，怎么就不战而逃啊！”王景初恨铁不成钢地咬牙道。

沈君顾无暇回答，他紧锁着眉头，神情凝重地看着后视镜里的情况。

他总觉得后面跟着的人有些太多了，而且看他们这辆货车的眼神也都有点问题。好在他们这辆货车在最开始的时候就是断后，其他货车应该不会遇到这种情况。

这时，在货车车顶押车的唐晓从破裂的车窗翻进驾驶室，低声喝道：“情况不太对，快加速开！”

王景初一愣，下意识地一踩油门。

就在此时，沈君顾听到耳边一声枪响，同时感到一阵天旋地转，迟一秒钟才发现是自己被唐晓扑倒在座椅上。

踩了油门的货车失了控，整个车都往右侧冲去。

沈君顾被唐晓压在身下，身体在货车的冲撞力下失去了平衡，只能紧紧揽住唐晓纤细的腰身。他同时闻到了一股浓重的血腥味，吓得他连忙在唐晓的身上乱摸：“阿九！你受伤了吗？哪里受伤了？”

唐晓单手撑起身，把控住方向盘。

货车慢慢地停了下来。

沈君顾此时才发现货车的挡风玻璃被子弹贯穿，驾驶室中四处都是碎玻璃。而王景初昏迷在驾驶座上，他的肩膀被洞穿，鲜血染红了他小半边身体，并且还在汩汩地往外涌。

唐晓立刻扑上去撕掉他的外衣，用作绷带，动作熟练地为他止血包扎。她一边做一边朝沈君顾低声喝道：“还愣着做什么，赶紧开车！”

沈君顾从震惊中醒悟过来，连忙与唐晓和王景初换了个地方，坐在了驾驶位上。他从后视镜中看到后面跟着的人已经逼了上来，各个手中都藏着枪械，明摆着是蓄谋已久的。

“这是……陷阱？”沈君顾心沉到了谷底，难道整个玛格丽特号都是陷阱吗？但此时已经不容他多想，只能脚下一踩油门，货车呼啸着向前开去。

“不，应该不是陷阱。”唐晓眯了眯双目，“应该是有人不想我们离开。”

“谁？”沈君顾想不明白，剩下的这点文物都是具有学术价值的古籍，一般贪财的可看不中这个。

“现在是谁不重要，重要的是我们怎么逃出去。”唐晓把王景初的伤口草草地包扎了一下，王景初从昏迷中渐渐醒转，一睁眼就看到自己的血，又吓晕过去了。

沈君顾来不及笑话他，全神贯注地开着货车横冲直撞。他的手心里全是汗，不时看着后视镜里后面的情况。

后面又出现了几辆车来追他们，眼看着一辆卡车要把他们堵在路中央的时候，突然从旁边小巷子里冲出一辆轿车，把那辆车直直地撞向了一旁。

“哎哟！这又是哪路英雄啊？”沈君顾松了口气，但旋即又吸了一口气，“看起来撞得不轻，会不会有危险啊？”

他这一边说着，后面一边传来连续不断的枪声，显然是两路人马已经开战了。那辆出来见义勇为的轿车把狭窄的路段整个堵了个严严实实，其他车想要过来就必须从那辆轿车上轧过去。显然，对方也是这么打算的。

沈君顾踩着油门的脚松了少许，犹豫着是否停下来接应一下。只是他若停下来，恐怕就自身难保了，连着这一车的文物也会沦陷。

“别停，你继续往前开，我去看看。”唐晓捏着他的肩膀，坚定地说道。

“别去！”沈君顾反射性地想要抓住唐晓的手，但却没抓住唐晓，反而从她身上拽下来了什么。

“快走，小王他的伤很严重，赶紧送去船上治疗。我会追上你的，这里离码头不是很远了。”唐晓深深地看了他一眼，旋即从车窗翻了下去。

沈君顾怔怔地看着她消失的地方，低头一看手中的物事，发现竟然把他给唐晓编的盘长结连着子辰佩一把都抓了下来。

盘长……长生……

沈君顾只觉得一股不祥的预感袭上心头，一时六神无主。

身边的王景初因为疼痛而忍不住发出的闷哼声把他唤醒，沈君顾往后视镜再看了眼，身后局势依然不明朗，并且也看不到唐晓的身影。

沈君顾咬了咬牙，捏着手中的盘长结，重重地踩下了油门。

第六十章　生日快乐

“长官，那辆货车已经离开了。”在驾驶座上，半边脸都被血糊住的下属小李，一边拿着手枪回击，一边低声汇报着。

顾渊坐在轿车的后面，面色平静地看着那辆货车越走越远，眼中露出温柔的神色。

“长官，我们也该撤了。”对方也许是看到货车渐行渐远，火力忽然猛烈了起来。小李即使枪法很准，一时也独力难支。

“小李，你拿着我的报告先走吧。”顾渊看着自己因为冲撞而被变形的座椅死死夹住的双腿，淡淡说道，“因为玛格丽特号靠岸所交涉而来的特权，日本军机在南京上空禁飞半小时，正好还有一小时日本军机就开始禁飞，你只要来得及赶往明故宫机场，就能直接飞往重庆。”

“长官！”小李回头看了眼顾渊的情况，立刻震惊地睁大双眼。他尝试着从驾驶座爬过去拽顾渊，但根本使不上劲，同时还要避开密集射来的子弹，一会儿就被射穿了手臂。

顾渊捡起了从小李手中掉落的手枪，冷静地回击着：“是我拖累了你，否则你早就离开南京了，快走吧。记得把报告和资料交给重庆方面，这很重要。比你的命还重要。”

小李看了看副驾驶位上的箱子，又看了看后座上泰然自若的顾渊，神情挣扎地一抹眼角的泪水，把几个弹匣放在顾渊身边，拎着箱子下了车。

顾渊举着枪掩护着小李从轿车的后面离开，从容不迫地换着弹匣。他其实应该早就离开南京了，可是一直不放心从陆路乘火车走的沈君顾。沿路不断有火车站被轰炸的消息，让他一直提心吊胆。后来终于确定故宫一行人平安进了秦岭，才让他暂时放下心来，准备收拾一下去重庆。

上峰以为他尽职尽责地断后收拾烂摊子，对他颇为赞赏，特意为他准备了去往重庆的飞机，随时可以启程。只是，他又怎么想得到，他那个死心眼的弟弟，居然又回南京了！

要不是唐晓找过来求他帮忙，他都没注意到弟弟在外面冻了好几天了！

哪就那么凑巧，张德胜会遇到沈君顾？又正好有个英国货轮停靠南京接人和货物的消息被他知道，还不是顾渊在背后努力帮忙的！

不过顾渊唯一漏算的，就是丧心病狂的伊藤智久。

因为南京告急，关押伊藤智久的监狱守卫就没有那么严了。想来这个小日本被日本间谍救了，出来之后盯着朝天宫，想必也就一直等着今天。

也许是南京快要沦陷，伊藤智久的手法也就强势了很多，直接带人带枪打算强抢。还好那伊藤智久一时间找不到太多人帮忙，顾渊仓促之中也能保沈君顾离开。

只是他大意了，以为可以远远地护送沈君顾上船，还来得及回明故宫机场上飞机，就没有带太多人。

双腿已经麻木得没有知觉，顾渊煞白着脸一枪一枪地解决着逼近的敌人。

他的耳朵很灵敏，听出来除了他们对战的枪声之外，暗处还藏着一个帮他的神枪手，那人潜伏着，每射出一枪，都会有个日本间谍倒地。

只要稍微一想，就能猜得出来那是谁。

所以当唐晓钻进轿车时，顾渊的神色纹丝不动，反而还不满地斥道："为何不跟着君顾离开？你就放心让他开车走？"

唐晓猫着腰检查着卡着的座椅，闻言冷哼道："你以为我愿意救你吗？要是君顾以后知道你为他死了，你觉得他会安心吗？我才不要让他心里永远记着你呢！他心里永远就只能记着我一个。"

顾渊被唐晓直白的独占欲噎得一愣，直接气笑了："我是他哥！"

"就算是亲哥也不行。"唐晓理直气壮地说道。

顾渊无语地翻了个白眼，再次觉得眼前这位不是弟妹，而是个妹夫。他那个柔弱的弟弟，岂不是平时总被这位唐九爷欺负着？

"别犯浑，君顾本身对你的愧疚就很深了。"唐晓放柔了声音，说着还朝悄悄逼近的一个日本间谍开了一枪，"君顾跟我说过你们的事情。你早就知道了他的下落对不对？迟迟不肯与他相认，是还在怨他吗？"

顾渊的眉梢动了动，一直坚强的面具终于破裂了一道缝，忍不住露出些许脆弱。

"怨他？原来你是这么想的吗？他一定和你说了那个破杯子的事情吧？他不小心打碎的杯子，又偷偷粘了回去。我当时就看到了。是的，我是装作不小心，把他那个粘好的杯子又打碎了一遍。并不是为了替他承担过错，而是我早就想找机会，离开那个畸形的家了。我很自私啊……明知道留下来的弟弟会非常非常痛苦，但还是走了。留下弟弟独自背负着父亲的期待和照顾着病重的母亲……那时的君顾，他才九岁啊……"

顾渊用手遮住了双眼，想要遮住自己脸上的愧疚，却掩不住自己声音的颤抖。他抹了把脸，目光坦诚地看向唐晓。

"是我没脸见他。"

唐晓面无表情地抬起手，直接把手枪对准了顾渊。顾渊平静地闭上双眼。

“砰！”

轿车内一阵硝烟弥漫，之前卡住的地方被唐晓一枪打开了，她单手把座椅卸了下来。

顾渊感到双腿的伤处被人迅速地包扎起来，愕然地睁开眼。

“你们的事情，交给君顾去判断。”唐晓平静地说道，“但首先，你要活着。”

外面的日本间谍全都被解决之后，她把顾渊搀扶出轿车，换了一辆日本间谍留下来的车，一路往明故宫机场开去。

“跟我直接坐飞机去重庆吧，你现在赶去码头，已经来不及了。”顾渊抚着双腿，忍受着痛楚。还会痛就证明还有知觉，这很好。

“你们的飞机都有名额的吧，能随便再多加一个人？还是想让我顶替你那个下属的名额？怎么都不合适吧？”唐晓冷静地说道。

顾渊无言以对。实际上，耽误了这么多时间，他都不能保证明故宫机场的飞机现在还在原地等着他。

“沈家人，永远会为了那些东西，失去这世上最爱自己的人。”顾渊忍着痛，断断续续地说着，“这是一个魔咒。”

“你……千万要活下去。”

半个小时之后，唐晓目送着飞机从跑道上起飞冲向蓝天，一踩油门朝码头奔去。

玛格丽特号上，沈君顾焦急地在甲板上走来走去，目光不断在岸边搜寻着唐晓的身影。他们的文物已经全部平安地运到了船上，所有搭乘的乘客也都上了船。离起航时间越来越近，若不是他们拼命和船长交涉，玛格丽特号早就起航了。

但现在的情况也不容乐观，江上停着这么大一艘货轮，并不是封锁消息就能遮掩得住的，但凡眼睛不瞎的都能看得见。

越来越多的难民往码头上聚集，这艘大船已经变成了他们眼中最后的希望，拼命地想要往船上挤。

玛格丽特号上的水手们渐渐控制不住场面，就算把跳板收起来，一样也有人想方设法地从水里往上爬，哪怕水手们拉动枪栓威吓，也毫不退缩。

眼见着情况要失控，船长沉着脸下达起航的命令，震耳欲聋的汽笛声在码头上响起。

“不！再等等！”沈君顾抓着栏杆拼命吼着，可惜在汽笛声中，没人能听见他的呐喊。

玛格丽特号离开南京的第五天，日本军入侵南京，做下了史上骇人听闻的南京大屠杀，三十多万人惨死在日本鬼子的屠刀下。

1945 年 8 月 15 日　四川峨眉西门外武庙

电台在不断地播放着日本天皇无条件投降的消息，县城内外一片欢腾。

经过千难万苦来到四川，带着文物躲在山中的沈君顾，摘下鼻梁上那副对于他来说度数并不是很匹配的眼镜，珍而重之地擦拭着。

“阿九，日本……投降了呢……也不知道你现在，在哪里……”

当年在南京失散，就再也没有了唐晓的消息。旁人都说，也许她当初就陷在了南京，再也没逃出来。

可沈君顾不信。

肯定是因为他们藏得太好了，所以他的阿九才找不到他。

不过不急，日本鬼子已经投降了，他们就快回去了。

沈君顾戴好眼镜，从抽屉里拿出一个铁盒。里面垫着柔软的锦布，当初从唐晓腰间拽下的子辰佩静静地躺在上面，还有一排不同颜色各式各样的盘长结。

沈君顾取了新线，开始慢慢地打绳结。

“阿九，今天是你的生日，遵照我们的约定，每年都给你打一个盘长结哦！生日快乐……”

门外，一双手缓缓地推开房门。

番外

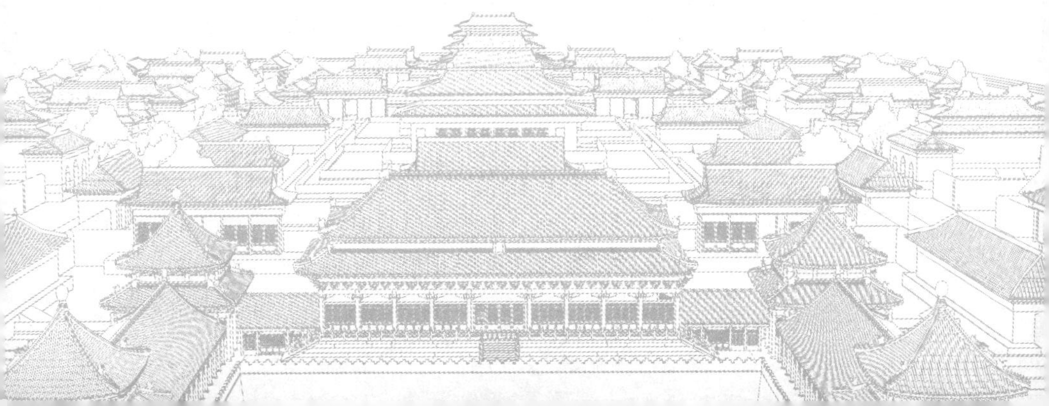

1917 年 7 月

岳霆捂着肚子从床上挣扎着爬了起来，还未愈合的伤口刀割般地疼，脸颊两边全是虚汗。

门外传来了说话声，岳霆屏住呼吸，侧耳倾听，发现是日常的琐碎对话，才悄悄地松了口气。

自从这世道乱了，北京城里的权力更迭就跟唱大戏一样，你方唱罢我登场。溥仪那小皇帝被人簇拥着坐上了龙椅，搞什么复辟，果然十来天就又被轰了下来。

啧，不过也是可怜，那小皇帝好像还不到十二岁吧？比他还小两岁。

岳霆掀起衣服，发现绷带又在渗血，便拿了块干净的布咬在嘴里，打算自己换药。

门吱呀一声响起，一个沉着脸的少年端着饭菜走了进来，砰的一声放在了床头。这少年也就十一二岁，穿着洗得发白的青布衣衫，脚上的板鞋还破着洞，一看就是穿了很久脚长大了，大脚指头都顶出来了。

“东顾弟弟，谢谢啦！”岳霆故作轻松地笑了笑。

他前夜在宫里执行任务，受了重伤。这少年的父亲正好在宫中当值，也许是看他的年纪和自己大儿子相近，于心不忍，冒了很大的风险把他救了下来。之后见他伤势很重，外面局势又乱，便留他在家里养伤。

岳霆即使听话地只待在这小小的厢房里足不出户，也很快就摸清楚了这户人家的情况。

这里是灯草胡同，原来应是清朝属镶白旗的弟子聚集地，左邻右舍非富即贵。但这户人家却十分清贫，应该只是祖上传下来的宅院。这家的成员也很简单，一家四口，救他的沈先生和他的妻子，还有他们的两个儿子。沈先生的妻子体弱，他也只是见过一眼。他面前的这位是大儿子，曾经听沈先生称呼他为东顾。而小儿子看起来也就八九岁，偶尔会好奇地从窗户往里瞧他两眼。那个叫君顾的小儿子看起来很忙，沈先生从早到晚都在书房教导他。

这家人倒是奇怪，长子帮忙做家务事，却努力栽培幺子。这长子不像是长子，倒像是个长姐。

沈东顾顶着这来历不明的小子上下打量的眼神，目光越发不善。

本来家里就已经因为父亲对古董的嗜好，早就穷得揭不开锅了。没想到父亲不仅喜欢往家里捡破烂，还喜欢在大街上捡人回来！这人虽然年纪小，但一看就不是善茬儿。世道乱成这样，别人避祸还来不及呢，他父亲居然主动往上凑！

沈东顾腹诽着，但还是不情不愿地给这小子打来热水，帮他清洗伤口换药。因为这事要不是他做，他那个心软的母亲肯定会拖着病弱的身体来做。

“好好待着，没事别出去。”好不容易做完这些，等岳霆吃完饭，沈东顾自认为恶狠狠地警告了对方，然后收碗筷走了出去，装作没看见这小子发现他嘴硬心软的戏谑眼神。

这瘟神只是暂时的问题，长期的……

沈东顾听着主屋里传来的咳嗽声，忧心忡忡地蹙起眉头。他动作麻利地把家务活干完，看了眼书房，确认弟弟正在如往日般乖乖地看书，这才换了身干净的衣服和鞋出了门。

他早就认识到，父亲是靠不住的。可是母亲的病眼看着日益加重，他只能抽空出来去火车站打零工，赚些零钱贴补家用，祈祷还能富余出点钱，给母亲抓些药。

若说这北京城现今哪里人最多，那肯定是城里的前门火车站了。每天都有成千上万的人大包小裹地离开北京，也有许多外地人不怕死地涌进北京城。

沈东顾最近一直都在火车站里帮忙拿行李，他人虽然小，看起来搬不动什么，但因为长得俊秀，再加上他刻意穿着洗得干净的衣服，言行举止不卑不亢，更是胜过那些满是灰尘、点头哈腰的搬运工。尤其他年纪小，每次都去找那些夫人小姐们，帮她们拿随身行李，一般都不会遭到拒绝，还会多得几个钱。

只是这种机会一天也遇不到几次，毕竟真正的富贵人家都有自己的保镖婢女，他连靠近都难。小康人家一是舍不得花那几个钱，二是一般女眷拿着的东西都是最值钱的，不可能假手于人。

不过今天运气倒是不错，沈东顾站在火车站门口没多久，就看到一辆汽车停了下来，走下一对夫妻和一个男孩子。

那夫人一看就是南方女子，一副温婉多情的动人容貌，穿的也是普普通通的素色旗袍，只有腕间戴着一只白玉镯子。

尽管沈东顾不像弟弟那样，一眼就能说出来这是什么品质什么雕工，但不妨碍在家里见过无数古董的他知道这是好东西。

一看就是怕世道不太平，出远门财不露白的富太太。

见他们从车上拿下来两个行李箱，沈东顾调整了一下脸上的表情，大大方方地走过去说："这位美丽的夫人，能给东顾一个机会，帮您拿行李吗？东顾实在不忍心您纤细的双手受累。"

那夫人扑哧一声笑了出来，上下打量着沈东顾，眼神流露出的是不忍心。她也是玲珑心思，知道即使自己可怜这孩子，也不能直接给他钱，便抬手招呼儿子，笑道："泽儿，把你那个小箱子交给这孩子拿吧。"

沈东顾松了口气，因为这家人拿下来的两个皮箱子看起来就很沉，他也怀疑自己能不能扛得动。不过这两个箱子也不可能让这家男主人拎，那位先生看起来就是个做大事的，只是今日不知为何身边没有伺候的人。他见状连忙请缨，介绍了两个平日里交情好的搬运工大哥来，自己则走到小少爷面前，笑吟吟地伸出手。

这位泽少爷看起来跟他年纪差不多大，应该也是被人伺候惯了，见到他伸手，便很自然地把箱子递给了他，自己迈步就往前走。浑然不像其他人一样，怕他转身拎着箱子就跑。

小箱子并不沉，沈东顾落后对方半步跟着。这帮忙拿行李也是有技巧的，不能与贵人并肩走，也不能落后太多，以免贵人担心行李会不会丢，必须正好走在对方眼角能扫到的位置，这才能让贵人们舒心，掏钱的时候心甘情愿。

赶火车一般都要提前一些时间，这家人必是有背景有关系的，走的竟是特殊通道，两个皮箱子早早就送上了火车。但这一家人像是在等什么人，便在月台多站了会儿。

沈东顾拎着小箱子跟在对方后边，也没提自己先离开。反正这夫人心善，定会把这段等待时间的钱也算上的。

闲极无聊，就算沈东顾不想听这家人的聊天，但因离得近，多少也听了几句。

听起来，这家人是从南京来的，这次千里迢迢来北京，就是要求个入学机会。而这小少爷，今日竟是要从北京坐火车到天津，从天津港出海，到海的另一边的那什么美利坚念书去！

而且因为是难得的机会，走的是外交渠道，父母也没法跟去。尽管听说还有个好朋友也一起去留学，那也是十分可怜的啊！

沈东顾心里这么想着，眼神中难免就带了出来。

"娘，丁麟那小子一向起得晚，火车也还有些时间才开，先让这位小哥走吧，别耽误了人家接另外的活计。"那位泽少爷淡淡地说。

沈东顾连连道谢，也知道是自己逾越了。这泽少爷说的话听上去像是为他着想，但目光却如锐利的刀锋一般，直直地剜着他。

是啊，他是什么人啊，怎么有资格去可怜别人？或许在别人眼里，他才是最可怜的那个。

“哎呀，对对对，泽儿说的没错。”那夫人也不问价，从手包里掏出一大把钱塞给了他。

沈东顾连忙笑着接过，把手里的箱子朝那泽少爷递还了回去。

他想这么多别人的事做什么呢？反正今日一别，以后也不会有再相见的机会了。

“祝泽少爷一路平安，此去鹏程万里，一展宏图！”

后记

在键盘上，打下“后记”这两个字的时候，我面对着文档发呆了好久。

守藏的故事终于写完了。

其实这个故事，也不算真正的完结。他们分三路西迁，路上所遇到的艰难险阻，更加困难。之后在蜀地分散隐匿，在相隔不远的地方彼此互不知晓、隐姓埋名地藏了好几年，一直到 1945 年日本投降，而后国宝又转回南京朝天宫存放。再后来，一部分国宝被运到了台湾，再也没有回到大陆……

但在我之前的计划中，我想写的，想展现给大家的《守藏》故事，到这里就结束了。

其实在最开始的大纲中，死去的人有好几个。

可能真的是越写越有感情，到后来真的不忍心下手了。

看来我还是心软啊！

在下册里，方少泽渐渐地淡出了故事，并不是因为我对他没有爱了，而是相反，很爱。

之前的大纲中，方少泽参与了后面许多事情，但写着写着，我便觉得他如此大才，若是一直都生活在守护古董的小楼里，难免太局限了。他的性格也不能允许自己这样。毕竟他在国外留学长大，即使被岳霆普及了许多古董的意义和知识，但肯定不如耳濡目染的沈君顾对古董的感情深。

所以，他就像是有自主意识一般，重新树立了人生目标，去重建上海兵工厂。又因为这部分剧情与主线剧情没有太大的关联，所以他的戏份便变少了。

每当我写作的时候，倾尽心力去塑造一个角色，到一定的程度，这个角色有时却不会按照我一开始规划的路线去前进。就像是真的活过来了一样，就算是创造角色的我，也控制不住他们的行动。

有人说，这样的情况并不好，说明作者的笔力有限，无法掌控笔下的角色。

但我却觉得这样很有趣。

如果一成不变地按照我的大纲进行下去，那我干脆每篇只写大纲算了，还写什么小说啊?

就是这种未知感，才更有趣，更令人期待。

而角色不受控制地自己选择自己的命运走向，更令我对写作有种敬畏感。

这是一种神奇的感觉，令人难以自拔。

其实九爷到后来差不多也是如此，她实在是太有魅力了。

但她却始终待在沈君顾的身边。

我也觉得她这样的人被困在小楼里有些浪费。

可无论我怎么努力，她都坚定不移地不离开。

“你们是守藏吏，我也是。

“只是，我的宝藏，只有你一个。”

这样含蓄而又霸气的情话，九爷自然而然地就说了出来，我写的时候都忍不住脸红。捶地，小沈子实在是太幸福了！！！

最后的结尾，读起来恐怕有些仓促，但却是我一气呵成的。

写完之后也觉得用词比较简单，反复读了好几遍，也想加一些环境啊修饰啊心理活动什么的词语。

但加了又删掉，总觉得冗余。

问了几个朋友的意见，都说一口气读下来情节紧张，画面感十足，如此甚好。

那就这样吧！戛然而止的感觉其实也不错！

至于画面感十足什么的，《守藏》的电视剧已经在筹备中啦！也许不久的将来，你们就能在电视上看到帅气的九爷了！

期待！！！

这篇后记，比较少见地跟大家探讨了一下角色的问题。那么关于写作查资料什么的，就不用再多说啦。

后面会附上写《守藏》时参考的部分书与参考论文等资料，对这段历史有兴趣的亲们，可以找来看看。

守藏的故事，一直都在延续着，哪怕是在和平年代的今天。

“希望我们的子孙后代，可以在光明安全的地方，静静地欣赏着这些瑰宝。”

希望大家喜欢《守藏》。

希望大家会因此而更喜欢古董，更喜欢拥有悠久历史、地大物博的祖国。

谨以此书献给那些为文物迁徙做出贡献的学者和士兵们。

今天我们在博物馆看到的每一件古物，都是他们历经千辛万苦，甚至付出生命的代价才保存下来的。

向他们致敬。

玄色

2017年2月22日

附录

部分参考文献

1.《故宫尘梦录》，吴瀛著。北京：紫禁城出版社，2005 年出版。

2.《我与故宫五十年》，那志良著。安徽：黄山书社，2008 年出版。

3.《典守故宫国宝七十年》，那志良著。北京：紫禁城出版社，2004 年出版。

4.《大陆国宝迁台秘事》，黄继东著。哈尔滨：北方文艺出版社，2013 年出版。

5.《国宝一九三三——一九四九》，窦应泰著。北京：新世界出版社，2012 年出版。

6.《文物大迁徙——抗日战争故宫国宝辗转纪实》，窦应泰著。郑州：河南文艺出版社，2001 年出版。

7.《民国时期的土匪》，[英] 贝思飞著，徐有威等译。上海：上海人民出版社，2010 年出版。

8.《故宫往事》，向斯著。北京：文化艺术出版社，2006 年出版。

9.《赵汝珍说杂项》，赵汝珍著。北京：人民出版社，2011 年出版。

10.《赵汝珍说铜器》，赵汝珍著。北京：人民出版社，2011 年出版。

11.《古董辨疑》，赵汝珍著，赵菁编。北京：金城出版社，2010 年出版。

12.《沦陷前后张庭济与"奉命维持"的北平故宫博物院事业》，黄金著。故宫博物院院刊，2014 年第 5 期。

《守藏》（下）故宫文物迁徙路线图（实线为火车迁徙路线）

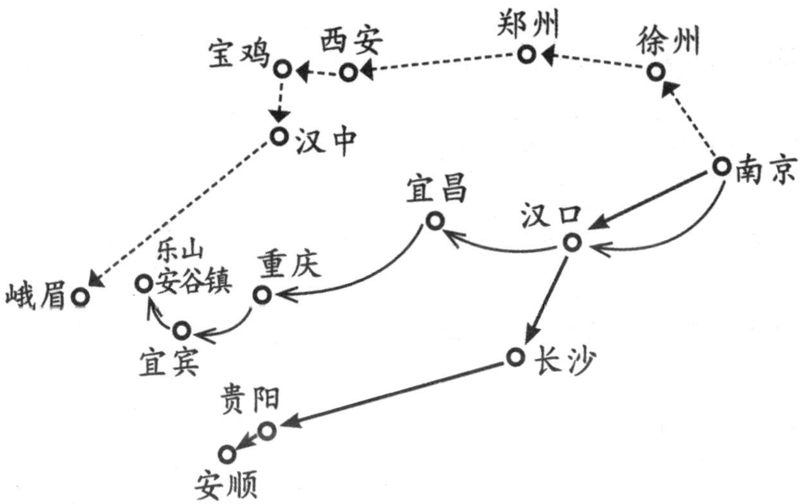

- 第一路：南京——汉口——长沙——贵阳——安顺
- 第二路：南京——徐州——郑州——西安——宝鸡——汉中——峨眉
- 第三路：南京——汉口——宜昌——重庆——宜宾——乐山安谷镇